唐史演義

從諫迎佛骨到哀帝亡唐

蔡東藩 著

拚將社稷送強臣，逆豎居然作主人。
試看唐朝閹寺禍，江山從此付沉淪。
朱溫竄唐，殺昭宗、弒太后、誅諸
唐之得國也由受禪，其失國也亦由
冥冥之中，固自有天道存焉！

目錄

第七十六回　諫佛骨韓愈遭貶　縛逆首劉悟倒戈

卻說吳元濟見南門被毀，嚇得心膽俱裂，慌忙跪在城上，向官軍叩頭請罪。威風掃盡。李進誠令軍士布梯，呼他下來。元濟不得已下城，由進誠押見李愬。愬將元濟羈入囚車，檻送京師，一面遣使馳告裴度。愬率軍入城，守兵俱伏地迎降，不戮一人，就是元濟所置官吏，及帳下廚廄廝役，概令仍舊，使他不疑；乃屯兵鞠場，靜待裴度。是日申光二州，及諸鎮兵二萬餘人，一律請降。李光顏亦馳入洄曲，所有董重質遺下部眾，均歸光顏接收。裴度接愬捷報，先遣副使馬總，馳入蔡州，然後建旄杖節，趨至城下。李愬具櫜鞬出迎，拜謁道旁。度攬轡欲避，愬急說道：「蔡人頑悖，不識尊卑上下，已有好幾十年，願公本身作則，使知朝廷尊嚴，不敢玩視。」度乃直受不辭。愬引度入城，交卸蔡事，仍還至文城駐守。諸將始向愬請教道：「公前敗朗山，並未加憂，戰勝吳房，仍令退兵。遇大風雪，偏欲進行，孤軍深入，毫不畏懼，後來終得成功；事後追思，還是莫名其妙，敢請指教！」愬微笑道：「朗山失利，賊恃勝而驕，不甚加防了。吳房本容易攻取，但我取吳房，賊眾必奔往蔡州，併力固守，如何可下？風雪陰霾，賊必不備，孤軍深入，人皆死戰，我豈欲諸軍畢命？但視遠不能顧近，慮大不能計細，所以終得成功。若小勝即喜，小敗即憂，自己且不能鎮定，還想什麼功勞呢？」前回逐層疑團，至此始一一揭出。諸將乃相率敬服。愬自奉甚儉，待士獨豐，知賢不疑，見可即進，卒能蕩平淮蔡，稱為功首。裴度在蔡州城，亦推誠待下，且用蔡卒為親兵。或勸度不應輕信，度囅然道：「元惡既擒，脅從罔治。蔡人莫非王臣，疑他什麼？」蔡人聽了，感泣交並。先是吳氏父子，苛禁甚嚴，蔡人不准偶語，夜間又不准燃燭，遇有酒食饋遺，以軍法論。度一併除去，唯盜賊鬥死抵法，蔡人始知有生人樂趣。

元濟由官軍押解京師，憲宗御興安門受俘，命將元濟獻諸廟社，梟首市曹，妻沈氏沒入掖庭，二弟三男，流戍江陵，尋皆駢誅。又封尚方劍二口，賜給監軍梁守謙，令悉誅賊將。度最恨中官，從前諸鎮兵由中官統轄，牽制甚多，經度上表奏罷，使諸將專制號令，因得平賊。至是守謙復奉詔到蔡，擬依旨駢戮賊將。度堅持不可，但誅元濟親將劉協庶趙曄王仁清等十餘人，餘悉上書申解，多慶更生。乃奏留副使馬總為留後，自己啟節還朝。憲宗進度為金紫光祿大夫，賜爵晉國公，復知政事。李愬為山南東道節度使，賜爵涼國公，加韓弘兼侍中，李光顏烏重胤等，悉行還鎮，賞賚有差。李祐以功授神武將軍，唯董重質雖已歸降，憲宗因他為元濟謀主，決欲加誅。李愬已許重質不死，竭力疏救，乃貶為春州司戶，即命韓愈撰《淮西碑》文，表揚戰功。憲宗已有侈心。愈承制撰辭略云：

唐承天命，遂臣萬方，孰居近土？襲盜以狂。往在玄宗，崇極而圮，河北悍驕，河南附起，四聖不宥，屢興師征。有不能克，益戍以兵。夫耕不食，婦織不裳，輸之以車，為卒賜糧，外多失朝，曠不嶽狩，百隸怠官，事亡其舊。帝時繼位，顧瞻諮嗟，唯汝文武，孰恤予家？既斬吳蜀，旋取山東。魏將首義，六州降從。淮蔡不順，自以為彊，提兵叫歡，欲事故常。始命討之，遂連奸鄰。陰遣刺客，來賊相臣，方戰未利，內驚京師。群公上言，莫若惠來，帝為不聞，與神為謀，及相同德，以訖天誅。及敕顏（李光顏。）胤，（烏重胤。）愬（李愬。）武（韓弘子公武。）古（李道古，即曹王皋子，時代柳公綽為鄂嶽觀察使。）通，（壽州刺史李文通。）咸統於弘，（韓弘。）各奏汝功。三方分攻，五萬其師。大兵北乘，厥數倍之。嘗兵時曲，軍士蠢蠢。既翦凌雲，蔡卒大窘。勝之邵陵，郾城來降。自夏及秋，復屯相望。兵頓不利，告功不時。帝哀征夫，命相往釐。士飽而歌，馬騰於槽。試之新城，賊遇敗逃。盡抽其有，聚以防我。西師躍入，道無留者。額額蔡城，其疆千里，既入而有，莫不順俟。帝有恩言，相度來宣。誅止其魁，釋其下人。蔡之卒夫，投甲呼舞，蔡之婦女，迎門笑語。蔡人告饑，船粟往哺，蔡人告寒，賜以繒布。始時蔡人，禁不往來，今相從戲，裡門夜開。始時蔡人，進戰退戮，今眠而起，左餐右粥。為之擇人，以收餘憊，選吏賜牛，教而不稅。蔡人有言，始迷不知，今乃大覺，羞前之為。蔡人有言，天子明聖，不順族誅，順保性命。汝不吾信，視此蔡方。孰為不順？往斧其吭。凡叛有數，聲勢相倚，吾強不支，汝弱奚恃？其告而長，而父而兄，奔走偕來，跟我太平！淮蔡為亂，天子伐之，既伐而饑，天子活之。始議伐蔡，卿士莫隨，既伐四年，小大並疑。不赦不疑，由天子明，凡此蔡功，唯斷乃成。四語扼要。既定淮蔡，四夷畢來，遂開明堂，坐以治之。（原文有一序，因限於篇幅，故從略。）

碑文大意，是歸功君相，少述將功。李愬以功居第一，未免不愜。愬妻系唐安公主女，唐安公主系德宗長女。出入禁中，為訴愈文不實。憲宗將愈文磨去，更命段文昌另撰。文昌已入都為翰林學士，隱承上意，歸美李愬，愬乃無言。有功不伐，原是難能。當裴度在淮西時，布衣柏耆，入謁韓愈，謂：「元濟就擒，王承宗定然膽落，願得丞相書，勸令悔過投誠。」愈轉達裴度，度作書給耆，遣諭承宗。承宗頗有懼意，乃向田弘正乞憐，請送二子入質，及獻德棣二州。弘正代為奏請，憲宗尚未肯許，繼思六道兵馬，往討成德，迄無功效；更因義武節度使渾鎬，吃一敗仗，喪失無算。昭義橫海兩軍，亦多退歸，劉總又屯兵不進（應前回），眼見得不易討平，乃從弘正言，赦承宗罪。承宗送子知感知信，及德棣二州圖印至京師，於是復承宗官爵，仍令鎮成德軍。

李師道聞淮西告平，也覺驚心。判官李公度，牙將李英曇等，勸師道遣子入侍，獻沂密海三州以自贖。師道勉強允諾，依言上表。憲宗因遣左散騎常侍李遜，至鄆州宣慰，不意師道竟盛兵相見，語多倨傲。遜正辭駁詰，願得要言奏天子。師道含糊相答，口中雖說是遵約，實不過敷衍目前，並無誠意。遜返奏憲宗，憲宗調李光顏為義成節度使，會同武寧節度使李愿，宣武節度使韓弘，魏博節度使田弘正，橫海節度使程權，同討師道。程權即程執恭，賜名為權，權不欲再膺節鉞，表請舉族入朝。憲宗乃命華州刺史鄭權代任。程權卸職入都，詔授檢校司空，嗣復出為邠寧節度使，卒得考終。憲宗自淮西平後，侈心漸起，修麟德殿，浚龍首池，築承暉殿，大興土木。判度支皇甫鎛，鹽鐵使程異，迎合上意，屢進羨餘。憲宗很是寵幸，竟令兩人同平章事，詔敕傳宣，中外駭愕。裴度崔群，連疏進諫，終不見從。皇甫鎛用李道古言，薦入方士柳泌，浮屠大通，謂能合長生藥。憲宗召泌入見，泌奏稱天臺山多靈草，可以採服延年。憲宗即命泌權知臺州刺史。言官紛紛進諫，略言：「歷代君主，或喜用方士，從未有使他臨民。」憲宗不悅，且面諭諫臣道：「只煩一州民力，能令人主致長生，臣子亦何愛呢？」群臣知無可挽回，樂得閉口不宣，虛糜祿位。至元和十四年正月，鳳翔法門寺塔，謠傳有佛指骨留存，憲宗遣僧徒往迎佛骨，奉入禁中，供養三日，乃送入佛寺。王公大臣，瞻仰布施，唯恐不及。韓愈已遷任刑部侍郎，獨慨切上諫道：

佛者夷狄之一法耳，自後漢時始入中國，上古未嘗有也。昔黃帝在位百年，年百一十歲，少皞在位八十年，年百歲，顓頊在位七十九年，年九十歲，帝嚳在位七十年，年百五歲，堯在位九十八年，年百一十八歲，帝舜及禹，年皆百歲，其後湯亦年百歲，湯孫太戊在位七十五年，武丁在位五十年，史不言其壽，推其年數，當不減百歲。周文王年九十七，武王年九十三，穆王在位百年，當其時佛法未至中國，非因事佛使然也。漢明帝時，始有佛法，明帝在位才十八年，其後亂亡相繼，運祚不長。宋齊梁陳元魏以下，事佛漸謹，年代尤促。唯梁武帝在位四十八年，前後三捨身施佛，宗廟祭不用牲牢，盡日一食，止於菜果，後為侯景所逼，餓死臺城，國亦浸滅。事佛求福，乃更得禍，由此觀之，佛不足信，亦可知矣。高祖始受隋禪，則議除之，當時群臣識見不遠，不能深究先王之道，古今之宜，推闡聖明，以救斯弊，其事遂止，臣常恨焉。今陛下令群僧迎佛骨於鳳翔，御樓以觀，舁入大內，又令諸寺遞加供養，臣雖至愚，必知陛下不惑於佛，作此崇奉以祈福祥也。但以豐年之樂，徇人之心，為京都士庶設詭異之觀，戲玩之具耳，安有聖明如陛下，而肯信此等事哉？然百姓愚冥，易惑難曉，苟見陛下如此，將謂真心信佛，皆云天子大聖，猶一心信向，百姓微賤，豈宜更惜身命？遂至灼頂燔指，十百為群，解衣散錢，自朝至暮，轉相仿效，唯恐後時，老幼奔波，棄其生業，若不即加禁遏，更歷諸寺，必有斷臂臠身，以為供養者。傷風敗俗，傳笑四方，非細事也。佛本夷狄，與中國言語不通，衣服殊制，口不道先王之法言，身不服先王之法服，不知君臣之義，父子之情，假使其身尚在，來朝京師，陛下容而接之，不過宣政一見，禮賓一設，賜衣一襲，衛而出之於境，不令惑眾也。況其身死已久，枯朽之骨，豈宜以入宮禁？乞付有司，投諸水火，斷天下之疑，絕前代之惑，使天下之人，知大聖人之所作為，固出於尋常萬萬也。佛如有靈，能作禍祟，凡有殃咎，悉加臣身，上天鑑臨，臣不怨悔。

憲宗覽到此奏，不禁大怒，持示宰相，欲加愈死罪。裴度崔群竝上言道：「愈語雖近狂，心實忠懇，宜寬容以開言路。」憲宗道：「愈言我奉佛太過，尚或可容，至謂東漢以後諸天子，年皆夭促，這豈非妄加謗刺麼？愈為人臣，如此狂妄，罪實難恕。」群與度又再三乞免，乃貶愈為潮州刺史。愈至潮州，問民疾苦，皆言惡溪有鱷魚，屢食畜產，大為民害。愈即往巡視，且命屢吏秦濟，用一羊一豚，投入溪水，自撰祭文數百言，向溪宣讀，備極感慨，限期督徙。果然夜間疾風震雷，起自溪中，溪水逐漸乾涸，鱷竟西徙，潮州遂無鱷魚患。信及豚魚，奈不能感格君心，殊為可嘆。愈又上表籲誠，憲宗頗自感悔，意欲召還。皇甫鎛素忌愈直，奏言愈終疏狂，只可酌量內移，因命愈改刺袁州。袁人多質押男女，過期不贖，便沒為奴僕，愈令計傭贖身，得歸還七百餘人，且與立禁約，此後不准鬻良為賤。袁人歌頌不衰，不沒政績。後文再表。

且說李師道本欲歸命，遣子入質，因為妻魏氏所阻，遂有悔意。魏氏更連線婢妾蒲氏袁氏，家奴胡唯堪楊自溫，及孔目官王再升，進語師道，略謂：「先司徒撫有十二州，如何無端割獻？現計境內兵士，約數十萬，不獻三州，不過以兵相加，若力戰不勝，獻地未遲。」力戰不勝，恐要汝等首級，豈獻地所能免麼？師道遂決計抗命。至朝旨已調兵進討，他尚推在軍士身上。謂眾情不願納質割地，臣亦不便專主等語。憲宗越覺氣忿，下詔宣布師道罪狀。又以李願多病，鄭權新任，未便戰陣，特調李愬為武寧節度使。願系愬兄，召入為刑部尚書，再徙烏重胤為橫海節度使，令鄭權移鎮邠寧。愬既代兄任，與魏博節度使田弘正，進逼平盧，累戰皆捷，獲得平盧兵馬使李澄等四十七人，悉送入都。憲宗概令免誅，各發遣行營，效力贖罪。且遙命行營諸將道：「所遣諸徒，如家有父母，意欲歸省，僅可給貲遣回，朕唯誅師道，餘皆不問。」此詔一下，平盧士卒，相繼來降。

師道素信判官李文會及孔目官林英，所有舊吏高沐郭昈李存等，俱為文會等所譖，沐被殺，昈存被囚。又有幕僚賈直言，冒刃諫師道二次，輿櫬諫師道一次，並繪檻車囚繫妻孥圖上獻，也被師道囚住，連前時勸他歸命的李公度，並羈入獄中。牙將李英曇，且遭勒斃。及官軍四臨平盧，兵勢日蹙，將士譁然。師道不得已釋放囚犯，令還幕府，出李文會攝登州刺史。但勢已無及，屢戰屢敗。李愬進拔金鄉，韓弘進克考城，楚州刺史李聽，又由淮南節度使李夷簡差遣，趨海州，下沐陽胸山，進戍東海；田弘正進戰東阿陽谷，連破戍卒；李光顏攻濮陽，進收鬥門杜莊二屯，彷佛四面楚歌，同時趨集，嚇得師道腳忙手亂，憂悸成疾。至李愬破魚臺，入丞縣，鄆州益危。師道募民夫修治城塹，整繕守備，男子不足，役及婦人，鄆城恟恟，怨言蜂起。都知兵馬使劉悟，曾由師道遣守陽谷，拒田弘正。悟務為寬惠，頗得上心，軍中號為劉父，但與魏博軍接仗，往往敗績。有人入白師道，謂：「悟不修軍法，專收眾心，後必為患，亟應除去。」師道乃潛遣二使，齎帖授行營副使張暹，令乘便殺悟。暹與悟善，懷帖相示，悟即使人潛執二使，立刻殺死。悟召諸將與語道：「悟與公等不顧死亡，出抗官軍，自思原不負司空，今司空過信讒言，來取悟首，悟死，諸公恐亦不免了。今官軍奉天子命，只誅司空一人，我輩何為隨他族滅？不若卷旂束甲，同還鄆城，奉行朝命，剷除逆首，非但可免危亡，富貴且可立致呢。」兵馬副使趙垂棘，當先立著，半晌才答道：「事果濟否？」悟應聲叱道：「汝與司空合謀為逆麼？」便即拔出佩刀，將趙剁斃，且復宣言道：「今當赴鄆，違令立斬！」將士尚未敢遽應，又被悟殺死三十餘人。餘眾股慄，乃皆戰聲道：「唯都頭命（軍中稱都將為都頭）！」悟又下令道：「入鄆城後，每人賞錢百緡，唯不得擅取軍帑，逆黨與仇家，任令掠取。」軍皆允諾，遂令士卒飽食執兵，夜半即行。人銜枚，馬縛口，悄悄的進薄鄆城。及至城下，天尚未明，先遣十人叩門，但說劉都頭接奉密帖，連夜馳歸，門吏尚未知有變，開城出見，請俟入報師道，然後迎入。十人拔刀相向，門吏竄去。悟引軍趨至，直入外城，內城守卒，亦開門納悟，只有牙城還是鍵閉，不肯遽啟。悟督軍縱火，劈開城門，牙兵不滿五百，起初尚發矢相拒，嗣見悟軍如潮湧至，料知不支，俱執弓投地，一鬨而散。悟勒兵升廳，使捕索師道，師道方才起床，驚悉巨變，忙入白師古妻裴氏道：「嫂！……劉悟已反，奈何奈何？」何不求教床頭人，乃與嫂言何益？裴氏是個女流，有什麼方法，但以淚珠兒相報。師道越加惶急，即退出嫂室，聞外面已洶洶搜捕，急覓得二子弘方，走匿廁所。不意廁旁有隙，竟被悟兵瞧著，大踏步走了進來，七手八腳，把師道父子抓去，牽至廳前。悟不欲見師道，但使人傳語道：「悟奉密詔，送司空歸闕，但司空尚有何顏，往見天子？」師道尚流涕乞憐。弘方二子，卻慨然道：「事已至此，速死為幸。」雖是與父同盡，卻還有些氣節。當下由悟傳令，推出師道父子，至牙門外隙地，一併斬首。悟再命兩都虞侯巡行城市，禁止擄掠，自卯至午，全城安定。又經悟大集兵民，親自慰諭，但將逆黨二十餘人，按罪伏誅，餘皆令照舊辦事。文武將吏，且懼且喜，聯翩入賀。悟見李公度賈直言兩人，下座與語，握手唏噓，遂引入幕府，令為參佐。一面函師道父子三首，遣使送魏博軍田弘正營，一面搜得師道妻魏氏，及奴妾蒲氏袁氏等，一一審訊。魏氏本有三分姿色，更兼伶牙俐齒，宛轉動人，就是蒲袁二氏，也是鄆城尤物，已經牽到案前，匍伏乞哀，個個是顰眉淚眼，楚楚可憐，那倒戈逞志的劉悟，本也是個屠狗英雄，偏遇了這幾個長舌婦人，不由地易威為愛，化剛成柔。小子有詩嘆道：

到底蛾眉善蠱人，未經洞口已迷津。
任他鐵石心腸似，不及紅顏一笑顰。

欲知劉悟如何處置，且至下回分解。

韓退之一生學術，以《諫佛骨》一疏，為最著名之條件，其次莫如《淮西碑》文。《淮西碑》歸美君相，並非虛諛，乃以婦人一訴，遂令剷滅，憲宗已不能無失，佛骨何物？不必論其真偽，試問其有何用處，乃欲虔誠奉迎乎？疏中結末一段，最為削切，而憲宗不悟，反欲置諸死地，是何蒙昧，一至於此？其能平淮西，下淄青，實屬一時之幸事，憲宗固非真中興主也。吳元濟本非梟雄，李師道尤為懦怯，良言不用，反受教於妻妾臧獲，謀及婦人，宜其死也，何足怪乎？劉悟一入而全州瓦解，父子授首，左右之芒刃，嚴於朝廷之斧鉞，徒致身亡家沒，貽穢千秋。師道之愚，固較元濟為尤甚歟？然憲宗亦志滿意驕，因是速死矣。

第七十七回　平叛逆因驕致禍　好盤遊拒諫飾非

卻說劉悟見魏氏等楚楚可憐，不忍加誅，仍令返入內室，復遣妻李氏入慰。原來悟是前平盧節度使劉正臣孫，正臣為國殉難，叔父全諒，節度宣武，置悟為牙將，悟得罪他去，輾轉奔徙，仍入平盧。李師古見悟狀貌，嘗語左右道：「此人必貴，但恐敗壞吾家。」既有此識，何故重用？乃令統領後軍，並妻以從妹，欲令他誠心歸附，誰知他倒戈入鄆，果如師古所料。悟遣妻撫慰魏氏，姑嫂間自然歡洽。至夜間悟入休息，魏氏復來道謝，悟很是憐愛，竟與魏氏小宴敘情，還有蒲袁二氏，一同旁侍。蒲氏向稱蒲大姊，袁氏向號袁七娘，兩人本為李家婢，師道見姿色可人，遂與有私，列為小星，至是入侍劉悟，做了魏氏的紅娘，從旁兜攬，竟勸魏氏伴悟同榻。魏氏也沒有什麼廉恥，樂得撐篙近舵，與悟成了好事。蒲大姊袁七娘，也沾染餘潤，挨次輪流，女三成粲，悟樂可知。不怕李氏吃醋麼？且因朝廷初下詔令，曾有賞格，謂能殺師道，率眾來降，即畀師道官爵，悟以為坐得十二州，遂補署文武將佐，更易州縣長吏，且面語僚屬道：「軍府政事，一切仍舊，我但與諸君抱子弄孫，尚復何憂？」想是得了三美，遂思多育子孫。

過了三日，魏博行營，遣使修好，悟接待來使，開庭設宴，席間命壯士手搏，娛騁心目。悟本多力，也搖肩攘臂，離座助勢，且顧語來使，自誇勇武。來使面諛數語，引得悟心花怒開，連盡數大觥。宴畢，來使辭行，乃厚贐遣歸。看官道魏博使人，果當真修好麼？他是受了田弘正密命，來覘劉悟舉動。弘正自得師道父子首級，即露布告捷，因恐師道首級非真，特召夏侯澄辨認。澄系師道麾下，受擒後歸弘正差遣，至是見師道首，長號暈絕，良久方蘇，復抱首舐面，慟哭不置。弘正也為改容，目為義士。但已見得逆首非虛，立遣人傳送京師。憲宗大喜，命戶部侍郎楊於陵為淄青宣撫使，分十二州為三道，鄆曹濮為一道，淄青齊登萊為一道，兗海沂密為一道。自李正己據有淄青，歷李納及師古師道，凡四世，共計五十四年，名為唐屬，實是獨霸一方，自除官吏，不供貢賦。即如淮西成德各軍，亦皆與平盧相似，經憲宗依次略定，河南北三十餘州，乃盡遵唐廷約束，不再跋扈了。這是憲宗得人之效。

憲宗懲前毖後，欲徙劉悟至他鎮，因恐悟不受代，復須用兵，乃密詔田弘正偵察。弘正遂陽稱修好，陰使窺伺。及得使人還報，不禁冷笑道：「匹夫小勇，有何能為？若聞改徙，必行無疑。」一語道破。當即密報憲宗。憲宗遂徙悟為義成節度使，且令弘正帶兵入鄆，迫令交代。劉悟正耽情酒色，樂以忘憂，忽接到移鎮詔敕，頓吃了一大驚，又聞田弘正引兵到來，更急得形神沮喪，手腳慌忙，夜間草草整裝，也不及與魏氏等歡敘，俟到天明，已有人入報導：「魏博軍無數到來，距此只數裡了。」悟倉皇出迎，李公度賈直言郭昈李存等隨著，離城二裡，即與田弘正遇著，客亭相見，寒暄數語，弘正便欲入城。悟尚擬同入，想總為了三婦。弘正道：「天子命不可違。鄆城事由弘正料理，倘如公以下，尚有眷屬等人，未曾挈領，自當護送前來，請勿多慮！」悟懊悵自去。唯郭昈李存謀除李文會，先已遣使至登州，詐傳悟命，召他入鄆，途次將他刺死，及攜首回來，盱存等已隨往滑州，無從覆命，只好報知田弘正。弘正以文會助逆，理當處死，不必再議。此外悉除苛禁，聽民安居，所有赴滑諸將吏家屬，統遣吏護送入境。唯師道家屬，照例應當連坐，特表請詔敕施行。旋得詔旨下來，師道妻魏氏以下，應沒入掖庭，師古子明安，令為郎州司戶參軍，明安母裴氏，得隨子赴任，其餘宗屬，流徙遠方。看官道憲宗此詔，何故重罪輕罰？這也是劉悟有情魏氏，特地上表陳請，詐稱魏氏是魏徵後裔，應該援議賢議功兩例，免她死罪。明安母子，與師道本不同謀，理難連坐等語，悟為明安母子營救，當是受教妻室。所以憲宗從輕處置。弘正依詔辦理，複查得師道簿書，有賞王士元等十六人，係為刺殺武元衡案件，遂按名索捕，盡行搜獲，解送京師，訊實正法。其實王士元等，尚非真正凶手，他是冒功受賞，被捕後亦知難免，索性供認了案。京兆尹崔元略，頗探知隱情，憲宗以為罪惡從同，也無暇辨正了。

田弘正得加授檢校司徒，兼同平章事，仍令還鎮；調義成節度使薛平，為平盧節度使，兼淄青齊登萊等州觀察使；任淄青行營供軍使王遂，為沂海兗密等州觀察使；徙淮西留後馬總，為鄆曹濮等州節度使，分鎮而治，總道是力弱易制，永遠相安，哪知王遂殘酷不仁，激成怨讟言，不到半年，便被役卒王弁等拘住，責他盛暑興工，用刑刻暴等罪，亂刀砍死，弁自稱留後。嗣經棣州刺史曹華，受命赴沂，拘送王弁，腰斬東市，餘黨盡殲。華繼任沂海兗密觀察使，禍亂才算敉平。宰相裴度，曾為憲宗討平元濟，至師道授首，亦由度在朝密議，始得成功。度又極言中官專恣，禍甚藩鎮，並與皇甫鎛程異不協。鎛異遂潛引中人，百端構度，度竟被出為河東節度使，不過同平章事職銜，尚未撤銷。既而程異病死，鎛薦河陽節度使令狐楚入相，楚與鎛為同年進士，所以引入。河東節度使張弘靖，卸職還朝，適宣武節度使韓弘入朝，請留京師，乃命弘靖往代，進韓弘為司徒，兼中書令。魏博節度使田弘正，也入都朝覲，情願留京，三表不許，命他兼職侍中，優詔遣歸。弘正雖奉命還鎮，但兄弟子姪，多留官京中，憲宗皆擢居顯列，朱紫滿朝，人以為榮。

唯憲宗以兩河平定，群藩帖服，愈覺得太平無忌，功德巍巍。皇甫鎛等獻媚貢諛，奉憲宗尊號，稱為元和聖文神武法天應道皇帝，一班度支鹽鐵等使，隨時進奉，多多益善。從前藩鎮未平時，進奉的名目，叫做助軍，及藩鎮已平，易助軍為助賞，至進上尊號，又改稱為賀禮，就是左右軍中尉，亦各獻錢萬緡。無非導君以侈。看官試想！天下有幾個毀家紓難的大忠臣，所有進奉諸官吏，哪個不是刻剝百姓，吸了民間的膏血，移作媚上的資本？庫部員外郎李渤，出使陳許，還言：「渭南諸縣，民多流亡，弊由計臣聚斂，剝下媚上，以致如此。」皇甫鎛等恨他多言，伺隙圖渤。渤卻見機謝病，辭職告歸，他本號為少室山人，前因朝廷迭召，無奈就徵，此次見忌當道，他當然不應戀棧，一官敝屣，還我本來，才不愧為高士呢。闡表清操。

臺州刺史柳泌，奉旨蒞任，日驅吏民採藥，歲餘不得一仙草，自恐得罪，逃匿山中。浙東觀察使捕泌送京，皇甫鎛李道古等，代為庇護，泌竟免罪，反得待詔翰林。又令他合藥進供，憲宗取服以後，日加燥渴。起居舍人裴潾上言：「藥止療疾，不應常服。況金石酷熱有毒，益以火氣，更非臟腑所能勝受。古語有云：『君飲藥，臣先嘗。』請令泌先餌一年，試驗利害，然後再服不遲。」憲宗不但不從，反貶潾為江陵令。

同平章事崔群，為皇甫鎛所排擠，出為湖南觀察使。知制誥武儒衡，系故相元衡從弟，抗直敢言，又為令狐楚所嫉忌，特想出一法，薦用狄兼謨為左拾遺。兼謨為狄仁傑族曾孫，嘗登進士第，闢襄陽府使，剛正有祖風，舉為言官，本是材足稱職，但觀令狐楚薦牘，內言：「天後竊位，諸武專橫，賴狄仁傑保佑中宗，克復明闢，兼謨為功臣後裔，更且才行優長，亟宜錄用」云云。看他文字，似與武儒衡沒甚關係，其實指斥武氏，便是影射儒衡。儒衡知他言外有意，忙泣訴憲宗道：「臣祖平一，當天後朝，遁跡嵩山，並未在位……」憲宗不待說完，便點首道：「朕知道了。」武平一不見前文，便是高隱之故。儒衡乃退。未幾，遷中書舍人，左軍中尉。

吐突承璀自淮南還都後，仍然得寵，輾轉援引，黨類甚繁。後來黨派分裂，內侍王守澄陳弘志等，與承璀勢力相當，互為傾軋，蕭牆裡面，早已隱伏戈矛。憲宗誤服金石，致多暴躁，左右宦官，往往獲罪致死，因此人人自危，時虞不測。承璀嘗與憲宗次子澧王惲友善，從前太子寧病歿時，勸憲宗立惲為儲，憲宗因惲母微賤，特立遂王恆為太子，至是憲宗有疾，承璀復謀立惲，太子恆得知消息，密遣人問諸司農卿郭釗，釗系太子母舅，囑使傳語道：「殿下但應孝謹，靜俟天命，幸勿他謀。」郭氏子弟，始終盡禮。太子才耐心靜待。到了元和十五年元日，憲宗因寢疾罷朝，群臣惶恐，會義成節度使劉悟來朝，賜對麟德殿，及悟趨出，語群臣道：「主體平安，保毋他慮。」群臣聽了悟言，總道是易危為安，放心歸第，不料過了一宵，宮中竟傳出駭聞，說是聖駕殯天，宰相以下，倉猝入臨，趨至中和殿，就是御寢所在，但見殿門外面，已由中尉梁守謙，帶兵環衛，裡面寢室，為王守澄陳弘志及諸宦官馬進潭劉承韋元素等把守，不准群臣趨進龍床。陳弘志且揚言道：「皇上誤服金丹，毒發暴崩，真是出人意料，幸留有遺詔，命太子嗣位，授司空兼中書令韓弘，攝行塚宰，太子現在寢室，應即日正位，然後治喪便了。」別人不言，獨讓陳弘志出頭，明明是賊膽心虛，自欲洗清逆案。皇甫鎛令狐楚等，本來是沒甚氣節，且見寢殿內外，已被一班閹豎，占了先著，盤踞牢固，料知不便抗爭，只好唯唯從命。陳弘志手段甚辣，密遣心腹伺諸道旁，俟吐突承璀及澧王惲奔喪，竟出其不意，將他殺死，外人亦不知為誰氏所遣，宮廷中且未悉兩人死耗，專辦太子即位禮儀，及料理喪具等事。太子恆即位太極殿東序，是謂穆宗，賜左右神策軍錢，每人五十緡。

皇甫鎛已畢朝賀，退回私第，翌晨復擬入朝，忽由中使頒到詔敕，數責罪狀，謫竄崖州，令為司戶參軍。鎛不覺淚下，待中使出去，與家人敘別，免不得相對悽惶，繼且自嘆道：「王守澄陳弘志等謀逆，我身為宰相，不能討叛，罪固當死，若說我薦引方士，藥死皇上，這卻未免冤枉哩。」自知頗明，然已遲了。乃出都南行，後來竟死崖州，中外稱賀。左金吾將軍李道古，亦坐貶循州司馬，杖死方士柳泌，及浮屠大通。中尉梁守謙以下，都進官有差。弒君逆黨，反得蒙賞，唐事可知。進任御史中丞蕭俛，及翰林學士段文昌同平章事，尊生母郭貴妃為皇太后，追贈太后父曖為太尉，母為齊國大長公主，兄釗晉授刑部尚書，鏦為金吾大將軍。太后移居興慶宮，朔望三朝，穆宗每率百官詣宮門上壽，或歲時慶問燕饗，後宮戚裡，暨內外命婦，聯襼入宮，車騎雜沓，環珮鏗鏘，豪華烜赫，備極一時(迭應七十四回)。

穆宗務為奢侈，尤好嬉遊，即位未幾，御丹鳳門，宣詔大赦，召入教坊倡優，令演雜戲，縱觀恣樂。越數日，又至左神策軍，觀角牴戲，即手搏戲。監察御史楊虞卿等，上疏諫阻，穆宗陽為優答，仍然未改。柳公綽弟公權，書法遒勁，得邀主賞，召入為翰林侍書學士。穆宗嘗問道：「卿書何這般佳妙？」公權答道：「用筆在心，心正筆自正。」穆宗亦悚然動容，知他借筆作諫；但江山可改，本性難移，更兼左右宵小，逢君為惡，日加從恿，單靠著兩三直臣，幾句正話，哪能挽回主聽，驟改前非？一薛居州其如宋王何？江陵士曹元稹，具有文才，善作歌曲，嘗與監軍崔潭峻交遊。潭峻錄稹舊作，歸白宮中，宮人多喜歌誦，宛轉悠揚，曲盡妙趣。穆宗問為何人所制？當由潭峻報明姓氏，並盛稱稹才可用，遂召他入都，命為知制誥。中書舍人武儒衡，瞧他不起，會當溽暑，與同僚食瓜閣下，稹亦在座，儒衡見瓜上有蠅，用扇揮去，且語道：「適從何來？遽集於此。」同僚大半失色，儒衡意氣自如，稹懷慚而退。稹字微之，憲宗時曾為左拾遺，奏議頗多，尋為監察御史，輒出外按獄。少年喜事，日遭訴病，遂被當道參劾，貶為江陵士曹參軍。武儒衡因他交通中官，復得干進，所以特別奚落。若論他文才詩思，與白居易實相伯仲，所傳歌詞，天下稱頌，時號為「元和體」，往往播諸樂府，宮中呼為元才子。不過出處未慎，身名兩敗，可見才德兩字，是缺一不可呢。為有才者作一棒喝。

是年六月，葬憲宗於景陵。憲宗在位十四年，享年四十二歲，史稱憲宗志平僭叛，所向有功，好算一中興主，可惜晚節不終，致為宦官王守澄陳弘志等所弒，這正是一代公評。唯穆宗既葬憲宗，益事遊畋，趁著秋涼天氣，帶了後宮佳麗，遊魚藻宮，浚池競渡，賜與無節。且欲開重陽大宴，拾遺李珏，與同僚上疏道：「元朔未改，山陵尚新，雖陛下俯從人慾，以月易年，究竟三年心喪，禮不可紊，合宴內廷，究應從緩為宜。」穆宗不聽。到了九月九日，宴集百官，特別豐腆，足足暢飲了一天，既而群臣入閣，諫議大夫鄭覃崔郾等五人進言，略謂：「陛下宴樂過多，遊幸無度，日夕與近習倡優，互相狎暱，究非正理。就是一切賞賜，亦當從節。金帛皆百姓膏血，非有功不可與，雖然內藏有餘，總望陛下愛惜，留備急需！」穆宗自踐位後，久不聞閣中論事，此次忽聞閣議，便問宰相道：「此輩何人？」宰相等答是諫官。穆宗乃令宰相傳語道：「當如卿言。」宰相傳諭畢，相率稱賀。哪知穆宗口是心非，不過表面敷衍，何曾肯實心改過？嘗語給事中丁公著道：「聞外間人多宴樂，想是民和年豐，所以得此佳象，良慰朕懷。」公著道：「這非佳事，恐漸勞聖慮。」穆宗驚問何因？公著道：「自天寶以來，公卿大夫，競為遊宴，沉酣晝夜，猱雜子女，照此過去，百職皆廢，陛下能無憂勞麼？願少加禁止，庶足為朝廷致福。」穆宗似信非信，遷延了事。

未幾，已是仲冬，又擬出幸華清宮。此時韓弘已罷，令狐楚亦因掊克免相，累貶至衡州刺史，另用御史中丞崔植同平章事。植與蕭段文昌，率兩省供奉官，詣延英門，三上表切諫，且言御駕出巡，臣等應設扈從，乞賜面對。穆宗並不御殿，也無複音。諫官等又俯伏門下，自午至暮，仍然沒有音響，不得已陸續散歸，約俟翌晨再諫。不料次日進謁，探得宮中消息，車駕已從復道出城，往華清宮，只公主駙馬及中尉神策六軍使，率禁兵千餘人，扈從而去，群臣統皆嘆息。好容易待到日暮，方聞車駕已經還宮，大眾才安心退回。小子有詩嘆道：

為臣不易為君難，勤政從虞國未安。
寧有廟堂新嗣統，遨遊終日樂盤桓？

內政叢脞，外事亦不免相因，欲悉詳情，請看下回續敘。

古人有言：「外寧必有內憂。」夫外既寧矣，內憂胡自而至？蓋自來好大喜功之主，當其從事外攘，非不剛且果也，一經得志，驕侈必萌，背臣媚子，畢集宮廷，近則不遜，遠之則怨，未有不釀成禍亂者。如憲宗之信方士，任宦官，好進奉，都自削平外患而來，卒之身陷大禍，死於非命，史官猶第書暴崩，不明言遭弒，本編依史演述，雖未直書弒逆，而首惡有歸，情事已躍然紙上，豈必待顯揭乎哉？況穆宗為宦官所立，已為晚唐開一大弊，即位後又不討賊，專事嬉遊，甚且舉亂臣賊子而封賞之，然則弒父與君穆宗應為首逆，許世子不嘗藥，《春秋》猶書弒君，況如穆宗之狎暱亂賊乎？故王守澄陳弘志之弒君，可書而不書，穆宗之無父無君，雖不書與直書等，皮裡陽秋，明眼人自能瞧破，此即所謂微而顯也。

第七十八回　河朔再亂節使遭戕　深州撤圍侍郎申命

卻說成德節度使王承宗，自遣質獻地後，還算安分守己，至元和十五年十月病歿。子知感知信，尚留質京師，祕不發喪。軍中推立承宗弟承元，承元年方二十，語軍士道：「諸公未忘先德，不因承元年少，欲令暫攝軍務；承元願盡節天子，勉成忠烈王忠烈王即王武俊。遺志，諸公肯相從否？」大眾許諾。承元乃視事旁廳，不稱留後，密表請朝廷除帥。朝廷始知承宗已歿，特調魏博節度使田弘正，為成德節度使，徙承元為義成節度使，且遣諫議大夫鄭覃宣慰成德軍，賚錢百萬緡，分賞將士。將士聞承元移鎮義成，但涕泣挽留。承元亦涕泣與語道：「諸公厚愛，不欲承元他去，盛情可感，但使承元違詔，適增承元罪戾。從前李師道未敗時，朝廷嘗下詔赦罪，召他入朝，師道欲行，諸將攀轅固留，後來殺死師道，就是這等將士，願諸公勿使承元為師道，便是承元的幸事了。」言畢，且遍拜將士，將士統已無言，獨大將李寂等十餘人，尚然強諫，不肯令往。承元忍不住變色道：「承元不敢違詔，你卻敢抗命麼？」呼左右縛住李寂等，推出斬首。有膽有識，不意於少年得之。軍心乃定，承元遂移赴滑州去了。成德自李寶臣始，至王承元終，共易二姓，傳五世，凡五十九年。

越年改元長慶，盧龍節度使劉總，奏請棄官為僧，乞另簡大員繼任。看官閱過上文，應知劉總弒父殺兄，竊據節鉞，為何此次不願做官，反願為僧呢？原來總雖得位，心中未免危懼，當夜深人靜時，屢見父兄在旁，怒目相視，他不得已延僧懺醮，朝誦經，夕禮佛，幾乎無日空閒，偏是佛法無靈，冤魂屢擾，甚至青天白日，也覺父兄隨著，因此越加驚惶。天下事最怕心虛，心越虛，膽越小，自悔前事做錯，將來難免受禍，不如趁早出山，省得吃苦。又見河南北皆已歸他，遂決計棄官為僧，奏分所屬為三道，幽涿營為一道，平薊嬀檀為一道，請除張弘靖薛平為節度使；瀛莫為一道，請除盧士玫為觀察使。並又擇麾下宿將，如朱克融（即朱滔孫）等送京師，乞量才內用，為燕人勸。並獻征馬萬五千匹，然後削髮待命。好幾日不見詔下，他將印節交代留後張玘，靜悄悄的遁去。倒也清脫。

穆宗接劉總表文，尚不在意，專務酣宴冶遊。過了數日，方令宰臣等會議，時蕭俛段文昌相繼罷職，改使用者部侍郎杜元穎同平章事。元穎為杜如晦五世孫，與崔植先後入相，植尚有操守，未達世務，元穎實庸碌無能，較植尤為闇昧。兩人擬定辦法，乃是許總為僧，唯分道一說，不盡相從，但調河東節度使張弘靖繼任，就原鎮內止割瀛莫二州，歸盧士玫管領。士玫曾權知京兆尹，為總妻族親戚，總特別舉薦，卻有些假公濟私的意思。兩相不便卻情，曲從所請，所有兵馬使朱克融等，留京待選。穆宗當然准奏，只待遇劉總，恰有兩條敕旨，一是准他為僧，賜給僧服，一是晉任侍中，移鎮天平軍。即前回鄆曹濮三州，賜號天平軍。兩事令他自擇，即遣中使賚詔赴鎮。哪知到了幽州，劉總早已他去，當由留後張玘，四處找尋，及尋至定州境內，才見劉總遺骸，暴露山下。豈真放下屠刀，立地成佛耶？乃購棺具殮，通報劉氏子弟，扶櫬歸裡。劉氏建節幽州，自怦至總凡三世，共三十六年。

先是河北諸帥，皆親冒寒暑，與士卒同甘苦，及張弘靖移鎮，雍容驕貴，深居簡出，政事多委諸幕僚，所用判官韋雍等，又皆年少浮躁，專尚豪縱，出入傳呼甚盛，或朝出夜歸，燭炬滿街，燕人驚為罕見。朝廷賞給盧龍軍百萬緡，由弘靖截留二十萬，充軍府雜用。韋雍等復剋扣軍士衣糧，且屢詬軍士道：「今天下太平，汝等能挽兩石弓，不若識一丁字。」軍中聞詬，各有怨言。禍在此矣。會朱克融等被當道勒還，仍令歸本鎮驅使。克融求官不遂，恰耗了許多旅資，及回見弘靖，弘靖亦沒甚禮貌，不過淡漠相遭。克融積忿不平，暗生異志，可巧韋雍出遊，遇小校縱轡前來，衝撞馬頭，雍命導役把小校曳下，即欲在街中杖責，小校不服。雍將小校帶回，入白弘靖，弘靖命拘繫定罪。是夕即生變亂，士卒呼譟入府，扭住弘靖，劫掠貨財婦女，殺死幕僚韋雍張宗元崔仲卿鄭塤，及都虞侯劉操、押牙張抱元。唯判官張徹，素性長厚，大眾不忍加刃，與他商議後事。徹罵道：「汝等如何造反？將來恐要族滅哩。」道言未絕，已被士卒殺斃。士卒擁弘靖至薊門館，將他囚禁，另議推立留後，商量一夜，未曾就緒。次日眾有悔心，統至薊門館謝罪，請改心服事弘靖。待至半日，未見弘靖回答。真是飯桶。大眾乃相語道：「相公不發一言，是不肯赦宥我等，我等不應待死，只好另立鎮帥罷。」遂往迎舊將朱洄為留後。洄即克融父，時方因廢疾臥家，自辭老病，願舉子自代。亦欲效晉祈奚麼？眾乃奉朱克融為留後。穆宗聞變，貶弘靖為吉州刺史，調昭義節度使劉悟為盧龍節度使。悟不願移節，表稱克融方強，不如且授節鉞，待作後圖，乃仍令悟鎮昭義軍，另議對付克融，不欲遽授旌節。

偏偏一波未平，一波又起，成德兵馬使王庭湊，竟勾結牙兵，戕殺節度使田弘正，自稱留後，累得唐廷應接不暇，愈覺驚惶。原來田弘正徙鎮成德，自思前時與鎮軍交戰，積有宿嫌，恐軍士尚思報復，特帶魏博兵二千人，留作自衛，且表請度支使另給糧賜。戶部侍郎判度支崔俊，剛褊無遠慮，不肯照給，弘正四上表不報，沒奈何遣魏博兵歸鎮。果然不到半年，都知兵馬使王庭湊，糾眾作亂，攻入府署，殺死弘正，並家屬二百餘人。所有弘正僚屬，亦多遭害。庭湊竟自稱留後。是時李愬正調鎮魏博，聞弘正遇害，特素服令將士道：「魏人所以得通聖化，至今富樂安寧，究系何人所賜？」大眾齊聲道：「幸有田公弘正。」愬又道：「諸君既受田公厚惠，今田公為成德軍所害，將若何報怨？」眾又道：「願從公令。」愬又搜閱兵馬，自請往討成德，一面出寶劍玉帶，遣使持贈深州刺史牛元翼，且傳語道：「昔我先人用此劍立功，我又奉此劍平蔡州，今特贈公，請努力剪除庭湊。」元翼本成德良將，深州屬成德管轄，至是感愬知遇，即捧劍執帶，曉示軍中，且令魏使返報李愬，誓盡死力。愬遂表薦元翼忠誠可用，有詔授元翼為深冀節度使。元翼受命，作書謝愬，並約愬為援，即日發兵。愬整軍將發，忽爾染疾，臥不能起，乃亟諸簡賢代任。廷議以魏人素服弘正，擬起復弘正子布，繼任魏博，當無後慮。穆宗准議，拜布檢校工部尚書，兼魏博節度使，召愬歸東都養痾。布曾任河陽節度使，轉徙涇原，因弘正遇害，丁憂解職，至是奉詔起復，固辭不獲，始涕泣受命，且與妻子及賓客訣別道：「我此行恐不能生還了。」隱伏死讖。遂屏去旌節，襆被即行。距魏州三十里，披髮徒跣，號哭而入。李愬見布已蒞鎮，即日交卸，還至東都，不久即歿。年四十九，朝廷追贈太尉，予諡曰武。愬當服官之年，即行病逝，殊足深惜；否則將才如愬，必能平定成德，何至河朔再失耶？

布雖受任，身居堊室，月俸千緡，一無所取，且賣去舊產，得錢十餘萬緡，盡給將士，誓眾復仇。那時朱克融卻日益猖獗，誘降莫州都虞侯張良佐，逐去刺史吳暉，再煽動瀛州軍士，執住觀察使盧士玫，送至幽州，囚住客館。一面又與王庭湊聯繫，合攻深州。詔令殿中侍御史溫造為起居舍人，充鎮州（即恆州，屬成德軍）四面諸軍宣慰使，遍歷澤潞河東魏博橫海深冀易定等道，預戒軍期。各道多觀望不前，再調裴度為鎮州四面行營都招討使。度受命即發，偏翰林學士元稹，與知樞密魏弘簡，潛相勾結，求為宰相，恐度為先達重望，一或有功，必當大用，有礙自己進取，因此從中阻撓，凡遇度所陳軍事，多不使行。元才子之喪名敗節，莫此為甚。度乃上疏極諫，略云：

陛下欲掃蕩幽鎮，先宜肅清朝廷，河朔逆賊，只亂山東，禁闈奸臣，必亂天下。是則河朔患小，禁闈患大。小者臣與諸將必能剪滅，大者非陛下覺悟制斷，無自驅除。臣自兵興以來，所陳章疏，事皆切要，所奉詔書，多有參差，蒙陛下委付之意不輕，遭奸臣抑損之事不少。臣素與佞幸，無甚仇隙，不過恐臣或有成功，曲加阻抑，進退皆受羈牽，意見悉遭蔽塞，但欲令臣失所，使臣無成，則天下理亂，山東勝負，悉不顧矣。為臣事君，一至於此。若朝中奸臣盡去，則河朔逆賊，不討自平，若朝中奸臣尚存，則逆賊雖平無益。陛下倘未信臣言，乞出臣表，使百官集議，彼不受責，臣當伏辜。臣不勝翹首待命之至！

疏入不省。接連又是兩疏，明斥魏弘簡元稹，乃罷弘簡為弓箭庫使，稹為工部侍郎，暗中仍寵遇如故。橫海節度使烏重胤，率全軍往救深州，獨當幽鎮東南諸軍，倚以為重。重胤老成持重，見賊勢方盛，未易剿除，因深溝高壘，按兵觀釁。左領軍大將軍杜叔良，以善事權幸得寵，中官遂交口稱揚，謂重胤逗留誤事，不若令叔良往代。穆宗信為真言，遂徙重胤為山南西道節度使，令叔良代統橫海軍，兼深州行營節度使。叔良馳至深州，與成德軍接仗，屢戰屢敗，至博野一戰，喪亡七千餘人。叔良狼狽奔還，連旌節都至失去。穆宗始知誤用，另調鳳翔節度使李光顏為忠武軍節度使（德宗時稱陳許為忠武軍），兼深州行營節度使，代杜叔良。已是遲了。自憲宗征討四方，國用已空，穆宗即位，侈奢無度，府藏尤匱。更兼幽鎮用兵，日需軍餉，左支右絀，拮据異常，宰臣為節費起見，特上呈奏議，大略謂：「庭湊殺弘正，克融囚弘靖，罪有輕重，不應同討，請赦克融罪，專討庭湊。」無非姑息。穆宗乃命克融為平盧節度使，克融雖得旌節，仍然遣兵四出，陷弓高，圍下博。前翰林學士白居易，素有直聲，屢遭時忌，累貶至江州司馬，唐時有潯陽曲，便為此時所作。尋遷忠州刺史，長慶初復入任中書舍人，目擊時艱，忍無可忍，乃復上書言事道：

自幽鎮逆命，朝廷討諸道兵計十七八萬，四面攻圍，已逾半年。王師無功，賊勢猶盛。弓高既陷，糧道不通，下博深州，饑窮日蹙。蓋由節將太眾，其心不齊，朝廷賞罰，又復誤用，未立功者或已拜官，已敗衄者不聞得罪，既無懲勸，以至遷延，若不改張，必無所望。請令李光顏將諸道勁兵，約三四萬人，從東速進。開弓高糧路，令下博諸軍解深州重圍，與元翼合勢，令裴度將太原全軍，兼招討舊職，四面壓境，觀釁而動，若乘虛得便，即令同力剪除，若戰勝賊窮，亦許受降納款，如此則夾攻以分其勢，招諭以動其心，必未及誅夷，自生變故，仍詔光顏選留諸道精兵，餘悉遣歸本道，自守土疆。蓋兵多而不精，豈唯虛費資糧？兼恐撓敗軍陳故也。諸道監軍，請皆停罷，眾齊令一，必有成功。又朝廷本用田布令報父仇，令領全師出界，供給度支，數月以來，都不進討，非田布固欲如此，實由魏博一軍，累經優賞，兵驕將富，莫肯為用。況其軍一月之費，約需錢二十八萬緡，若更遷延，將何供給？此尤宜早令退軍者也。若兩道止共留兵六萬，所費無多，既易支持，自然豐足。否則兵數不抽，軍費不減，食既不足，眾何以安？不安之中，何事不有？況有司迫於供軍，百端蒐括，不許則用度交缺，盡許則人心無饜，自古安危，皆繫於此，伏乞聖慮察而念之！

穆宗得奏，毫不在意。崔植杜元穎，也逐日延宕，未嘗過問，還有西川節度使王播，以賂結宦官進幸，入為鹽鐵使，尋且為相，專事逢迎，不談政治。至長慶二年，魏博又復作亂，遂致河朔三鎮，相繼淪胥。魏博節度使田布，素與牙將史憲誠相善，及出師復仇，命為先鋒兵馬使，軍中精銳，悉歸排程。憲誠前驅出發，布為繼進，出至南宮，適值大雪繽紛，軍不得進，度支饋運，又復不至。布令發六州租賦，供給軍糈，將士不悅，入白布道：「我軍出境，向例由朝廷供給，今尚書刮六州膏血以奉軍，雖尚書瘠己肥國，六州人民，究系何罪？」布默然不答。將士退出，轉語憲誠。憲誠已蓄異圖，非但不加勸慰，並且從旁煽動，於是軍心益離。會有詔分魏博軍與李光顏，使救深州，布軍遂潰，多歸憲誠。布獨與中軍八千人歸魏，復召諸將會議，再行出兵。諸將益嘩噪道：「尚書能行河朔舊事（指田承嗣），願與共死生，若使復戰，恐無能為力了。」布再欲與語，諸將盡拂袖而出。布不禁淚下道：「功不成了。」便自作遺表，具陳情狀。略謂：「臣觀眾意，終負國恩。臣既無功，敢忘即死，伏願陛下速救光顏元翼，勿使義士忠臣，盡為河朔屠害，臣雖死亦瞑目了。」表既寫就，號哭下拜，當將表文授與幕僚李石，乃入啟父靈，抽刀自言道：「上以謝君父，下以示三軍。」言畢，刺心自盡，年止三十八歲。徒死無補，亦愚忠愚孝之流。憲誠聞布已死，即宣告大眾，仍遵河北故事。眾皆歡躍，願擁憲誠為留後，乃將布死狀奏聞，但說布憤功難成，因致短見，且敘及眾情歸向，願擁憲誠等事。唐廷亦不遑細察，但贈布右僕射，予謚曰孝，竟授憲誠節度使。

憲誠陽奉朝廷，陰實與幽鎮連結，於是王庭湊氣焰尤盛。幽鎮軍圍攻深州，官軍三面往援，均因衣糧缺乏，凍餒興嗟，還有何心戀戰？就是庸中佼佼的李光顏，亦只能閉壁自守。招討使裴度，貽書幽鎮，以大義相責，朱克融撤圍退去，王庭湊雖引兵少退，尚有餘兵留著。度擬專討庭湊，怎奈朝內有一個元才子，是裴晉公的對頭，始終忌他成功，屢勸穆宗赦庭湊罪，罷兵息民，穆宗竟命度入朝，加拜司空，令為東都留守。一面授克融庭湊檢校工部尚書，各兼節度使。克融釋出張弘靖盧士玫，上表稱謝。庭湊雖然受命，鎮軍尚留深州城下。詔令兵部侍郎韓愈，宣慰庭湊，盈廷大臣，均為愈危，詔中亦有「可行則行，可止則止」二語。愈喟然道：「君止仁，臣死義，怎得不往？」韓公大名，在此數語。遂持敕啟行，直抵鎮州。庭湊令軍士拔刃張弓，迎愈入館。愈見甲仗羅列，毫無懼容。庭湊乃語愈道：「頻年不解兵事，實皆軍士所為，庭湊本心，不願出此。」愈厲聲道：「天子以尚書有將帥才，故特賜節鉞，難道尚書不能與健兒語麼？」庭湊語塞。甲士卻向前道：「先太師（指王武俊）。為國擊走朱滔，血衣猶在，我軍何負朝廷，乃視同盜賊呢？」愈答語道：「汝等尚能記先太師，甚善甚善。試想從前叛逆，自祿山思明，以及元濟師道，所遺子孫，今尚有在朝為官麼？田令公以魏博歸朝廷，子孫孩提，日為美官，王承元以此軍歸朝廷，弱冠為節度使，劉悟李祐，今皆為節度使，汝等曾亦聞知否？」氣盛言宜，勝讀昌黎文集。大眾皆不能對。庭湊恐眾心搖動，麾眾令出，徐語愈道：「侍郎來此，欲使庭湊何為？」愈說道：「神策六軍諸將，如牛元翼才具，卻也不少，但朝廷顧全大體，不忍棄置，敢問尚書既受朝命，如何圍攻不退？」庭湊道：『我便當放他出去了。』隨即設宴待愈，厚禮遣歸，深州圍解。牛元翼率十騎出城，奔往襄陽，家屬尚陷沒城中（為下文伏線）。深州守將臧平等，舉眾出降。庭湊責他堅守不下，殺平等百八十餘人，自是成德軍六州（恆定易趙深冀），盧龍軍九州，（幽薊營平涿莫檀嬀瀛），魏博軍六州（貝博魏相衛洺），皆跋扈不臣，不奉朝命，河朔復非唐有了。後人推原禍始，無非因君相昏庸，坐致此失。小子有詩嘆道：

強藩方倖免喧呶，誰料前功一旦拋。
主既淫荒臣亦昧，野心狼子復咆哮。

三鎮已失，昭義軍又復不靖，欲知如何啟釁，且待下回說明。

王承元徙鎮而成德安，劉總棄官而盧龍安，合以魏博田弘正，謹守朝旨，河朔之亂，庶乎息矣，唐廷乃激之使變，果胡為耶？田弘正與成德有隙，不應輕徙，張弘靖有文無武，更不應輕調，一變驟起，一變復乘，至起復田布，再令遘禍，既害其父，又害其子，弘正與布，雖未嘗無失，要之皆唐廷處置失宜之弊也。當時相臣如裴度，將臣如李光顏，皆一時名流，乃為奸臣腐豎所牽制，不能成功，集天下之兵，不能討平二賊，反以節鉞委之，亂臣賊子，豈尚知有天子耶？韓愈宣慰庭湊，理直詞壯，稍折賊焰，然僅救一牛元翼，不得大伸國權，愈固忠矣，其如國威之已替何也。唐至此蓋已陵夷衰微矣。

第七十九回　裂制書郭太后叱奸信　卜土張工頭構亂

卻說昭義節度使劉悟，因不肯移節，仍守原鎮。監軍劉承偕，在宮時得寵太后，視為養子，既為昭義監軍，恃恩傲物，嘗在大眾前窘辱劉悟，且陰與磁州刺史張汶，謀縛悟送闕下。悟窺破陰謀，諷軍士殺汶，並執住承偕，舉刀擬頸。幕僚賈直言責悟道：「公欲為李司空麼？安知軍中無人如公。」名足副實。悟乃不殺承偕，拘繫以聞。時裴度正奉詔入朝，穆宗問處置昭義，應如何辦法？度頓首道：「臣現充外藩，不敢與聞內政。」穆宗道：「卿職兼內外，何妨直陳所見。」度答道：「臣素知承偕怙寵，悟不能堪，嘗貽書訴臣，謂曾託中人趙弘亮，奏聞陛下，陛下可亦聞知否？」穆宗道：「朕未及聞知，但承偕為惡，悟何不早日奏聞？」度又道：「臣入覲天顏，相距咫尺，有所陳請，陛下尚未肯俯從，況千里單言，能遽邀聖聽麼？」穆宗道：「前事且不必再提，但論今處置方法。」度答道：「必欲使帥臣歸心，為陛下效力，應該敕使至昭義軍，把承偕梟示。」度素嫉監軍，故有此請。

穆宗道：「朕亦何愛承偕，但太后曾視如養子，當更思及次。」度請投諸荒裔，穆宗許可，乃詔流承偕至遠州。悟遂釋出承偕，上表謝恩。

既而武寧副使王智興，復逐去節度使崔群，朝廷以力未能討，即命智興繼任節度使。當時崔植、杜元穎，又陸續免相。元稹得入任同平章事，勸穆宗遠調裴度，令他出鎮淮南，制敕一下，言路大嘩，交章請留度輔政。穆宗乃留度為相，命王播代鎮淮南，兼鹽鐵轉運使。度與稹同居相位，當然似冰炭難容。稹屢欲害度，但苦無隙，宦寺多與度未協，特諷穆宗召用李逢吉。逢吉曾為東宮侍讀，出任山南東道節度使，陰譎多謀，密結近倖，至是薦入為兵部尚書，明明是擠排裴度。哪知逢吉心腸尤狠，甫經受職，便欲將裴度、元稹，一併捽去，自己好奪取鈞席。湊巧有一個善講謠言的李賞，為逢吉所賞識，即令他至左神策軍營，訐告元稹陰謀，說他與裴度有嫌，密結私黨於方，募客刺度。神策中尉入奏穆宗，穆宗即命尚書左僕射韓皋，給事中鄭覃，與逢吉會同鞫訊，並無實證，當即復奏上去，大約是：「查無實據，事出有因。裴、元二相，同職不同心，所以群疑紛起，有此謠言，請求聖明察奪。」看官試想！這數句奏語，真是妙不可階，既好把二相同時坐免，復好把李賞輕輕脫罪，一舉三得，若非李尚書足智多謀，怎能有此巧計？冷雋有味。果然穆宗覽奏，墮入彀中，罷度為尚書右僕射，出稹為同州刺史。有幾個謇謇諤諤的言官，未免代抱不平，上疏言：「裴度無罪，不宜免相，稹蓄邪謀，雖未成事，不為無因，應從重譴罰。」穆宗不得已，再貶稹為長春宮使，唯不復相度，竟令李逢吉同平章事。相位到手，究竟長厚者吃虧，刁狡者生色。但讀李逢吉死後無子，冥冥中卒有報應，詐謀亦何益乎？

時李愿出任宣武節度使，寵任妻弟竇瑗，驕貪不法，貽怨軍中。牙將李臣則作亂，殺瑗逐愿，推押牙李㝹為留後。監軍據實奏聞，有詔令宰相及三省官會議，或謂當如河北故事，授㝹節鉞。逢吉力駁道：「河北事出自無奈，今若並汴州棄置，恐江淮以南，均非國家有了。」此語確是。

適宋亳潁州，亦各奏請命帥，逢吉入白穆宗，請徵苗鳥入朝，令韓弘弟韓充出鎮宣武。穆宗從逢吉言，遣使召苗鳥，苗鳥不受命，詔令忠武節度使李光顏，兗海節度使曹華，出兵討苗鳥，屢敗苗鳥軍。韓充入汴境，又敗苗鳥兵於郭橋。苗鳥嘗與兵馬使李質友善，質屢次勸諫，苗鳥不肯從。會苗鳥因鬱憤，疽發臥家，質乘間突入，斬苗鳥示眾，眾皆駭服，遂出城迎充。充既視事，人心粗定，乃密籍軍中黨惡千餘人，盡行逐出，且下令道：「敢少留境內者斬！」於是軍政大治。李質得加授金吾大將軍。

穆宗因南北粗平，內外無事，奉郭太后遊幸華清宮，自率神策軍圍獵驪山，車馬儀仗，夾道如林。及返入宮中，屢與內侍擊球，忽有一人墜馬，馬奔御前，險些兒撞倒穆宗，幸經左右攬住馬轡，用力扯轉，穆宗方得免傷，但已驚成風疾，兩足抽搐，不能履地，好幾日不見臨朝。李逢吉等屢乞入見，終不見答。裴度三上疏請立太子，且屢入內殿求見，穆宗不得已御紫宸殿，度請速下詔立儲，副天下望。逢吉亦請立景王湛為太子。原來穆宗在位二年，尚未立後，有子五人，長名湛，封景王，系後宮王氏所出，逢吉所請，卻是立嫡以長的正理。穆宗意尚未決，復經中書門下兩省，及翰林學士等，接連陳請，乃立景王湛為太子，冊湛母王氏為妃，既而疾瘳。

越年仲春，進戶部侍郎牛僧孺同平章事。御史中丞李德裕，即故相李吉甫子，聲望本高出僧孺，不意僧孺為相，自己反被黜為浙西觀察使，料知李逢吉私袒僧孺，特為僧孺報復私仇，將己排出(牛僧孺等對策不諱，為李吉甫所恨，事見七十二回)，因此怏怏失望。牛李黨隙，實始於此。逢吉又密結中官王守澄，傾軋裴度，出為山南西道節度使，削去同平章事職銜。韓愈轉任吏部侍郎，復徙為京兆尹，六軍不敢犯法，嘗私相語道：「是人慾燒佛骨，怎得冒犯呢？」偏逢吉亦忌他剛直，又想出一箭雙鵰的法兒，既傾韓愈，復陷御史中丞李紳。紳嘗排沮王守澄，守澄託逢吉圖紳，逢吉遂聲東擊西，就韓愈身上設法。故例京兆新除，必詣臺參，逢吉請加愈兼御史大夫，可免行臺參故例。穆宗准奏，紳不知逢吉詐謀，竟與愈相爭，往來辭氣，各執一是。逢吉即奏二人不協，徙愈為兵部侍郎，紳為江西觀察使。及二人入謝，穆宗令各自敘明，方知為逢吉所播弄，乃仍令愈為吏部侍郎，紳為戶部侍郎，再擬易人為相。不意三年將滿，病根復發，過了殘臘，竟爾臥床不起，連元旦都不能受賀。看官聽著！穆宗甫及壯年，如何一再抱病？他是效尤乃父，專餌金石，以致燥烈不解，灼損真陰。處士張皋，嘗上諫穆宗，毋循憲宗覆轍，穆宗亦頗稱善，奈始終餌藥，不肯少輟，得毋為壯陽計乎？真陰日涸，元氣益枵，遂成了一個不起的症候。當下命太子湛監國，湛時年止十六，內侍請郭太后臨朝，太后怒叱道：「爾等欲我效武氏麼？武氏稱制，幾傾社稷，我家世代忠貞，豈屑與武氏比例？就使太子年少，亦可選賢相為輔，爾等勿預朝政，國家自致太平。試想從古到今，女子為天下主，果能治國安邦麼？」說至此，即將內侍所上制書，隨手撕裂，擲置敗字簏中。太后兄郭釗正任太常卿，聞宮中有臨朝密議，即向太后上箋道：「母后臨朝，系歷代弊政，若太后果循眾請，臣願先率諸子納還官爵，辭歸田裡。」太后泣道：「祖考遺德，鐘毓吾兄，我雖女流，亦豈肯自背祖訓？」乃手書復釗，絕不預聞外事。是夕，穆宗崩逝，年三十歲，在位只四年。太子湛即位太極殿東序，是謂敬宗。令李逢吉攝塚宰事，尊郭太后為太皇太后，母妃王氏為皇太后，次弟涵仍江王，三弟湊仍漳王，四弟溶仍安王，幼弟柔鳥仍潁王，涵母蕭氏以下，皆尊為妃（為後迴文武二宗伏筆）。還有尚宮宋若昭，素有才望，為穆宗所敬愛，宮中呼為先生，相率師事。

若昭貝州人，父廷芬，以文學著名，子多愚蠢，不可教訓，女有五人，長名若莘，次即若昭，又次為若倫、若憲、若荀，若莘、若昭，才藝尤優，性皆高潔，屏除鉛華炫飾，且不願適人，欲以學問名家。若莘嘗著《女論語》十篇，以漢朝韋宣文君代孔子，曹大家等代顏冉，推明婦道，羽翼壼教。若昭又為傳申釋，闡發餘義。貞元中，昭義節度使李抱真，表揚五女才能，德宗悉召入禁中，面試文章，並問經史大義，應對如流，無不稱旨。德宗很為褒美，均留侍宮中，號為女學士，凡祕禁圖籍，統命若莘總領。憲宗時寵遇如舊。元和末年，若莘病逝，贈河內郡君。穆宗即位，拜若昭為尚宮，嗣若莘職。及敬宗改元，若昭亦歿，贈梁國夫人，若倫、若荀，亦皆早世，若憲代若昭主宮中祕書，文宗時被誣賜死，後文再表。敘宋若昭事，不沒賢女。

且說敬宗嗣位，童心未化，才閱數日，即率領內侍，往中和殿擊球。越日，又至飛龍院蹴踘。又越日，召集樂工，令在踘場奏樂。嗣是習以為常，比乃父更進一層，無怪後來不得其死。賞賜宦官樂人，不可勝計，往往今日賜綠，明日賜緋，晝與內侍戲遊，夜與後宮宴狎。第一個專寵的嬪嬙，乃是右威衛將軍郭義的女兒，敬宗為太子時，以姿容選入東宮，及將即位，得生一男，取名為普，敬宗越加寵幸。此外複選了好幾個美人，充作媵侍。春宵苦短，日高未興，百官每日入朝，輒在紫宸門外，鵠立待著，少約一二時，多約三四時，年老龍鍾的官吏，足力不勝，幾至僵踣。一日，視朝愈晚，群臣望眼將穿，均至金吾仗待罪。好容易才見敬宗升殿，方聯翩入朝，朝畢欲退，左拾遺劉棲楚進諫道：「陛下春秋方盛，今當嗣位，應該宵旰求治，為何嗜寢戀色，日宴方起？梓宮在殯，鼓吹日喧，令聞未彰，惡聲已布，臣恐如此過去，福祚未必靈長，願碎首玉階，聊報陛下知遇。」說至此，用額叩地，見血未已。敬宗聞言，顧視李逢吉，意欲令他諭止。逢吉乃宣言道：「劉棲楚不必叩頭，靜俟進止！」棲楚乃捧首而起，復論及宦官情事，才說數語，敬宗雙手亂揮，令他出去。確是狂童情狀。棲楚道：「不用臣言，願繼以死。」棲楚何人，亦欲效朱雲折檻麼？牛僧孺恐敬宗動怒，亦代為宣言道：「所奏已知，可至門外靜俟。」棲楚乃出，待罪金吾仗。逢吉、僧孺俱稱棲楚忠直，敬宗乃命中使宣諭令歸，自己退朝入內，仍舊尋歡縱樂去了。翌日下詔，擢棲楚為起居舍人，棲楚辭疾不拜。看官閱到此文，總道劉棲楚直聲義膽，冠絕一時，哪知他是李逢吉心腹，有恃無恐。特藉此訕上沽直，立言可採，居心殆不可問呢。揭破隱情。

逢吉內結中官，外聯黨與，當時有八關十六子的傳聞，八關是張又新、李續、張權輿、李虞、李仲言、姜洽、程昔範等，連劉棲楚在內，共計八人。又有八人從旁附會，所以叫做八關十六子。中外有所陳請，必先賄通關子，後達逢吉，然後可得如願，逢吉素恨李紳，密囑李虞、李仲言，伺求紳短。虞係逢吉族子，仲言乃逢吉姪兒，兩人尋不出李紳短處，乘著敬宗即位，便與逢吉密商，賄託權閹王守澄，令他入白敬宗，誣稱：「李紳等欲立深王悰，即穆宗弟。虧得逢吉力為挽回，陛下始得踐阼。」敬宗雖然童昏，聽到此言，恰也未曾深信。逢吉又自進讒言，請即黜李紳，乃貶紳為端州司馬。張又新為補闕官，討好逢吉，復上言：「貶紳太輕，非正法不足伏罪。」敬宗幾為所惑，幸翰林侍讀學士韋處厚，極力營救，為紳辨誣，方得少沃君心。奸黨心尚未饜，日上謗書，敬宗查閱遺牘，得裴度、杜元穎等，請立自己為儲貳一疏，李紳名亦列在內，於是紳冤得白，把所有誣紳奏章，一併毀去，仍如遷擢，後文再見。何不加罪誣告？乃僅以一毀了事，敬宗終屬不明。

韓愈亦為逢吉所忌，他到敬宗嗣統，已經抱病，數月而歿，還算死得其時，蒙贈禮部尚書，賜諡曰文。愈字退之，南陽昌黎人氏，父仲卿曾為武昌令，政績卓著，仕至祕書郎。愈三歲喪父，隨兄會貶官嶺表，會病歿貶所，賴嫂鄭氏鞠養成人，童年穎悟，能日記數千百言，及長，盡通六經百家學，下筆有奇氣，以進士知名。既登顯要，所得俸給，嘗贍恤親朋。居嫂鄭氏喪，服期報德；立朝抗直有聲，及門弟子甚眾，如李翱、皇甫湜、賈島、劉乂等，皆以詩文見稱。愈嘗言歷代文章，自漢司馬相如太史公遷劉向楊雄後，久失真傳，因特為探本鉤元，吐棄一切，卓然自成一家言。同時與愈齊名，莫若柳宗元。宗元坐王叔文黨，被貶永州，尋遷柳州刺史，終死任所。生平流離憂鬱，多借文詞抒寫，頓挫沉雄，人不易及，世號柳柳州。韓愈嘗謂柳子厚文（子厚即宗元字），雄深雅健似司馬子長，所以也加器重。柳子厚墓誌銘，實出韓愈手筆，韓柳文名，幾不相讓。惜柳黨叔文，貽譏身後，不及韓愈聞望，後世且封愈為昌黎伯（韓文公揚名後世，故特為詳敘，且隨筆補述柳宗元事，回應七十一回，一褒一惜，寓有深情）。這且休表。

單說敬宗遊戲無恆，少理朝事，內由王守澄梁守謙等攬權，外由李逢吉牛僧孺專政，堂廉暌隔，上下不通，遂致變起蕭牆，出人意料。這肇禍的魁首，說將起來，尤屬可笑，一個是賣卜術士蘇玄明，一個是染坊工人張韶，兩個不倫不類的人物，也想做起皇帝來了。確是奇怪。玄明與韶，素相往來，韶問終身禍福，玄明替他占課，擲過金錢，沉吟半晌，忽離座揖韶道：「可喜可賀，日內得升坐御殿，南面稱孤，我恰亦得伴食，這真是意外洪福呢。」韶不禁大噱道：「你是卜人，我是染工，如何走得入朝門，坐得上龍廷，真正夢話，可發一笑！」玄明反正色道：「我的卜課，很是靈驗，你不聞姜子牙釣魚，漢沛公斬蛇，後來拜相稱帝，名聞古今，難道我等定不及古人麼？」援引古人，宛肖術士口吻。韶尚大笑不止。玄明又道：「目下正是發跡的日子，你想皇帝晝夜遊獵，時常不在宮中，不乘此圖謀大事，尚待何時？」韶被他激說，卻也有些心熱起來，便道：「宮禁森嚴，豈憑空可得飛入？」玄明道：「我自有妙計，包管你得升御座，你若不信，也隨你罷了，只錯過這等好機緣，實是可惜。」韶問有什麼妙計，玄明即與他附耳數語，頓令一個染坊工匠，眉飛色舞，喜極欲狂，便語玄明道：「我做皇帝你拜相，一刻也是好的。」癩蝦蟆想吃天鵝肉。於是兩人聯作一氣，密結染工無賴百餘人，匿入柴草車內，混進銀臺門。韶與玄明充做車伕，門役見車載過重，前來盤詰，被韶抽刀殺死，遂令徒黨下車，彼此易服，持刀大呼，直趨殿廷。敬宗方在清思殿擊球，諸宦官同侍上側，突聞殿外有喧噪聲，急出外探望，正值亂黨持刀奔來，慌忙返殿閉門，走白敬宗。敬宗也覺著急，倉猝欲逃，便語內侍道：「快……快往右神策軍營！」內侍道：「右軍距此太遠，不若亟幸左軍，較為近便。」敬宗本寵任右神策中尉梁守謙，所以欲奔右軍，至聞內侍奏請，不得已向左角門逃出，徑詣左軍。左神策中尉馬存亮，猝聞敬宗到來，急出迎駕，捧足涕泣，自負敬宗入營，立遣大將康藝全，帶領騎卒，入宮討賊。敬宗語存亮道：「兩宮隔絕，未知安否，如何是好？」存亮復令兵馬使尚國忠，率五百騎往迎太皇、太后，及太后同入營中，再令尚國忠往助藝全。時張韶等已斬關直入，升清思殿，徑登御榻，與蘇玄明同食道：「果如汝言。汝的卜課，真正靈驗，我已做過皇帝，汝亦做過宰相，我等好同出去了。」還算知足，但既容你入，恐不容你出去。玄明驚道：「事止此麼，奈何出去？」韶起座道：「這寶位豈可長據，倘禁兵到來，如何對敵？」言未已，康藝全已領軍殺入，韶與玄明等忙出來抵擋，奪路奔逃。哪經得禁軍甚多，殺透一層，又是一層，手下百餘人，已倒斃了一大半。更兼尚國忠前來攔阻，眼見得有死無生，亂刀齊下，韶與玄明，同時就戮。尚有幾個餘黨，逃匿苑中，搜查了一晝夜，悉數擒斬，宮禁乃定。是夕，宮門皆閉，敬宗留宿左軍，中外不知所在，人情惶駭。翌日，敬宗還宮，宰相李逢吉等入賀，尚不過數十人，當下查問守門宦官，縱盜進來，共得三十五人，法當處死。敬宗只令杖責，仍供舊職，且厚賞兩軍立功將士。小子有詩嘆道：

裡用猶應管鑰嚴，況居帝后隔堂廉。
如何縱賊斬關入，尚事姑容未盡殲。

敬宗驚魂已定，仍然遊宴，當由內外直臣，一再諷諫，欲知如何說法，且待下回再敘。

穆敬二朝，藩鎮之亂未消，朋黨之禍又起。內外交訌，唐室益危。加以穆宗荒耽，敬宗尤甚，萬幾叢脞，唐之不亡亦僅矣。郭太后怒叱中宮，不願預政，懲武韋之覆轍，守祖考之遺規，為唐室宮闈中呈一異彩，未始非挽回國脈之一端。惜乎敬宗童昏，遊畋無度，宰相李逢吉，復樹黨擅權，不知匡正，以百餘人之無賴工匠，乃能斬關升殿，如入無人之境，朝廷豈尚有君相耶？若張韶、蘇玄明之愚妄，何足道焉？

第八十回　蠹敬宗逆閹肆逆　屈劉蕡名士埋名

卻說翰林學士韋處厚，素抱公忠，見敬宗仍不知戒，乃入朝面奏道：「先帝耽戀酒色，致疾損壽，臣當時未曾死諫，只因陛下年已十五，主器有歸，今皇上才及週年，臣怎敢怕死不諫呢？」敬宗頗加獎許，賜他錦彩百匹，銀器四具。未幾，送穆宗歸葬光陵。是時吏部侍郎李程，戶部侍郎竇易直，均入為同平章事。兩人任職月餘，適成德節度使王庭湊，因牛元翼病死襄陽，竟將他留寓深州的家族，盡行屠戮。敬宗聞耗，自嘆任相非才，使凶賊縱暴至此。韋處厚乃力薦裴度，說他勛高中夏，聲播外夷，不應處諸閒地。李程亦勸敬宗禮待裴度，敬宗乃加度同平章事，仍未召還。既而中官李文德，潛謀作亂，事洩伏誅，敬宗尚寵信宦寺，不以為意。一再示儆，仍然不悟，怎得令終？

越年，改元寶歷，敬宗親祀南郊，還御丹鳳樓，大赦天下。唐制，遇著赦令，必由衛尉建置金雞，使囚犯立金雞下，然後擊鼓宣詔，釋放諸囚。是日正在擊鼓，忽有中官數十人，執梃而出，亂捶一囚，竟將囚犯毆傷，僵斃數刻，方得復甦。看官道囚犯為誰？原來是鄠令崔發。先是發為邑令，聞五坊人毆辱百姓，命役捕入曳入庭中，細詰姓氏，乃是中使，發已知惹禍，慰遣使去。次日即由臺官接奉御敕，收發下獄，一係數旬，得逢恩赦。發亦隨各犯立金雞下，仰望鴻恩，哪知中人正恐他赦宥，所以出來亂毆，御駕當前，膽敢出此，若使敬宗稍有剛德，應該立懲中人，偏敬宗倒行逆施，只赦各犯，不赦崔發，仍令還系獄中。呆極昏極。諫議大夫張仲方等，上書規諫，均不見從。李逢吉從容入白道：「崔發敢曳中使，誠大不敬，但發母年垂八十，自發下獄，積憂成疾，陛下方以孝治天下，還望特別矜全？」敬宗乃愍然道：「諫官但言發冤，未嘗說他不敬，亦不敘及老母，果如卿言，朕奈何不赦哩？」即命中使釋發送歸，並慰勞發母。母對中使，杖發四十，中使歡顏辭去。究竟崔發有罪，還是中官有罪，請看官自行辨明。牛僧孺看不過去，又畏罪不敢進言，但累表求出，乃升鄂嶽為武昌軍，出僧孺為節度使。

浙西觀察使李德裕，聞敬宗暱比群小，屢不視朝，特獻丹扆六箴，一日宵衣，二日正服，三日罷獻，四日納誨，五日辨邪，六日防微，語皆切直可誦。敬宗雖優詔相待，終不能用，荒淫如故。到了五月五日，往魚藻宮觀競渡船，因嫌龍舟太少，特命鹽鐵轉運使王播，督造龍舟二十艘，預估價值，約需半年轉運費。張仲方等力諫，乃始減半。裴度出任山南西道節度使，已閱二年，言官屢稱度忠，敬宗亦嘗遣使慰問。度因敬宗失政，自求入覲，擬面伸忠悃。李逢吉百計阻撓，私黨張權輿特造偽謠云：「緋衣小兒坦其腹，天上有口被驅逐。」緋衣寓裴字，坦腹寓度字，天上有口寓吳字，指吳元濟被擒事。又因都城西南，橫亙六岡，堪輿家謂應乾象六數，度宅正居第五岡，權輿遂藉此誣度，說他名應圖讖，宅占岡原，無故求朝，隱情可見。十六字很是厲害。敬宗似信非信，又經韋處厚從旁力辯，奸計卒不得行。

會昭義節度使劉悟病終，子從諫匿喪不發，捏造劉悟遺表，求知留後。司馬賈直言訶責道：「爾父提十二州地，歸獻朝廷，功勞不小，只因張汶煽禍，自謂不潔淋頭，竟至羞死，爾孺子何敢如此？況父死不哭，如何為人？」從諫方才喪發，唯遺表已經入都。宰相李程等，均說是不應輕許，獨李逢吉與王守澄，謂不如徑從所請，竟令從諫為留後，尋且命為節度使。程與逢吉，因是不協。程族人水部郎中仍叔，與袁王紳（順宗子。）長史武昭往來，嘗同小飲，當酒酣耳熱時，昭語帶牢騷，仍叔應聲道：「我族中相公，也欲畀君顯階，奈為李逢吉所持，不能如願。」昭不禁攘臂道：「我前隨裴相公麾下，往討淮西，裴相遣我諭示吳元濟，元濟用兵脅我，我誓死不撓，及還營後，復隨大軍平賊，裴相因我有功，累表舉薦，始終不得大用，想都是這班狐群狗黨，從中阻撓，似我尚不足惜，試想忠勛如裴相公，尚被他排擠出去，國家有此奸蠹，怎得治安？我當為國家撲殺此賊！」（借昭口中，自述履歷）。言畢，憤憤欲出。仍叔恐他闖禍，連忙挽住，偏禁不住武昭勇力，脫手便去。昭行至途中，遇著金吾兵曹茅匯，復與談及逢吉事，匯聽他語不加檢，料知酒醉，急忙挽至別室，婉言勸解。昭亦酒意漸醒，辭歸寓中。不意偵密多人，屬垣有耳，那昭匯敘談的一席話兒，已有人通報張權輿，權輿即轉告逢吉，逢吉笑道：「兩大魚當入我網中了。」故態復萌。遂囑人告發，捕昭匯入獄。李仲言且傳語告匯道：「汝但說李程主使武昭，便可無罪，否則且死。」匯慨然道：「誣人求免，匯不敢為。」及對簿時，匯竟將仲言囑語，和盤說出，於是仲言亦難免罪，獄成定讞。昭杖死，匯流崖州，仍叔流道州，仲言亦流至象州。誣人自坐，何苦乃爾？李逢吉一番巧計，此次卻全成畫餅。裴度李程，絲毫無損。

適前尚書李絳，奉召為左僕射，絳素有直聲，眼見得是不肯緘默，逢吉又多了一個對頭，一時沒法擺布，只好虛與周旋。時當仲冬，敬宗欲幸驪山，至溫泉洗澡，李絳即率同張仲方等，伏闕諫阻，不見俞允。張權輿為左拾遺，也想借端買直，至紫宸殿下，叩首上陳道：「昔周幽王幸驪山，為犬戎所殺，秦始皇幸驪山，即至亡國，玄宗作宮驪山，安祿山作亂，先帝亦嘗幸驪山，享年不長，陛下不應再蹈覆轍。」敬宗道：「驪山有這般凶險麼？朕越要一往，試看有應驗否？」翌日，即啟蹕至驪山，就浴溫湯，日暮乃返，顧語左右道：「若輩叩頭進言，有何應驗？可見是不足信哩。」驪山亦未必果凶，但好事遊幸，不亡亦危，後來敬宗遇弒，實是狎遊之咎。李絳聞言嘆息，又遇著足疾，遂自請免職。敬宗令為太子少師，出守東都。李逢吉稍稍放懷，偏偏李絳方去，裴度又來，正是防不勝防，暗暗叫苦。

度入朝時，已是殘冬。越年仲春，復有詔進度為司空，兼同平章事，急得逢吉心慌意亂，連日與八關十六子，構造蜚言，誣衊裴老。怎奈上意傾向裴公，反將逢吉漸漸疏淡，逢吉智盡能竭，徒喚奈何。也有此日。一日，度在中書省飲酒，左右忽報稱失印，滿座失色，度宴飲自若，少頃，復有人入報，印已覓著了，度亦不應。或問度何若是從容？度答道：「此必由吏人竊去，偶印書券，若急欲搜查，彼且投諸水火，滅跡圖免，不若從容鎮定，自然復還故處。」確是相度，但亦安知非由奸黨播弄。時人俱服他識量。會敬宗欲幸東都，諫牘日有數起，並不見報。度入奏道：「國家本設兩都，預備巡幸，但自國家多難，東都宮廨，半多荒圮，陛下果欲行幸，應命有司徐加修葺，然後可往。」敬宗道：「百官多說不當往，如卿所言，不往亦可。」乃暫罷東幸，只遣使按修宮闕。盧龍節度使朱克融，執住賜衣使者楊文端，詭言文端無禮，且所賜濫惡，願假美錦三十萬匹餉軍，如果得賜，當遣工五千，助治東都，靜候車駕東巡。敬宗恨他跋扈，欲遣重臣宣慰。度獻議道：「克融多行不義，必且自斃，陛下何庸另派重使，但頒一詔書，說是中使倨驕，可還我自責，春服不謹，已詰有司，東都宮闕，營繕將竣，不煩遠路勞工，朝廷未嘗靳惜布帛，唯獨與范陽，即幽州未免厚汝薄人。如此說法，狡謀自阻了。」敬宗依言下詔，果然克融送歸文端。既而幽州軍亂，殺死克融及長子延齡，擁立少子延嗣為留後。延嗣暴虐，又為都知兵馬使李載義所屠，載義自稱恆山王承乾後裔，拜表陳朱氏父子罪。敬宗不遑查究，即授載義為節度使。嗣是待度益厚，遣李程出鎮河東，令李逢吉出鎮山南東道，統皆免相。

度屢勸敬宗早朝，且節勞少遊，敬宗臨朝較早，遊戲如故，素嗜擊球手搏諸戲，宦官乏力角逐，往往斷臂碎首，於是出錢萬緡，招募力士，禁軍及諸道多采力士上獻。敬宗俱令侍側，嘗引與遊畋，又好深夜自捕狐狸，叫做夜打獵。力士或恃恩不遜，輒配流籍沒。宦寺小有過失，動遭棰撻，流血方休。因此侍從諸人，且怨且懼。十二月辛丑日，敬宗夜獵還宮，與宦官劉克明、田務澄、許文端，及擊球軍將蘇佐明、王嘉憲、石從寬、王唯直等，共二十八人飲酒。酒已將酣，敬宗入室更衣，忽然殿上燭滅，大眾毫不驚嘩，唯聞室中一聲狂呼，確是敬宗聲音，劉克明方命左右爇燭，燭方半明，蘇佐明從室內出來，語克明道：「大事已了，速籌善後方法。」（弒敬宗事，用虛寫筆法，高人一層）。克明道：「不若迎立絳王罷。」遂詐傳詔敕，宣翰林學士路隋入內，與語主上暴崩，留有遺命，令絳王悟權領軍國事。路隋知他有異，不敢窮詰，只好遵草遺制，一面由田務澄、蘇佐明等，迎絳王悟入宮。

絳王悟系憲宗子，乃敬宗叔祖行，他見中使來迎，好似喜從天降，冒冒失失的趨入宮中。天已黎明，宰相以下皆入朝，但見劉克明、蘇佐明等，先宣遺詔，繼擁絳王悟出紫宸殿，就外廡引見百官，百官俱面面相覷，不發一言，獨裴度怡然道：「度等只知遵奉詔旨，皇上猝崩，遺言猶在，應該遵行。」克明插入道：「裴公已三朝元老，一切政策，全仗主裁。」度又道：「度已衰朽，但憑公等裁酌，可行即行便了。」裴公可與言權。同平章事竇易直，本來是沒有人格，當然隨聲附和。度即退歸私第，決意討逆，百忙中想不出什麼良法，可巧中尉梁守謙來見，度即延入，便語道：「我正要來邀中尉，今日事情，中尉以為何如？」守謙道：「弒君逆賊，可殺可恨。」度又道：「度等在外，君等在內，究竟弒逆與否，亦當查明。」守謙道：「何必多查，聞逆賊劉克明且要將我輩驅逐，我所以來見司空，同靖大難。」度即道：「中尉手握禁兵，一呼百諾，何勿速入討賊；稍縱即逝了。」守謙道：「果得除賊，絳王亦不應繼立。」度答道：「這個自然，名不正，言不順。」守謙道：「是否立皇子普。」度半晌才道：「皇子年幼，不如立江王涵。」守謙即行，遂與樞密使王守澄、楊從和，右神策中尉魏從簡，（時馬存亮已出監淮南軍）。用牙兵迎江王涵入宮，發左右神策飛龍兵，進討賊黨，一體駢誅。連絳王悟亦死亂軍中。忠勇如裴晉公，猶必借宦官誅逆，國事可知。

守澄等欲號令中外，苦無成例可援，特商諸翰林學士韋處厚。處厚道：「正名討逆，何嫌何疑？」守澄又問江王如何踐阼？處厚道：「先用王教布告中外，說是內難已平。然後有群臣三表勸進，即以太皇太后令，冊命即位，便無可指摘了。」守澄等統皆歡洽，也不暇再問有司，凡百儀制，都付處厚裁決。當令裴度攝冢宰，率百官謁見江王。江王素服出見，涕泣陳辭。度與百官奉箋勸進，繼以太皇太后命令，遂即位宣政殿，改名為昂，是為文宗。乃為敬宗發喪，奉葬莊陵。可憐十八歲的嗣皇帝，在位僅及兩年，只因淫荒過度，樂極生悲，徒落得燭殘身殞，授命家奴，甚至遺骸暴露，好幾日才得棺殮，這豈非咎由自取麼？評斷精嚴。

文宗年才十七，頗知孝謹，尊生母蕭氏為皇太后，奉居大內，太皇太后郭氏居興慶宮，稱王太后為寶歷太后，居義安殿，當時號為三宮太后。文宗每五日問安，凡羞果鮮珍，及四方供奉，必先薦宗廟，次奉三宮，然後進御。就是敬宗妃郭氏，已封貴妃，敬宗子普，已封晉王，文宗一體優待，禮嫂撫姪，始終不衰。並且去佞幸，出宮人，放鷹犬，裁冗官，省教坊樂工，停貢纂組雕鏤，及金筐寶床等類，去奢從儉，勵精圖治，擢韋處厚為同平章事，每遇奇日視朝（奇讀如期）。對宰相群臣，延訪政事，歷久方罷。待制官舊雖設定，未嘗召對，文宗獨屢加延問，中外想望太平，翕然稱慶。無非善善從長之意。但也有一大弊處，軍國重事，不能果決，往往與宰相等已經定議，後輒中變，所以寬柔有餘，明強不足。眾善不勝一弊。

越年，改元太和，韋處厚因文宗過柔，乞請避位。文宗再三慰勞，不令辭職。淮南節度使兼鹽鐵轉運使王播，力求復相，所獻銀器以千計，綾絹以十萬計，經權幸再四揄揚，乃召他入朝，仍命同平章事。於是小人復進，正士日疏。橫海、魏博、成德諸鎮，且有不靖消息，免不得又動兵戈（事見後文）。勉強過了一年，至太和二年三月，詔舉賢良方正，及直言極諫諸士，由文宗臨軒親策，命題發問，大旨在如何端化，如何明教，如何察吏，如何阜財等條目。昌平進士劉蕡，獨痛心閹禍，條陳萬言，小子錄不勝錄，但摘要敘述如下：

臣聞不宜憂而憂者國必衰，宜憂而不憂者國必危。陛下不以國家存亡，社稷安危之策，降於清問，豈以布衣之臣，不足與定大計耶？或萬幾之勤有所未至也。臣以為陛下所先憂者，宮闈將變，社稷將危，天下將傾，四海將亂，此四者國家已然之兆，故臣謂聖慮宜先及之。夫帝業不易成，亦不易守，本朝開國二百餘年，其間聖明相因，未有不用賢士近正人而能興者。伏願陛下思開國之艱，杜篡弒之漸，居正位，近正人，遠刀鋸之殘，親骨鯁之直，輔相得以專其任，庶寮得以守其官，則朝政自理。奈何以褻近五六人，總攬國務，臣恐禍稔蕭牆，奸生帷幄，曹節侯覽（漢中常侍），復生於今日，此宮闈將變也（伏後來甘露之變）。

臣按春秋定西元年春王不言正月者，以先君不得正其終，則後君不得正其始，故曰定無正也。今忠賢無腹心之寄，閹寺專廢立之權，陷先帝不得正其終，致陛下不得正其始，況太子未立，郊祀未修，將相之職未歸，名器之宜不定，此社稷將危也。天之所授者命，君之所存者令，操其令而失之者，是不君也，侵其命而專之者，是不臣也。君不君，臣不臣，此天下所以將傾也。晉趙鞅以晉陽之兵叛，入於晉，書其歸者，能逐君側之惡以安其君，故春秋善之。今威柄陵夷，藩鎮跋扈，有不達人臣大節而首亂者。將以安君為名，不究春秋之微而稱兵者，且以逐惡為義，政刑不由於天子，征伐必出自諸侯，此海內之將亂也。眼光直注唐末。今公卿大臣，非不欲為陛下言之，慮陛下不能用也。臣下既言而不行，言洩而禍且隨之，是以欲盡其言，則有失身之懼，欲盡其意，則有害成之憂，徘徊鬱塞以須陛下感悟，然後得盡其啟沃，陛下何不於聽朝之餘，時御便殿，召當時賢相老臣，訪持變扶危之謀，求定傾救亂之術，塞陰邪之路，屏狎褻之臣，制侵陵迫脅之心，復門戶掃除之役，戒其所宜戒，憂其所宜憂，既不得治其前，當治其後，既不能正其始，當正其終，則可以虔奉典謨，克成丕構矣。

昔秦之亡也，失於強暴，漢之亡也，失於微弱，強暴則奸臣畏死而害上，微弱則強臣竊權而震主，伏見敬宗不虞亡秦之禍，不翦其萌，還願陛下深軫亡漢之憂，以杜其漸，誠能揭國柄以歸於相，持兵柄以歸於將，去貪臣聚斂之政，除奸吏因緣之害，唯忠賢是進，唯正直是用，內寵便僻，無所聽焉，如此而有不萬國歡康，兆庶蘇息者，臣不信也。

夫制度立則財用省，財用省則賦斂輕，賦斂輕，則人富矣。教化修則爭競息，爭競息則刑罰清，刑罰清則人安矣。尤有進者，古時因井田以制軍賦，閒農事以修武備，提封約卒乘之數，命將在公卿之列，故兵農一致，而文武同方，用以保乂邦家，式遏亂略。太宗置府兵臺省軍衛，文武參掌，閒歲則櫜弓力穡，有事則釋耒荷戈，所以修復古制，不廢舊物。今則不然，夏官不知兵籍，止於奉朝請，六軍不主武事，止於養階勛，軍容閤中官之政，戎律附內臣之職，首一戴武弁，疾文吏如仇雠，足一蹈軍門，視農夫如草芥，謀不足以翦除姦凶，而詐足以抑揚威福，勇不足以鎮衛社稷，而暴足以侵害閭里，羈紲藩臣，干凌宰輔，隳裂王度，汩亂朝經，張武夫之威，上以制君父，假天子之命，下以御英豪，有藏奸觀釁之心，無伏節死難之誼，豈先王經文緯武之旨耶？

昔龍逢死而啟商，比乾死而啟周，韓非死而啟韓，陳蕃死而啟魏，今豈之來也，有司或不敢薦臣之言，陛下又無察臣之心，退必戮於權臣之手，臣幸得從四子游於地下，固臣之願也，豈忍姑息時忌，竊陛下一命之寵乎哉？

是時考官左散騎常侍馮宿，太常少卿賈餗等，閱讀蕡策，相率嘆服。只因王守澄、梁守謙等，盤踞官禁，勢焰逼人，一或取錄，必且遭禍，不得已將他割愛。當時有二十二人中第，統皆除官。道州人李郃亦在選列，得除河南府參軍。他獨奮然道：「劉蕡下第，我輩登科，能勿厚顏麼？」遂邀集同科裴休、杜牧、崔慎由等，聯名上疏，願將自己科名，讓與劉蕡，以旌蕡直。文宗也怕中官為難，不好批答，但將原疏擱置不提。後來蕡終不得仕，僅由牛僧孺等，召為幕僚，後來且為閹宦所誣，貶為柳州司戶參軍，憂鬱以終。小子有詩嘆道：

制舉由來待有才，如何名士屈塵埃？
雷鳴瓦釜黃鐘毀，無怪靈均澤畔哀。

劉蕡被斥，朝廷又失了一位賢相，看官道是何人，且至下回表明。

敬宗在位二年，未嘗行一虐政，且於裴度、李絳、韋處厚諸臣，亦知其忠直可用，非直淫昏無道者比，而卒為逆閹所弒者，好遊宴，暱佞幸故也。裴度系三朝元老，不能親自討賊，乃委權於王守澄、梁守謙等人，何唐室季年，閹人權力，一至於此？文宗有心圖治，終受制於家奴，有一劉蕡而不敢用，黜直言之士，增中官之焰，是而欲治安也得乎？讀劉蕡疏，令人三嘆不置云。

第八十一回　誅叛帥朝使爭功　誣相臣天潢坐罪

卻說同平章事韋處厚，表字德載，原籍京兆，以進士第入官，素性介直，穆宗時入為翰林學士，文宗綏靖內難，擢居宰輔。太和二年冬季，因橫海留後李同捷叛命，屢入朝會議軍情，不意早起遇寒，入殿白事，竟暈僕案前。文宗亟命中人掖出登輿，送歸私第，越宿即歿，追贈司空。竇易直同時罷職，改任兵部侍郎翰林學士路隋同平章事。看官欲知李同捷如何叛命，待小子約略敘明。

橫海軍屬州有四，便是滄、景、德、棣四州，從前是烏重胤任職，最號恭順。重胤徙鎮山南西道，由杜叔良接任，叔良免職，用德州刺史王日簡為橫海節度使，參見七十八回。賜姓名為李全略。已而授李光顏兼鎮橫海軍，另授全略為德棣節度使。光顏任事未幾，仍乞還鎮忠武軍。敬宗末年，光顏病卒，追贈太尉，予謚曰「忠」隨筆帶敘李光顏，不沒功臣）。忠武軍由王沛高瑀，依次遞任，不勞細敘。唯李全略與李光顏同逝，子同捷擅領留後，敬宗毫不過問。至文宗元年，仍命烏重胤復任，調李同捷為兗海節度使。同捷不願移鎮，託言為將士所留，拒命不納。一面出珍玩女妓，遍賂河北諸鎮，要結黨援。盧龍節度使李載義見前回，執住同捷來使，及所有饋遺，並獻朝廷。魏博節度使史憲誠，與李同捷世為婚姻，潛助同捷，當時韋處厚尚未去世，頗疑憲誠，裴度獨謂憲誠無二心。裴度公料事頗明，至此幾失之憲誠，可見知人之難。可巧憲誠遣親吏入朝，隱偵朝事，處厚與語道：「晉公百口保汝主帥，我卻不以為然。若使汝主帥暗助同捷，國法具在，怎得輕恕？只晉公未免為難，汝去歸語主帥，負朝廷不可，負晉公愈不可呢（裴度封晉國公，見七十六回）。」憲誠親吏，如言歸報，憲誠頗有懼意，不敢與同捷往來。成德節度使王庭湊，替憲誠代求節鉞，文宗不許，遂發兵械鹽糧，接濟同捷。

武寧節度使王智興，願率本軍三萬人，自備五閱月糧餉，討同捷罪。平盧節度使康志睦（康日知子），繼薛平後任（薛平移鎮平盧，見七十七回），亦願先驅往討。奏章陸續入都，文宗乃命烏重胤、康志睦、李載義、史憲誠四帥，會同義成節度使李聽，義武節度使張璠，各率本鎮軍，進討同捷。重胤素得士心，受命即行，屢戰皆捷，偏是天不假年，中道謝世。文宗因他累積忠勛，賻遺加厚，追贈太尉，予謚懿穆。重胤字保君，系河東將烏承泚子，屢任重鎮，始終守禮，幕僚如溫造石洪，皆知名士，入為諫官。至重胤歿時，門下士二十餘人，刲股以祭，可見他惠愛及人，所以有此食報呢。旌揚美德。王智興奏薦保義節度使李寰，可繼重胤，有詔允准。李寰自晉州赴軍，所過殘暴，部下多無紀律，既至行營，擁兵不進，但坐索餉糈。唯智興還算出力，拔棣州，破無棣，康志睦亦下蒲臺，相繼奏捷。史憲誠首鼠兩端，陰懷觀望，獨長子副大使唐，泣諫憲誠，自督軍二萬五千趨德州，得拔平原，餘軍多徘徊不進。

王庭湊出助同捷，屯兵境上，牽制史唐，一面往賂沙陀酋長朱邪執宜，擬與連兵。沙陀本西突厥別部，自唐太宗時入修朝貢，累代不絕，至德宗貞元年間，中國多故，北庭不通，沙陀酋長盡忠，乃降附吐蕃。既而回鶻取吐蕃涼州，吐蕃疑盡忠為導，命徙河外。盡忠惶懼，因與子執宜率三萬人，仍來歸唐，途次為吐蕃兵追襲，盡忠戰死，執宜領殘眾至靈州，叩關請降。節度使范希朝據實奏聞，詔令就鹽州置陰山府，令執宜為府兵馬使，率眾居住（為後文李國昌父子張本）。至是拒絕王庭湊，遣歸使人，卻還原賂。庭湊沒法，又嗾使魏博兵馬使元志紹，引部兵還逼魏州。史憲誠上表告急，唐廷派金吾大將軍李祐，為橫海節度使，專討庭湊。又令義成節度使李聽，調滄州行營諸軍，往救魏博。李聽與史唐合兵擊敗志紹，志紹走降昭義軍，安置洺州，既而縊死。於是李祐會同李載義各軍，攻克德州，進薄滄州，直入外城。

滄州為李同捷住所，見外城被破，當然惶急，乃致書李祐，悔罪乞降。祐遣部將萬洪入城撫眾，趁便留守，並將詳情奏聞，靜候朝旨。文宗遣諫議大夫柏耆，馳往宣慰。耆至祐營，大言不遜，威協諸將，諸將已憤懣不平。耆又疑同捷有詐，自率數百騎入滄州城，誘令同捷入朝，並使挈同眷屬，即日啟行。萬洪謂宜轉告李祐，耆怒叱道：「我奉天子命來取同捷，就是汝主帥李祐，也不能違命，汝有什麼權力，敢來攔阻？」萬洪不肯伏氣，便抗聲道：「同捷叛命，已是三年，幸我主帥努力破賊，才得使叛臣畏服，獻地歸朝，否則公雖遠來，三寸舌能說降一賊麼？奈何借天子威，藐視功臣，不一告知呢。」道言未已，那柏耆已拔刀砍去，洪不及防備，竟被斫倒，接連又是一刀，結果性命。洪語雖未免唐突，但亦非盡無理，奈何擅加殘戮？當下即押同捷等出城，也不再入祐營，即取道將陵，向西出發。途次聞王庭湊發兵將至，來劫同捷，因將同捷梟首，傳入京師。看官試想！諸道勞師三載，好容易得平同捷，偏經一無拳無勇的柏耆，篡取渠魁，前去獻功，幾把諸道將帥，一概抹煞，那諸將帥肯甘心忍受麼？自是彼上一表，此陳一疏，均言柏耆載寶而歸，恐同捷面陳闕下，因把他殺死滅口。文宗不得已，貶耆為循州司戶參軍，貪人之功，以為己力，終究不妙。流同捷母妻子弟等至湖南。

李祐因柏耆返京，乃整軍入城。是時祐已抱病，入城後聞萬洪慘死，愈覺悲忿，病遂加劇，乃馳奏乞代，並述耆擅殺萬洪，有功被戮，愧無以對將士等語。文宗得奏，不禁憤慨道：「祐前平淮蔡，今平滄景，為國立功，不為不巨。今為柏耆加疾，脫或致死，豈非是柏耆殺他麼？」誰叫你遣使非人。遂再流耆至愛州。既而祐訃又至，復賜耆死；特簡衛卿殷侑，為橫海節度使。侑至滄州，招輯流亡，勸民農桑，與士卒同甘苦，百姓大悅，文宗更撥齊州隸橫海軍，一年足兵，二年足食，三年後戶口蕃殖，倉廩充盈，又是一東海雄鎮了。

史憲誠聞滄景告平，令子唐奉表請朝，情願納地聽命。唐附表改名孝章，有詔進憲誠兼官侍中，調任河中節度使，命李聽兼鎮魏博，分相、衛、澶三州，歸史孝章管轄，即授為節度使。李聽屯兵館陶，遷延未進，憲誠搜括府庫，整治行裝。將士忿怒，私相告語道：「主帥無故求代，賣地邀恩，今又欲席捲以去，難道我等軍人，應該餓死麼？」嗣是輾轉煽亂，激成變釁，遂乘夜闖入軍府，殺死憲誠，並監軍史良佐，另推都知兵馬使何進滔為留後。進滔下令道：「諸君既迫我上臺，須聽我號令，方可任事。」大眾唯唯從命。進滔遂查捕亂首，責他擅殺軍使及監軍，斬首示眾，乃為憲誠發喪，自己素服臨哭，將吏統令入吊，一面拜表奏陳詳情。李聽聞魏州有變，方才趨往，已是遲了。進滔率領魏博將士，出阻李聽。聽尚未戒備，被進滔殺入營中，一陣衝突，頓時駭散，慌得聽晝夜逃奔，到了淺口，人馬喪亡過半，輜重器械，盡行拋棄。還虧昭義軍出來救聽，才將追兵截回。聽還至滑臺，報稱敗狀，御史中丞溫造，劾聽奉詔逗留，致有魏博亂事，奏請論罪如律。文宗好事優容，但召聽入朝，令為太子太師，又因河北用兵日久，餉運不繼，未能再討進滔，乃授進滔為魏博節度使。史孝章自請守制，因將相、衛、澶三州，仍歸進滔管領。進滔撫治兵民，頗有權術，人皆聽命，他卻安枕無憂了。王庭湊始助同捷，已有詔削奪官爵，令鄰鎮嚴兵防守，休與往來。庭湊因同捷伏辜，不免憂懼，因上表謝罪，願納景州自贖。文宗得過且過，返還景州，賜覆官爵，於是河朔一帶，勉強弭兵。寫盡文宗優柔。

裴度因年高多疾，屢乞辭職，文宗不許。度又薦稱李德裕才可大用，乃召入為兵部侍郎，欲令為相。偏吏部侍郎李宗閔，與德裕有隙，暗地裡賄託宦官，求為援助。王守澄等內攬大權，力薦宗閔為相，文宗恐他內逼，沒奈何擢居相位。宗閔喜出望外，遂設法排擠德裕。適值李聽入朝，因奏派德裕出鎮義成軍，又引入牛僧孺為兵部尚書，做一幫手。牛僧孺出為武昌軍節度使（見前文），可巧王播病死（王播為相，亦見前文），僧孺坐繼相職，與宗閔交嫉德裕（回應七十二回與七十九回）。德裕甫抵滑州，接受義成軍節度使旌節，朝旨又復頒下，令他調鎮西川，防禦南詔。南詔由韋皋收服後，本無貳心（韋皋事見七十一回），自國王異牟尋病歿，再傳至勸龍晟。為藩酋嵯巔所弒，擁立勸龍晟弟勸利，勸利隱感嵯巔，賜姓蒙氏，號為大容（蠻人稱兄為容，表明尊敬的意思），勸利傳弟豐祐，豐祐勇敢過人，具有大志，會故相杜元穎，出任西川節度使，元穎本沒甚材具，自詡文雅，玩視軍人，往往減扣衣糧，西南戍卒，轉至蠻境劫掠，豐祐與嵯巔，趁勢引誘戍卒，給他衣食，令為嚮導，即由嵯巔率眾隨入，襲陷巂、戎二州。元穎發兵與戰，大敗而還。嵯巔復進據邛州，並逼成都。文宗貶元穎為邵州刺史，另調東川節度使郭釗為西川節度使，兼權東川節度事。又令右領軍大將軍董重質，發太原鳳翔各道兵，往救西川。釗貽書嵯巔，責他無故敗盟，嵯巔覆書道：「杜元穎侵擾我境，所以興兵報怨，今既易帥，自當退兵修好。」釗復遣使與訂和約，嵯巔遂大掠子女玉帛，引眾南去。嗣復遣使上表，謂：「蠻人近修職貢，怎敢犯邊？只因杜元穎不知恤下，以致軍士怨苦，競為嚮導，求我轉誅虐帥。今元穎尚未受誅，如何安慰蜀士？願陛下速奮天威，懲罪安民，勿負眾望！」文宗乃再貶元穎為循州司馬，令董重質及諸道兵士，一概引還。

郭釗至成都，因疾求代，牛、李兩相，遂又請將德裕遠調。文宗未悉私衷，即詔令德裕西行。德裕至鎮，作籌邊樓，每日登樓眺覽，窺察山川形勢，又日召老吏走卒，諮問道路遠近，地方險易，一一繪圖立說，詳盡無遺。自是南至南詔，西至吐蕃，所有城郭堡寨，無不周知。乃練士卒，葺堡障，置斥堠，積糧儲，慎固邊防，全蜀大定。確是有才。唯南詔寇成都時，曾調東都留守李絳為山南西道節度使，令募兵進援成都，絳招兵千人赴援，及南詔修和，罷兵還鎮。既而絳接奉朝旨，遣散新軍，每人各給廩麥數斗，新軍多怏怏失望。監軍楊叔元，因絳蒞鎮後，絕無饋遺，暗暗懷恨，遂激動新軍，說是恩餉太薄，眾情已是不平。更經監軍煽惑，索性鼓譟起來，入掠庫儲，狂奔使署。絳方與僚佐宴飲，聞變登城。或勸絳縋城逃走，絳慨然道：「我為統帥，怎得逃去？爾等只管聽便。」僚佐多半散去。只牙將王景延，及推官趙存約在側，絳亦麾手令去。景延下城與戰，為亂軍所殺。存約尚隨絳未行，絳急語道：「亂軍將至，何不速行？」存約道：「存約受明公知遇，要死同死，何可苟免。」言甫畢，亂兵已一擁上城，可憐絳與存約，先後遇害。絳一生忠直，不意竟遭此難。楊叔元奏報軍變，尚誣稱絳剋扣新軍募值，因致肇亂。諫官崔戎等，共論絳冤，及叔元激怒亂軍罪狀。文宗乃贈絳司徒，予謚曰貞，立派御史中丞溫造，繼任山南西道節度使，往平亂事。

造行至褒城，正值興元都將衛志忠，征蠻歸來，兩下相遇，密與定謀，即分志忠兵八百人為牙隊，五百人為前軍，趨入興元，守住府門。造聲色不動，但說是饗犒士卒，那亂軍靠著楊叔元勢力，仍然入受犒賞，不意馳入府門，已由志忠指麾牙兵，把他圍住。見一個，殺一個，誅死了八百名，單剩百餘名逸去。叔元正與造敘談，造得志忠復報，便語叔元道：「監軍是朝廷命官，奈何嗾使亂軍，戕殺主帥？」叔元無可抵賴，跪伏造前，捧著造靴，哀求饒命。造乃答道：「待我表聞朝廷，恐朝廷未必赦汝哩。」當下命將叔元系獄，奏請朝命發落。嗣接文宗詔書，流叔元至康州，乃將叔元釋去。絳在地下，恐難瞑目。

越年為太和五年，盧劉副兵馬使楊志誠，煽動徒眾，逐去節度使李載義，又殺死莫州刺史張慶初，事聞於朝。時元老裴度，屢次乞休，文宗尚不忍令去，加官司徒，限三五日一入中書，平章軍國重事。繼由牛李兩人，妒功忌能，再進讒言，度亦申請辭職，乃出為山南東道節度使，擢任尚書右丞宋申錫同平章事。當下由李宗閔、牛僧孺、路隋、宋申錫四相，同至殿前，會議盧龍善後事宜。牛僧孺進議道：「范陽自安史以來，久非國有，劉總暫獻土地，朝廷費錢八十萬緡，絲毫無獲，今日為志誠所得，與前日載義無異，若就此撫慰，使捍北狄，也是一策，不必計較順逆了。」真是好計。李宗閔本是牛黨，路隋繫好好先生，申錫乃是新進，當然不加異議。文宗乃命志誠為留後，召載義入京，拜為太保。載義自易州至京師，不到數旬，受詔為山南西道節度使，調溫造鎮河陽，進志誠為盧龍節度使。唯宋申錫由文宗特擢，因他沉厚忠謹，不附中官，所以拔充宰輔，時常召入內廷，謀除閹黨。申錫引用吏部侍郎王璠為京兆尹，諭以密旨，璠竟轉告鄭注。看官道鄭注是何等人物？他本是翼城人，形體眇小，兩目短視，嘗挾醫術遊江湖間，元和末至襄陽，為節度使李愬療疾，愬署為推官，從愬至徐州，漸參軍政，妄作威福，軍士多半側目。中官王守澄，方為監軍，密將眾情白愬，請即逐注。愬笑道：「注雖不遜，卻是奇才，將軍試為敘談，果無可取，斥逐未遲。」守澄默然退去，愬即令注往謁守澄，守澄頗有難色，不得已與注相見，座談數語，機辯橫生，守澄驚喜交集，延入中堂，促膝與語，說得守澄非常佩服，相見恨晚。次日即語愬道：「鄭生才具，確如公言。」守澄不足道，李愬未免失人。及守澄入典樞密，注亦隨行，日夜為守澄計事，益見寵任，所有關通納賄等情，多由注一手經營。守澄更為注營宅西鄰，達官貴人，陸續趨往，門前如市。王璠與注，素通聲氣，聞得這番機密，便去通報鄭注。看官！你想注為王守澄心腹，怎得不聞風相告呢？守澄忙與計議，當由注想出一法，只說宋申錫謀立漳王，嗾令神策都虞侯豆盧著，先行訐發，然後由守澄密白文宗。漳王湊為文宗弟，向有令望，文宗得守澄言，免不得疑懼交並，立命守澄查訊。文宗既引申錫為心腹，謀除中官，奈何回信守澄？守澄即召集黨羽，擬遣二百騎屠申錫家。飛龍廄使馬存亮，雖也是個宦豎，倒也有些天良，便挺身出爭道：「宋相罪狀未明，遽加屠戮，豈不要激成眾怒，萬一京中生亂，如何抵制？不如召問他相，再定進止。」守澄乃遣中使悉召宰相，至中書省東門，牛、李等魚貫而入，獨申錫為中使所阻，且與語道：「奉命傳召，無宋公名。」申錫自知得罪，望著延英門持笏叩頭而退。牛、李諸相，入延英殿，文宗與語申錫陰謀，牛、李等相顧驚愕，良久方同答道：「請確實訊明，方可定罪。」文宗乃命王守澄往捕漳王內史晏敬則朱訓，及申錫親吏王師文等，鞫問虛實。師文逸去，敬則與訓，系神策獄，疊經搒掠，屈打成招。讞詞既定，一王二相，幾蹈不測。還虧左常侍崔玄亮，給事中李固言，諫議大夫王質，補闕盧鈞舒元褒蔣系裴休韋溫等，伏闕力諫，請將全案人犯，移交外廷復訊。文宗道：「朕已與大臣議定了。」玄亮叩頭流涕道：「殺一匹夫，尚應慎重，況宰相呢！」文宗乃復召相臣入商，牛僧孺諫道：「人臣極品，不過宰相，今申錫已為相臣，尚有何求？臣料申錫不至出此。」文宗略略點首。鄭注恐復訊有變，勸守澄入奏文宗，止加貶黜，乃貶漳王湊為巢縣公，宋申錫為開州司馬，晏敬則朱訓坐死。馬存亮倍加憤惋，即日乞休，掛冠而去。莫謂中官無人。申錫竟病歿貶所，漳王湊亦未幾告終。及王守澄鄭注，相繼伏法，乃追復申錫官爵，封漳王湊為齊王。小子有詩嘆道：

甘將心腹作仇讎，庸主何堪與密謀？
更有賢王冤莫白，無端受貶死遐陬。

申錫案已經了結，維州事爭案又起，欲知詳情，請看官且閱下回。

河朔三鎮，叛服靡常，不謂又增一橫海軍。李同捷襲父遺業，竟爾抗命，成德魏博，又從而陰助之，微李祐之努力進討，不亦如王庭湊史憲誠等，逍遙法外，坐擁旌節耶？柏耆奉使至滄州，擅殺萬洪，並誅同捷，誅同捷猶可，殺萬洪實屬不情。苟李祐稍有變志，恐橫海亦非唐有矣。甚矣哉，文宗之所使非人也！此後如成德盧龍，以亂易亂，無一非姑息養奸，興元兵變，禍起監軍，楊叔元死有餘辜，猶得幸生，不特李絳沉冤，即被誅之新軍八百人，恐亦未能瞑目，是何凶豎？獨沐天恩，無怪王守澄等之久踞宮禁，勢傾朝野也。宋申錫不密害成，咎尚自取，漳王何辜，乃亦遭貶。況文宗固欲除閹人，而反信閹人之誣構，庸昧至此，可勝慨哉！周赧漢獻，原不是過矣。

第八十二回 嫉強藩杜牧作罪言　除逆閹李訓施詭計

卻說維州在西川邊境，地當岷山西北，一面倚山，三面瀕江，本是唐朝故壤，為吐蕃所奪，號為無憂城，遣將悉怛謀居守。悉怛謀聞蜀帥得人，有志內附，即率眾投奔成都。西川節度使李德裕，喜得悉怛謀，欣然迎納，即遣兵據維州城，奏稱：「維州為西川保障，自維州陷沒，川境隨在可虞，今幸故土重歸，內足屏藩全蜀，外足抵制吐蕃，就使吐蕃來爭，維州可戰可守，亦足控御」云云。文宗覽奏，即召百官集議，大眾皆請從德裕言，獨牛僧孺發言道：「吐蕃全境，四面各萬里，失一維州，亦無大損，近來與我修好，約罷戍兵，中國對待外夷，總以守信為上，若納彼叛人，彼必責我失信，驅馬蔚茹川，直上平涼阪，萬騎遙來，怒氣直達，不三日可到咸陽橋，京城且守備不暇，就令得百維州，亦遠在西南數千里外，有何用處？」文宗本來懦弱，被僧孺說得如此危險，禁不住膽怯起來，便應聲道：「如卿言，不如遣還悉怛謀罷！」僧孺道：「陛下聖明，臣很敬佩。」維州一案，後儒聚訟甚多，實則僧孺欲傾軋德裕，是非且不必計，居心已不可問。文宗乃飭德裕歸還維州，並執悉怛謀畀吐蕃。德裕大為不忍，因恐僧孺再加讒構，沒奈何依旨施行。吐蕃得悉怛謀，立刻誅夷，備極慘酷，事為德裕所聞，不勝嘆息。西川監軍王踐言，亦謂朝廷失計，代為扼腕。可巧踐言奉召入京，令知樞密，乘便與文宗談及，謂縛送悉怛謀，既快虜心，尤絕外望。文宗聞言知悔，亦咎僧孺失策。僧孺內不自安，累表請罷，乃出為淮南節度使，另徵德裕入朝，授同平章事。

德裕一入，李宗閔與他有隙，當然不安。工部侍郎鄭覃，與德裕親厚，素為牛、李所忌，德裕引為御史大夫，從中宣詔。宗閔語樞密使崔潭峻道：「黜陟俱由內旨，何用中書？」潭峻微哂道：「八年天子，聽令自行，亦屬何妨。」宗閔愀然而止。給事中楊虞卿等，均由牛、李進階，德裕復請出為刺史。文宗嘗與德裕、宗閔等，論朋黨通弊，宗閔道：「臣素恨朋黨，所以楊虞卿等具有美才，臣不給他美官。」德裕笑語道：「給事中尚不算美官嗎？」宗閔不禁失色，自請卸職，遂罷為山南西道節度使。調李載義移鎮河東，另任鹽鐵轉運使王涯，兼同平章事。盧龍節度使楊志誠，既逐去李載義，驕恣不法，屢遣使求兼僕射，朝廷但授吏部尚書兼銜。志誠憤怒，竟留住朝使魏寶義。文宗不得已命為右僕射，別遣使臣慰諭。殿中侍御史杜牧，見朝廷專事姑息，慨然論河朔大勢，名為《罪言》，略云：

天寶末，燕盜起，出入成皋函潼間，若涉無人地。郭李輩兵五十萬，不能過鄴，人望之若回鶻吐蕃，無敢窺者。國家因之，畦河修障，戍塞其街蹊。齊魯梁蔡，傳染餘風，因以為寇。以裡拓表，以表撐裡，渾頃回轉，顛倒橫邪，天子因之幸陝幸漢中，焦焦然七十餘年。憲宗皇帝浣衣一肉，不畋不樂，自卑冗中拔取將相，凡十三年，乃能盡得河南山西地。唯山東未服。今天子聖明，超出古昔，志於平治，若欲悉使生人無事，應先去兵。不得山東，兵不可去。

竊謂上策莫如自治，何者？當貞元時，山東有燕趙魏叛，河南有齊蔡叛，梁徐陳汝白馬津盟津襄鄧安黃壽春，皆戍厚兵十餘所，才足自護，不能他顧，遂使我力解勢弛，熟視不軌者無可如何，因此蜀亦叛，吳亦叛，其他未叛者，迎時上下，不可保信。自元和初，至今二十九年間，得蜀得吳，得蔡得齊，收郡縣二百餘城，所未能得者，唯山東百城耳。土地人戶，財物甲兵，較之往年，豈不綽綽乎？亦足自以為治也。法令制度，品式條章，果自治乎？賢才奸惡，搜選置舍，果自治乎？障戍鎮守，干戈車馬，果自治乎？井閭阡陌，倉廩財賦，果自治乎？如不果自治，是助虜為虜，環土三千里，植根七十年，復有天下陰為之助，則安可以取？故曰上策莫如自治。

中策莫如取魏，魏於山東最重，於河南亦最重。魏在山東，以其能遮趙也，既不可越魏以取趙，尤不可越趙以取燕，是燕趙常取重於魏。魏常操燕趙之命，故魏在山東最重。黎陽距白馬津三十里，新鄭距盟津一百五十里，陴壘相望，朝駕暮戰，是二津虜能潰一，則馳入成皋，不數日間耳。故魏於河南亦最重。元和中舉天下兵誅蔡誅齊，頓之五年，無山東憂者，以能得魏也。昨日誅滄，頓之三年，無山東憂，亦以能得魏也。長慶初誅趙，一日五諸侯兵，四出潰解，以失魏也。昨日誅趙，罷敝如長慶時，亦以失魏也。故河南山東之輕重在魏，非魏強大，地形使然也。故曰取魏為中策。

最下策為浪戰，不計形勢，不審攻守是也。兵多粟多，驅人使戰者便於守，兵少粟少，人不驅自戰者便於戰，故我嘗失於戰，虜常困於守。自十餘年來，凡三收趙，食盡且下，郗士美敗，趙復振，杜叔良敗，趙復振，李聽敗，趙復振，故曰不計地勢，不審攻守，為浪戰，最下策也。

此外如傷府兵廢壞，作《原十六衛》，更作《戰論》、《守論》，亦頗中肯綮。李德裕素奇牧才，很為賞鑑，牧因得累遷左補闕，及史館修撰，並改膳部員外郎，唯素性好遊，更兼漁色。牛僧孺出鎮淮南時，牧嘗隨為書記，供職以外，專以遊宴為事。揚州為煙花淵藪，六朝金粉，傳播古今，十里歌樓，名娼似鯽，牧出入往來，殆無虛夕，留詩裙帶，成為常事。及入居臺省，議論風生，壓倒四座，所陳利病，切實不虛。嗣復出守外郡，歷任黃州池州睦州湖州各刺史，豪遊暢詠，不減少年，時人以材同杜甫，號為小杜。後仕至中書舍人，感懷遲暮，不獲大用，竟憂鬱而終。其實是才不勝德，非必果勝大任，晚唐詩才，除元稹白居易外，如孟浩然盧綸李益司空曙，韓翃錢起李端李商隱等，均負盛名。宗人李賀，字長吉，七歲能詩，韓愈皇甫湜疑為訛傳，親往賀家，面加試驗，果然援筆立就，一鳴驚人，愈與湜嘆為奇才。後著樂府數十篇，被入管絃，音韻悉合，因入為協律郎，年二十七歲，自言見緋衣使者，召他作《白玉樓記》，因即去世。總之才氣有餘，德量未足，或自悲落魄，致促天年，或不顧細行，終累大德，這也是文人缺憾，可嘆可嘆（總括一段，得將晚唐文人，約略敘過）唯白居易自入諫穆宗，不見信用（見第七十八回），求出為杭州刺史，每當公暇，輒至西湖遊賞，因築堤湖中，蓄水溉田，可潤千頃，世稱白堤。又復浚李泌所開六井，民得汲飲，均霑惠澤。旋受命為左庶子，分司東都，更調為蘇州刺史。文宗即位，召為刑部侍郎，封晉陽縣男。嗣見二李黨爭，不願留京，乞病仍還東都，除太子賓客分司。自思隨俗浮沉，忽進忽退，所蘊終不能施，乃與弟行簡，及從祖弟敏中，流連詩酒，樂敘天倫，且就東都所居，疏沼種樹，鑿八節灘，傍香山麓構一石樓，暇輒遊覽，自號醉吟先生，亦稱香山居士。嘗與胡杲吉旼鄭據劉真盧真張渾狄兼謨盧貞宴集，年皆七十左右，時稱香山九老，至繪圖傳真，播為韻事。卻是一朝特色。居易初生，才七月，即識『之無』兩字，九歲能識聲律，善屬文，尤工詩歌。初與元稹酬詠，故號元白，繼與劉禹錫齊名，又號劉白，每出一詩，時人爭誦。雞林（朝鮮地名）行賈，錄居易詩售與國相，每篇得一金，國相尚以未窺全豹，引為深恨。至開成初年（開成亦文宗年號，見後文）起為同州刺史，固辭不拜，乃改授太子太傅，進馮翊縣侯。武宗初年乃歿，年七十五，得謚曰文。劉禹錫亦於是時病終，禹錫自貶所起復，迭任諸州刺史，進為集賢殿學士，尋加檢校禮部尚書，凡連坐王叔文黨案，還算禹錫得全晚節，但也因閱歷已多，詩酒韜晦，所以得終享天年（劉、白生平，藉此畢敘，亦寓愛才深意）。

話休煩敘，且說盧龍節度使楊志誠，既得右僕射兼銜，躊躇滿志，密制天子袞冕，被服皆擬乘輿，居然有帝制自為的思想，漸漸的驕侈淫暴，釀成眾怒，致為軍士所逐，另推部將史元忠主持軍務。元忠將志誠僭物，悉數取獻，乃由朝廷遣使按治，授元忠為留後，並傳旨再逐志誠，令戍嶺南。志誠帶領家屬，及親卒數十人，狼狽奔太原。李載義正鎮守河東，出兵報怨，把志誠妻子，及從行士卒，盡行捕戮，及欲並殺志誠，幕僚因未奉朝旨，勸令釋放，志誠乃得脫去，孑身至商州，又是一道正法的詔令，傳與商州刺史，送他歸陰。擁兵者其鑑之！進史元忠為盧龍節度使。成德節度使王庭湊，凶橫專恣，幸得善終，軍士願擁庭湊次子元逵為留後。元逵卻循守禮法，歲時貢獻如儀。文宗嘉他恭順，特遣絳王悟女壽安公主，下嫁元逵。元逵遣人納幣，備具六禮，迎主而歸，自是益加遜慎。

外患幸得少紓，內訌又復繼起。王守澄與鄭注，狼狽為奸，經侍御史李款，連章彈劾，得旨查究，守澄匿注不出，令潛伏右軍中。左軍中尉韋元素，樞密使楊承和王踐言，亦頗恨注，左軍將李弘楚，因密白元素道：「鄭注奸滑無雙，卵觳不除，使成羽翼，必為國患。今因御史劾奏，伏匿軍中，請中尉詐稱有疾，召注診治，弘楚願侍中尉左右，俟中尉舉目，擒出杖斃，然後中尉向上請罪，陳注奸偽，竊料楊王諸使，定必替中尉解說，中尉決可無禍，不必遲疑。」元素允諾。當由弘楚召注，注見元素毫無疾病，自知有變，他卻從容跪伏，叩首貢諛，但說了幾句媚詞，已把元素一片殺心，銷化淨盡。當下親自扶起，延他入座，殷勤導問，聽言忘倦。弘楚屢顧元素，元素卻目不轉瞬，一意與鄭注接談。語已終席，注即起辭，元素又厚贈金帛，遣還右軍。貢諛獻媚，足以起死回生，無怪拍馬風氣，終古不改。弘楚不便下手，鬱怒非常，便辭職自去。未幾，疽發背上，便即畢命。此人亦太氣急。

王守澄入白文宗，言注無罪，且薦為侍御史，充神策判官。文宗內憚守澄，只好允諾，詔敕一下，朝野驚嘆。既而文宗忽得風疾，瘖不能言，守澄遂引入鄭注，為上療治。文宗餌服下去，果然靈驗，漸能出聲，歡顏謝注。注自是更得上寵。會值李仲言遇赦還家，見李逢吉（仲言被流，見第八十回），逢吉正調守東都，意欲復相，即遣仲言入賂鄭注，令作內助。仲言素與注相識，舊雨重逢，握手道故，便由注引見守澄，仲言口才，不亞鄭注，既說動守澄歡心，復得守澄推薦，入謁文宗。文宗見他儀狀秀偉，應對敏捷，也道是個曠世英才，面許內用。越日視朝，李德裕入諫道：「仲言前事，諒陛下應亦聞悉，奈何引居近侍？」文宗道：「人孰無過，但教改過便好了。」德裕道：「仲言心術已壞，怎能改過？」文宗道：「就使仲言不能內用，亦當別除一官。」德裕又道：「不可不可。」文宗回目右顧，見宰相王涯，亦適在旁，便問道：「卿意以為何如？」涯正欲奏答，忽見德裕向他搖手，未免詞色支吾。文宗察知有異，轉從左顧，見德裕手尚高舉，已是瞧透隱情，便即怏怏退朝；尋命仲言為四門助教。仲言及注，皆嫉德裕，仍引李宗閔入相，請出德裕鎮興元軍。文宗已心疑德裕，依言下詔。德裕入見文宗，願仍留闕下，因復拜兵部尚書，但免相職。至宗閔入相，謂德裕已奉節鉞，奈何中止？乃更命德裕出鎮浙西。尚書左丞王璠，曾洩宋申錫密謀，贊成漳王冤獄。（見第八十回）。至是復與鄭注等進讒，謂德裕嘗陰結漳王，謀為不軌。文宗大怒，召王涯路隋等入商，將下嚴譴。路隋道：「德裕身為大臣，不宜有此，果如所言，臣亦應得罪。」六七年宰相，未聞進一嘉謨，至此始為德裕辨誣，大約是相運已滿了。文宗意雖少解，但不免遷怒路隋，竟令他代德裕職任，罷德裕為賓客分司，擢李仲言為翰林侍講學士。仲言改名為訓，隱然有訓誨的寓意。太覺厚顏。御史賈餗，褊躁輕急，與李宗閔鄭注友善，夤緣為相，得繼路隋後任。餗喜出望外，忽夜夢見亡友沈傳師，瞋目與語道：「君可休了！奈何尚貪戀相位？」說著，復兜胸一掌，將餗擊醒，嚇得餗渾身冷汗，起坐待旦，特備餚私祭傳師。亡友好意示夢，豈為渠一餐耶？越數日，復夢見傳師道：「君尚不悟，禍至無悔。」一面說，一面搖手自去。餗尚欲追問，被傳師一推而寤，默思亡友垂誡，少吉多凶，意欲辭職歸裡，晨起與妻妾等談及夢兆，女流有何見識，都貪戀目前富貴，爭說夢兆無憑，何足深信？餗亦輾轉尋思，自以為有恃無恐，不至罹禍，遂安心任職。居高官，食厚祿，擁著嬌妻美妾，坐享太平。怎曉得禍福無常，一念因循，竟至後來滅族呢？凡身嬰夷戮諸徒，往往為貪心所誤。

忽京城大起謠言，謂鄭注供奉金丹，是由小兒心肝，採合成藥，慌得全城士庶，統將小兒藏匿家中，不令外出。注也覺奇異，擬將此事架陷仇人楊虞卿，奏稱由虞卿家人捏造出來。虞卿正為京兆尹，憑空受誣，被逮下獄。李宗閔亟為救解，由文宗當面叱退。注與李訓，又交譖宗閔，竟貶宗閔為明州刺史，虞卿亦受謫為虔州司馬。訓欲自取相位，因恐廷臣不服，先引御史李固言，同平章事。鄭注亦得受命為翰林侍讀學士。注與訓更迭入侍，均為文宗規劃太平，首除宦官，次復河湟，又次平河北，開陳方略，如指諸掌。語非不是，奈不能力行何？文宗本隱嫉宦官，只因無力驅逐，不得已含忍過去。又嘗慮二李朋黨，互相傾軋，每與左右談及，去河北賊易，去朝中朋黨難，至是得訓注兩人，奏對稱旨，又非二李黨羽，遂大加寵任，倚為腹心。訓注無仇不報，凡有纖芥微嫌，不是說他賄通中官，就是說他黨同二李，非貶即逐，殆無虛日。又恐王守澄權焰薰天，一時搖他不動，特設一以毒攻毒的計策，勸文宗引用五坊使仇士良，令為神策中尉，隱分守澄權勢。引虎逐狼，禍且益甚。士良本與守澄有隙，乃與訓注合謀，提出一個大題目來，剷除凶孽。看官閱過前文，應知憲宗崩逝，實是不明不白，宮廷內外，已俱疑是王守澄陳弘志等所為，一經仇士良證實，便擬追究前凶，借伸義憤。題目恰是正大。陳弘志方出為興元監軍，當由李訓計囑士良，令他潛遣心腹，誘令入京，且特授封杖，叫他半途了結弘志。好幾日得去使返報，已引弘志至青泥驛，杖斃了事。李訓大喜，再與鄭注入勸文宗，授王守澄為左右神策軍觀容使，出就外第。陽示尊禮，陰撤內權。更劾二李陰賂宦官韋元素王踐言等，求再執政，就是宮人宋若憲，亦曾得賄，於是貶德裕為袁州長史，宗閔為處州長史，韋元素王踐言等俱流嶺南，連宋若憲亦遣歸賜死（應七十九回）。權閹已去了一半，乃即遣守澄鴆酒，逼令自盡，表面上卻不明宣逆案，但說他暴病身亡，追贈揚州大都督，更將元和逆黨梁守謙楊承和等，誅斥略盡。極大義舉，反以隱祕出之，便見邪奸伎倆，好為鬼祟。文宗以李訓有功，擢任同平章事。注亦欲入相，偏李訓又陰懷忮忌，託稱除閹未盡，須由內外協勢，方可成功。注遂願出鎮鳳翔。同平章事李固言，未知李訓計劃，獨入爭殿前，謂注不宜出鎮。文宗以固言不能順旨，免他相職，派為山南西道節度使，令鎮興元軍，即授注為鳳翔節度使，命即赴鎮。訓復薦御史中丞舒元輿，入為同平章事，引王涯兼榷茶使，又欲羈縻人望，請加裴度兼中書令，令狐楚鄭覃加左右僕射，並密結河東節度使李載義。昭義節度使劉從諫，擬盡誅宦官，獨攬朝綱，當時王涯賈餗舒元輿三相，俱承順風指，不敢有違。他如中尉樞密禁衛諸將，亦皆趨承顏色，迎拜馬前。看官！你想李訓是一個流人，幸得赦還，因鄭注王守澄等，輾轉推薦，驟得致身通顯，乃始殺守澄，繼並忌注，已是以怨報德，公義上或尚可原，私德上實說不過去。而且排去數相，屢斥廷臣，刁狡的了不得，似此行為，難道能富貴壽考麼？小子有詩嘆道：

天道喜謙且惡盈，傾人還使自家傾。
半年宰相驕橫甚，專欲由來事不成。

果然歷時未幾，竟闖出一場大禍祟來了。欲知如何闖禍，待至下回再說。

杜牧作罪言，以自治為上策，誠哉其為上策也！但未知其所謂自治者，究指何事？觀牧之不謹小節，沉湎酒色，十年一覺揚州夢，贏得青樓薄倖名，是牧且未能自治，遑問國家之自治乎？假使一時得志，驟登臺輔，恐亦似訓注一流人物，訓起自流人，注起自方伎，不數年間，秉鈞軸，侍講筵，誅積年未除之逆黨，進累朝久屈之耆臣，誰得謂其非是？然異己者必排去之，厚己者亦芟鋤之，暴橫太甚，識者早料其不終。乃知君子可大受不可小知，小人可小知不可大受，聖言固不我欺也。杜牧不得逞志，自怨沉淪，吾則猶為牧幸，否則不為訓注者，亦幾希矣。

第八十三回　甘露敗謀黨人流血　鈞垣坐鎮都市弭兵

卻說李訓欲盡除宦官，起初本與鄭注定議，俟注至鎮後，選壯士數百為親兵，奏請入護王守澄喪葬，俟內臣送喪，乘便由壯士下手，一併殺斃，使無噍類。彼此訂下密約，注乃啟行往鳳翔。不料訓又變計，因恐事成後注得大功，自己反落注後，乃與舒元輿等密謀，另遣大理卿郭行餘為邠寧節度使，戶部尚書王璠為河東節度使，令多募壯士，作為部曲；又命刑部郎中李孝本，為御史中丞，京兆少尹羅立言，權知府事，進京兆尹李石為戶部侍郎，太府卿韓約為左金吾衛大將軍。數人除李石外，統是李訓私黨，分置要地，指日起事，一俟大功告成，不但盡殺宦官，就是始終合謀的鄭注，也擬一併捽去。用心太險，無怪不成。太和九年十一月間，文宗御紫宸殿視朝，百官魚貫而入，依班序立。韓約匆匆入奏，謂：「左金吾廳事後，石榴上夜有甘露，為上天降祥徵兆，非聖明感格，不能得此。」說罷，即蹈舞再拜。李訓舒元輿，亦率百官拜賀，且請文宗親自往視，仰承天庥。天降甘露，豈獨在金吾廳後？這已足令人滋疑，怎得稱為善策？文宗許諾，乃乘輿出紫宸門，升含元殿。先命李訓等往視，良久乃還，報稱甘露非真，未可遽行宣布。文宗道：「有這般事麼？」遂顧左右中尉仇士良魚弘志等，率宦官再往復驗。士良等已去，訓即召郭行餘王璠兩人，入殿受敕。璠顫慄不敢前，獨行餘拜受殿下。時兩人所募部曲，已有數百，皆持刀立丹鳳門外，訓亦召令受敕。河東兵陸續進來，邠寧兵卻觀望不至。濟什麼事？仇士良等至金吾廳，遇著韓約，見他行色倉皇，額有微汗，又是一個沒用傢伙。士良不覺驚訝道：「將軍何為如是？」道言未絕，忽見風吹幕起，裡面伏著兵甲，慌忙返奔，走還含元殿，報稱禍事。既伏兵甲，何不突出追擊，也好殺死數人。

訓見士良等還殿，亟呼金吾衛士道：「快上殿保護乘輿，每人賞錢百緡。」金吾兵將要登殿，那士良眼明手快，先已指麾閹黨，扶文宗上了軟輿，從殿後毀籓突出。訓上前攀輿道：「臣奏事未畢，陛下不可入宮。」士良瞋目呼道：「李訓反了！」文宗尚說訓未敢反，士良不聽，竟來毆訓，為訓所僕。訓從靴中拔刃，擬誅士良，不意為閹黨救去，於是羅立言率京兆邏卒三百餘名，自東趨至，李孝本率御史臺從人二百餘名，自西奔來，並會同金吾衛士，登殿縱擊宦官，殺傷十餘人。士良令群閹擋住外面，自導乘輿北進，迤邐至宣政門，訓尚追躡輿後，攀呼益急。天子已被人挾去，追呼何益？宦官郗志榮，頗有勇力，奮拳毆訓，訓竟僕地，乘輿便馳入門內，將門闔著。至訓從地上扒起，已是雙鐶重閉，無隙可鑽，但聽門內一派喧呼，統是萬歲二字，自思所謀不遂，只好覓一脫身的方法，急忙脫從吏綠衫，穿在身上，乘馬躍出，口中卻揚言道：「我有何罪？乃被竄謫。」且呼且走，竟得逸出。郭行餘王璠兩人，早已奔退，羅立言李孝本等，見訓已遠逸，料已無成，也即竄去。含元殿中，寂靜無人，那時李家的天下，又變成了閹宦的天下。

宰相王涯賈餗，本不與謀，見殿中忽起變端，究不知為著何事？倉猝間馳還中書省，靜候消息。舒元輿也即趨至，也佯作不知，語王涯賈餗道：「究竟是何人謀變？想皇上總要開延英門，召我等議事。」兩省官（即中書門下兩省）入問三相，俱說我等尚未查明，請諸公自便。少頃，已近午餐，將要會食，忽有吏人入報導：「左神策軍副使劉泰倫，右神策軍副使魏仲卿，帶領禁兵千餘人，從閤門殺出來了。」舒元輿聞報先逃，畢竟心虛。王涯賈餗，也狼狽步走，兩省及金吾吏卒千餘人，填門爭出，甫及半數，那禁兵已經殺到，好似刈草割麥一般，砍死了六百餘人。士良等又分兵掩閉宮門，橫加屠戮，所有諸司吏卒，及販賣小民，都冤冤枉枉的飲了白刃，血流狼籍，滿地朱紅。又遣騎兵千餘，追捕逃人，舒元輿易服單騎，出安化門，被禁兵追至，擒捉而去。王涯徒步至永昌裡茶肆，也被禁兵擒入左軍，各加桎梏，兼施箠楚。涯年已七十有餘，哪裡忍受得起，只好依言誣服，自書供狀，謂與李訓謀行大逆，尊立鄭注。王璠歸長興坊私第，閉門自固，用兵防衛，神策將到了門前，叩門不應，卻佯呼道：「王涯等謀反，主上擬召尚書入相，我等奉魚護軍令，請尚書立即入閣，快快出來，幸勿自誤！」璠信以為真，忙開門出見，神策將尚是道賀，請他上馬速行，及與左軍相近，才將他一把抓下，加上鐵鏈，牽入左軍。璠始知受紿，涕泣而入，見王涯等局居一旁，便與語道：「王公自反，何為見引？」涯答道：「老弟前為京兆尹，不向王守澄漏言，何至有今日呢？」駁詰得妙。璠乃俯首無詞。又搜捕羅立言郭行餘，及涯等親屬奴婢，均至兩軍中繫住，戶部員外郎李元皋，系李訓再從弟，訓與他未協，亦遭捕戮。王涯有再從弟沐，年老且貧，聞涯為相，跨驢入都，留居歲餘，方得一見。涯白眼相待，經沐囑託涯家嬖奴，求他關說，涯始許一微官，自是日造涯門，專候涯命，偏小官尚未到手，大禍先已臨頭，無辜株連，同時畢命。前嶺南節度使胡證，家稱鉅富，禁兵利他多財，託言搜捕賈餗，闖入胡家，任情掠奪。證子溵忍耐不住，免不得反抗數語，那禁兵仗勢行凶，用刀砍去，可憐溵立時倒斃，無從訴冤。又轉入左常侍羅讓，詹事渾鐬，翰林學士黎植等家，劫掠貨財，掃地無遺。坊中惡少年，乘勢嘩擾，偽託禁兵，殺人越貨，互相攻劫，塵埃蔽天。

擾亂了一晝夜，百官入朝，日出始開建福門，禁兵露刃夾道，只准各官隨著一人。各官屏息徐行，至宣政門，尚未啟戶，四顧無宰相御史，亦無押班官長，亂次站立，無復秩序，好容易待至啟扉，才得進去。文宗已御紫宸殿，顧問宰相王涯等，如何不來？仇士良應聲道：「王涯等謀反，已收系獄中。」說至此，即將涯供狀呈上。文宗略略一覽，即命召左僕射令狐楚，及右僕射鄭覃等入殿，將供狀遞示，並淚眥熒熒道：「這是王涯手筆麼？」楚覃同答道：「筆跡果是王涯，涯果謀反，罪不容誅。」文宗乃留他兩人值宿中書，參決機務，並使楚草制，宣告中外。楚敘李訓王涯謀反事，語涉模稜。總是怕死。仇士良尚然不悅，因不欲楚為相，只命覃同平章事。已而添任戶部侍郎李石，與覃並相。內事略定，外面惡少年，還剽掠不止，神策將楊鎮靳遂良等，各率五百人，分屯通衢，擊鼓警眾，不准再擾，且殺死惡少年十餘人，餘眾方才駭散，吏民粗安。已吃苦得夠了。

賈餗易服逃匿，避居民間，住宿一夜，探聞各處都有禁兵把守，料不能逃，乃素服乘驢，詣興安門，途中適遇禁兵，便自言道：「我宰相賈餗，也不幸為奸人所汙，可送我詣左右兩軍。」禁兵遂將他執送右軍。李孝本改服綠衣，用帽障面，單騎奔鳳翔，至成陽西境，為追騎所擒，也解送京師。李訓自殿中逸出，直往終南山，投奔寺僧宗密處，宗密素與訓相善，欲將他剃度為僧，以便藏匿，偏徒侶謂私藏罪犯，禍且不測，乃縱令出山。訓轉奔鳳翔，為盩厔鎮遏使所擒，械送京師；至昆明池，訓自分一死，因恐至都中多受酷辱，便語解差道：「得我可致富貴，但汝等不過數人，一入都城，必為禁兵所奪，不若取我首去。」到死尚且逞刁，刁狡何益？解差遂梟了訓首，攜送入都。仇士良即命左神策軍三百人，持李訓首，並王涯王璠羅立言郭行餘四人，綁縛出來。右神策軍三百人，也綁住賈餗舒元輿李孝本，依次獻入廟社，兼徇市曹，且飭百官臨視，推各犯至獨柳樹下，一一斬首，懸示興安門外。各犯親屬，不論親疏，悉數處死，孩稚無遺。或有妻女免死，亦均沒為官婢。冤血模糊，慘不忍睹。唯王涯因榷茶苛刻，暗叢眾怨，百姓見他處刑，無不稱快，死後尚被人亂投瓦礫，且擲且詈，聊雪宿憤。

復有詔授令狐楚為鹽鐵轉運使，左散騎常侍張仲方，權知京兆尹，且使人齎密敕至鳳翔，令監軍張仲清，速斬鄭注。注本率親兵五百人，出至扶風。途次聞李訓事敗，折回鳳翔。仲清用押牙李叔和計，邀注過飲。注自恃兵衛，貿然赴約。想是死期已到，所以轉智為愚。仲清迎注入廳，特別殷勤。叔和又引注護兵，出外就宴，再藏刀入廳，見注正與仲清茗談，便搶步近注，出刀猛揮，颼的一聲，注首落地。妙語。廳後突出伏兵，用著大刀闊斧，跑出廳外，專殺隨注兵士。門吏又將外門關住，立將鄭注護兵，殺得一個不留，再開門收捕副使錢可復，節度判官盧簡能，觀察判官蕭傑，掌書記盧弘茂等，一併處斬。可復有女，年止十四，抱父求免，仲清不從，但令免女。女淒然道：「我父被殺，我尚何面目求生？」遂亦被殺。不沒孝女。餘如鄭注及錢可復等家屬，屠戮淨盡。唯弘茂妻蕭氏，臨刑時帶哭帶罵道：「我係太后妹子，奴輩敢來殺我，儘管從便。」此語一出，兵皆斂手，才得免死。唐廷尚未接誅注消息，有詔褫注官爵，改任神策大將軍陳君奕為鳳翔節度使。君奕尚未出都，仲清已遣李叔和傳送注首，又懸示興安門。還有一個韓約，走避了好幾日，夜半潛出崇義坊，被神策軍瞧見，一把抓住，當即擁至左軍中，眼見得是束手就戮了。於是全案人犯，一網打盡，仇士良魚弘志以下，各進階遷官有差。

總計自甘露變後，生殺除拜，皆由兩中尉主持，文宗已是木偶一般，得能保全生命，還是大幸，哪敢再與閹黨嘔氣？枉為人主，可憐可嘆。仇士良魚弘志等，氣焰益盛，上脅天子，下陵宰相，每至延英殿議事，士良傲然自若。鄭覃李石，有所陳請，往往被士良面斥，或引李訓鄭注事折駁。覃與石齊聲道：「訓注原為亂首，但不知訓注因何人得進，鬧出這般大禍。」解鈴仍須繫鈴人。士良聽到此言，也覺懷慚，嗒然退去。唯宦官深怨訓注等人，牽藤摘蔓，誅貶不休，朝吏尚日夕不安。一日，文宗視朝，問宰輔道：「坊市已平安否？」李石道：「坊市漸安，但近日天氣甚寒，恐由刑殺太過所致。」鄭覃亦接入道：「罪人親屬，前已皆死，餘人可不必問了。」文宗點首退朝。接連過了數日，並不見有赦文，忽京城謠言又起，宣傳寇至，士民駭走，塵埃四起，兩省諸司，也沒命的亂跑，甚至不及束帶，乘馬便奔。突如其來，筆法不測。鄭覃李石，正在中書省中，旁顧吏卒，已逃去一半。覃亦不覺驚惶，顧語李石道：「耳目頗異，不如出避為是。」石怡然道：「宰相位尊望重，人心所屬，不宜輕動。況事情虛實，尚未可知，全仗我等鎮定，或可弭患，若宰相一走，中外都大亂了。且使果有大亂，避將何往？」覃始勉強坐著。石坐閱文案，安靜如常。嗣又有敕使傳呼，令閉皇城及諸司各門，左金吾大將軍陳君賞，率眾立望仙門下，語敕使道：「門外未見有賊，就使賊至，閉門未遲，請少安毋躁，待釁乃動，不宜預先示弱。」敕使乃退。坊市惡少年，俱著皂衣，執弓刀，眼巴巴的望著皇城，但俟皇城閉門，即思動手擄掠，幸內有李石，外有陳君賞，從容坐鎮，才得無虞。到了日暮，毫無變動，人心方才平定，統還家安枕去了。天下本無事，庸人自擾之。

看官聽說！謠言雖不足準，未必無因而起。究竟當日驚擾，為著何事？原來王守澄未死時，曾與宦官田全操等未協，訓注乘間獻計，遣他分巡鹽靈等州，密飭邊帥就地捕誅，總計遣發六人，分巡六道。會守澄已死，訓注又誅，六道鎮帥，不敢下手。仇士良等既得權勢，便將六人召還。全操等餘恨未息，在途中揚言道：「我等還都，見有儒冠儒服，不論貴賤，均當殺死。」這語傳達都下，遂致人人驚恐，以訛傳訛，好似有強寇來攻的情狀。及全操等乘驛入城，究竟人少勢孤，未便惹禍，更兼仇士良等殺死多人，也恐激成眾怒，樂得下臺休息，暫享榮華，所以亂事不至再起。赦書亦即下頒，凡罪人親黨，除前已就戮，及指名收捕外，概置不問。諸司官吏，懼罪避匿，亦勿復追捕，各聽自歸本司。自此詔一下，天日少開，陰霾漸散，唯禁軍仍然橫暴，京兆尹張仲方，素來懦弱，不敢過問。李石因他才不勝任，奏出為華州刺史，改派司農卿薛元賞繼任。元賞剛正不阿，饒有氣節，偶至李石第中，聞石方坐廳事，與一神策軍將，爭辯甚喧，遂大踏步趨入廳中，正色語石道：「相公輔佐天子，綱紀四海，今近不能制一軍將，使他無禮至此，哪裡還能制服四夷呢？」說畢，即呼侍從入廳，擒住軍將，令至下馬橋候審。侍從擁軍將先行，元賞上馬趨出，至下馬橋，那軍將已被褫軍衣，長跪道旁，元賞即命動刑，忽有一宦官前來，說是奉仇中尉命，請大尹過談。元賞道：「適有公事，一了即來。」當下杖殺軍將，始改服白衣，往見士良。士良冷笑道：「痴書生乃具大膽，敢杖殺禁軍大將麼？」元賞道：「中尉是國家大臣，宰相亦國家大臣，宰相屬吏，若失禮中尉，中尉將若何處置？中尉屬將，今失禮宰相，難道可輕恕麼？中尉與國同體，當為國惜法，元賞已囚服而來，任憑中尉裁斷，生死唯命！」士良見他理直氣壯，反溫顏道謝，呼酒與飲，盡歡乃散。不怕死者偏不至死。

越年元旦，文宗御宣政殿，受百官朝賀，大赦天下，改元開成。昭義節度使劉從諫，獨上表詰問王涯等罪名，中有「內臣擅領甲兵，妄殺非辜，流血千門，殭屍萬計，臣當繕由練兵，入清君側」云云。仇士良等得知此奏，也頗畏沮，因勸文宗加從諫官，進爵司徒，從諫復申表辭讓，有「死未申冤，生難苟祿」語。且直陳仇士良等罪惡，請正典刑。士良雖說從諫藉端謀逆，心下恰很是驚惶，因此稍稍斂跡。鄭覃李石，還好略伸意見。就是文宗也藉此活命，苟延歲月。令狐楚乃得奏稱王涯等身死族滅，遺骸暴露，請有司收瘞，上順陽和天氣。文宗也慘然欲泣，因命京兆尹收葬涯等十一人，各賜衣一襲。仇士良尚存餘恨，私令人發掘瘞墳，棄骨渭水。

小子有詩嘆道：

閹豎窮凶極惡時，殺人未足且漂屍。
堂堂天子昏庸甚，國柄甘心付倒持。

文宗再召李固言入相，又擢左拾遺魏謨為補闕，謨為魏徵五世孫，欲知他蒙擢情由，待看下回便知。

李訓鄭注，皆小人耳，小人安能成大事？觀本回甘露之變，訓注志在誅閹，似屬名正言順，但須先肅綱紀，正賞罰，調護維持，俾天子得操威令，然後執元惡以伸國法，一舉可成，訓注非其比也。注欲興甲於送葬之日，已非上計，然天子未嘗臨喪，內官無從挾脅，尚無投鼠忌器之憂，成固萬幸，不成亦不致起大獄。何物李訓，縈私變計，鑾觸穴中，危及乘輿，譬諸持刀刺人，反先授人以柄，亦曷怪其自致夷滅也。王涯賈餗舒元輿輩，不知進退，徒蹈危機，死何足惜？但親屬連坐，老幼悉誅，毋乃慘甚。鄭覃令狐楚，不能為涯餗辨冤，但知依阿取容，狀亦可鄙。至於訛言再起，覃且欲趨而避之，幸李石從容坐鎮，始得無事，鐵中錚錚，唯石一人，其次則為薛元賞，正人寥落，邪焰燻迷，唐之為唐，已可知矣。

第八十四回　奉皇弟權閹矯旨　迎公主猛將建功

卻說前御史中丞李孝本，本來是唐朝疏遠的宗室，孝本被殺，家屬籍沒，有二女刺配右軍，統是荳蔻年華，芙蓉臉面，文宗聞她有色，召令入宮。自己方得幸生，又想擁抱美人，非昏庸而何？拾遺魏謨上書諫阻，略言：「數月以來，教坊選女，不下百數，又召入李孝本女，不避宗姓，大輿物議，臣竊為陛下痛惜」云云。文宗乃遣出二女，且擢謨為補闕。謨入謝時，由文宗面諭道：「朕採選女子，無非欲分賜諸王，因憐孝本女孤露無依，所以收育宮中，卿遇事敢言，雖與朕意尚有隔膜，究竟為愛朕起見，可謂無忝厥祖了。」謨拜謝而出。嗣復進謨為起居舍人，文宗向取《註記》，謨對道：「《註記》兼書善惡，所以儆戒人君，陛下但力行善政，何必取閱。若必經御覽，史官有所避諱，如何取信後世？」文宗乃止。又嘗命謨獻祖遺笏，宰相鄭覃道：「在人不在笏。」文宗道：「笏雖無益，也是甘棠遺愛哩。贊魏徵處，便是贊魏謨處。」既而在便殿召見群臣，文宗舉衫袖相示道：「此衣已三浣了。」群臣俱稱揚儉德。獨中書舍人柳公權諫道：「陛下貴為天子，富有四海，當進賢退不肖，納諫諍，明賞罰，方可漸致雍熙。徒服浣衣，尚是末節哩。」文宗溫顏道：「卿卻是個諍臣，唯為中書舍人，似屬未當，不若改任諫議大夫罷。」公權便即受命。看似文宗虛心納諫，然未能剛斷，終患庸柔。無如內訌未已，朋黨復興，李固言入相未幾，又出為西川節度使，別任工部侍郎陳夷行，同平章事。到了開成三年正月，李石入朝議事，忽聞前面有箭鏃聲，石連忙閃避，已受微傷。左右奔散，馬驚馳歸第，又有一人邀擊坊門，虧得石伏住馬上，那馬疾馳而過，尾被剁斷，石尚無恙。乃上表奏聞文宗，文宗急命神策六軍，遣兵防衛，且飭中外索捕暴客，竟無所獲。石自思忘身徇國，反遭此變，輾轉尋思，定是閹人主使，倘再或戀棧，必為所戕！不若趁早辭職，免得受禍，於是累表稱疾，固辭相位。文宗亦知石忠誠，實因不便強留，只好令他仍掛相銜，出充荊南節度使。另簡戶部尚書楊嗣復，及戶部侍郎李珏，同平章事。嗣復與珏，又與鄭覃陳夷行未協，屢有齟齬，文宗嘗面諭道：「朕讀聖賢書，也不願為庸主，怎奈勢不得行，無可奈何，願卿等和衷共濟，朕只能醇酒求醉，聊寫殷憂。」但知求人，不知求己，如何自治？四宰相雖然應命，但彼此私見，總難消融。嗣復與珏，且力排鄭覃，更欲召李宗閔入相，先浼宦官進言。文宗轉語宰相，覃即進言道：「陛下若憐宗閔，只可酌量移調，若召入內用，臣願避位。」夷行亦言：「宗閔貪鄙，前嘗聚黨亂政，如何再行？」嗣復強與爭辯，珏亦旁助嗣復，斷斷力爭。還是文宗代作調人，徙宗閔為杭州刺史，總算暫時解決，得免爭端。越年，鄭覃陳夷行，終為楊嗣復李珏所排，辭職退位，又喪了一位四朝元老，訃達朝廷。元老為誰？就是司徒中書令晉公裴度。

太和末年，李逢吉因病致仕，旋即身死。度移守東都，目擊時艱，自悲衰老，不願再問國事，就是朝廷令兼中書令，表辭不獲，亦只一箋報謝，未曾入朝。至甘露變後，更以文酒自娛，葛冠野服，倘徉終身。不意開成二年，又奉詔令移鎮河東，且由吏部郎中傳達旨意，令他臥護北門，不得已啟行赴鎮。適易定節度張璠病死，子元益欲自為留後，經度遣使曉諭禍福，乃束身歸朝。蒞鎮一年，因老病乞還東都，越年去世，壽七十六歲。文宗震悼輟朝，追贈太傅，予諡文忠，時人比諸郭汾陽。度身後無遺表，由文宗遣使往問，尋得半稿，以儲嗣未定為憂，語不及私。去使齎表歸獻，文宗益加嘆惜（了過裴晉公，引起下文事實）。原來唐自憲宗以降，歷穆宗敬宗文宗三朝，均不立後。文宗生有二子，長子名永，為後宮王德妃所出，次子名宗儉，十歲即殤，永初封魯王，廷臣多請立為太子。文宗欲立敬宗子普，因遷延未定，太和二年，普竟夭逝，文宗很是悲惻，追贈普為悼懷太子，餘痛未忘。復將儲嗣問題，擱起了好幾年。至太和六年，始立永為皇太子。太子永母王德妃，姿貌不過中人，素來失寵，更兼後宮有個楊賢妃，生得花容玉貌，俐齒伶牙，文宗愛若掌珍，唯言是用，王德妃竟被譖死。永年及成童，頗好遊宴，狎近小人，楊賢妃又日夕進讒，屢言永短。楊賢妃未聞產子，何為屢譖儲君？可見婦人陰險，妒母及子，無非為斬草除根起見，獨怪唐室宮闈，遇有寵妃姓楊，往往生事，豈楊李果不相容耶？文宗逐漸入耳，免不得怒氣積胸。開成三年九月，召見群臣，謂：「太子行多過失，不堪承統，應廢立為是。」群臣俱頓首諫道：「太子年少，近雖有過，將來自能知改。且儲君關係國本，不可輕動，還望陛下矜全！」中丞狄兼謨伏闕固爭，甚至流涕，給事中韋溫道：「陛下只有一子，不善教導，乃至陷入狎邪，這豈盡太子的過失嗎？」文宗才不便決議，怏怏退朝。群臣又連章論救，因召太子還少陽院，敕侍讀竇宗直周敬復二人，詣院授經，申明大義。太子終未能盡改前非，那楊賢妃又密囑坊工劉楚才等，及禁中女優十人，詆毀太子。文宗每有所聞，輒召太子面責，唯廢立事始終不行。過了月餘，太子留居院中，未嘗得疾，不料夜間猝斃，甚至五官流血，四肢發青，文宗親自驗視，見他死狀甚慘，也不覺悲從中來，默思暴斃原因，好似中毒，但無從覓證，只好殮葬了事，謚曰莊恪。寫盡庸柔。

又越一年，群臣請立東宮，屢陳章奏。楊賢妃又乘間進言，請立穆宗子安王溶為皇太弟。殺子立弟，究為何意？文宗商諸宰相，李珏謂立弟不如立姪，較為合宜。乃立敬宗少子陳王成美為皇太子，飭有司謹具冊儀。越日車駕幸會寧殿，召入俳優，演劇作樂，有童子緣竿而上，一中年男子，在下走視，狀甚驚惶。文宗怪問左右，左右答是童子的父親。文宗忽增悵觸，泫然流涕道：「朕貴為天子，尚不能保全一兒，豈不可嘆？」誰叫你寵愛楊妃？遂命駕返宮，即召劉楚材等四人，及女優張十十等數人，面加叱責道：「構害太子，統出爾曹，今太子已死，須爾曹償命！」劉楚材等伏地乞免。文宗不許，命左右執付京兆尹，即日杖斃。恕首犯而斃從犯，畢竟不公。嗣是感傷成疾，寢饋不安，臥床數日，勉起至賜政殿，召當直學士周墀入問道：「朕可比前代何主？」墀答道：「陛下系當代賢君，可比古時堯舜。」文宗道：「朕豈敢上比堯舜？但擬諸周赧漢獻，究屬何如？」墀驚對道：「彼乃亡國主子，怎得上擬聖德？」文宗道：「周赧漢獻，不過受制強藩，今朕卻為家奴所制，恐尚不如赧獻呢。」墀伏地流涕。文宗亦潸潸淚下，俟墀告退，復還宮睡下。自是御膳日減，孱弱不支，到了開成五年元日，病不能起，飭百官免行朝賀禮。越宿，命樞密使劉弘逸薛季稜，引楊嗣復李珏至禁中，囑奉太子監國。中尉仇士良魚弘志得知消息，即闖入御寢，並謂：「太子年幼，且嘗有疾，須另議所立。」李珏道：「儲位已定，怎得中變？」士良弘志，憤憤而出。嗣復與珏，也知他不好輕惹，只好敷衍數語，退了出去。不意到了夜間，竟由士良弘志，頒發偽詔，立穆宗第五子潁王李瀍為皇太弟，權勾當軍國事。且言：「太子成美，年尚沖幼，未便入嗣，仍復封為陳王。」翌晨，百官入朝思政殿，那潁王瀍已佇立殿廡，與百官相見。楊嗣復李珏等，料知由權閹矯旨，只是不敢發言，彼此處與周旋，便即散去。越二日，文宗駕崩，年只三十二歲，共計享國十四年，改元二次。潁王瀍即位柩前，是為武宗皇帝，命楊嗣復攝冢宰事。

士良即勸武宗除去楊賢妃，及安王溶陳王成美三人，武宗也樂得應允，一道詔命，賜三人自盡，可憐安陳二王，平白地死於非命，就是這個傾國傾城的楊賢妃，無術求生，沒奈何仰藥自盡，渺渺芳魂，同歸地下，仍陪伴文宗去了。楊氏該死。士良等尚追怨文宗，凡從前得邀親幸的內臣，盡加誅逐。他人不敢多口，唯諫議大夫裴夷直，上疏諫阻，也似石沉大海一般，濟什麼事？武宗改名為炎，追尊生母韋氏為皇太后，徙蕭太后居積慶殿，號積慶太后。即文宗生母。尚有太皇太后郭氏，寶歷太后王氏，居處照舊。過了數月，罷楊嗣復授刑部尚書，崔珙同平章事。又過數月，罷李珏，召入李德裕，令他同平章事。葬文宗於章陵，別號生母韋太后葬園為福陵。魏博節度使何進滔病歿，子重順自稱留後，上表請授詔命。武宗以履位方新，不欲遽加聲討，乃令襲節度使遺缺，賜名弘敬。為後文飭討澤潞事伏案。越年改元會昌，樞密使劉弘逸薛季稜，謀舉兵攻殺仇士良，事洩被捕，下詔賜死，並出楊嗣復為湖南觀察使，李珏為桂管觀察使。士良又屢進邪謀，謂：「楊李二人，不願陛下登基，今既外調，恐有異圖，應早除為是。」武宗性頗殘忍，聞士良言，即遣中官往誅楊李二使。戶部尚書杜悰，亟奔馬往見德裕，入門也不及寒暄，便揚聲道：「天子新即位，便欲殺二故相，此事不可不諫，幸勿手滑。」時太常卿崔鄲，及御史大夫陳夷行，先後入相，德裕即邀同崔珙崔鄲陳夷行，聯襼入奏，請開延英殿賜對。待至日晡，始開門召入，德裕等涕泣極言，請赦楊李二人，免致後悔。武宗連說「不悔」二字，一面卻令四相旁坐。德裕道：「臣等願陛下免二人死罪，勿使已死難生，徒貽冤恨。今未奉聖旨，臣等何敢侍坐？」語至此，又叩首請命。武宗方徐徐道：「朕為卿等免此二人。」德裕等起身下階，舞蹈頌德。武宗復召令升座，喟然長嘆道：「朕嗣位時，宰相等何嘗心服？李珏季稜，志在陳王，嗣復弘逸，志在安王，陳王尚是文宗遺意，安王專附楊妃，覬覦神器，且嗣復與楊妃同宗，曾致妃書，謂姑何不效則天臨朝。倘使安王得志，朕何得有今日？全是私意，即如嗣復致楊妃書，亦安知非閹人揑造？德裕道：「茲事曖昧，虛實難知。」武宗道：「楊妃嘗有疾，文宗令妃弟玄思入侍月餘，因此得通意旨。朕細詢內人，確係實跡，但免死二字，已出朕口，朕不食言，卿等可退聽後命。」四人乃出。武宗即令追還二使，更貶嗣復為潮州刺史，李珏為昭州刺史。

會回鶻可汗兄弟嗢沒斯，與宰相赤心那頡啜，各率眾抵天德城外，求買糧食，且乞內附。天德軍使田牟（田布弟），欲出兵迎擊，藉端邀功，當時表聞朝廷，謂：「回鶻叛將嗢沒斯等，侵逼塞下，願督兵驅逐，安靜邊境」等語。武宗覽表躊躇，免不得召集群臣，會議可否。小子於回鶻事，久未敘及，正應乘此補敘，方好前後貫通。看官聽著！自咸安公主和番後（見七十八回），回鶻主天親可汗，當即病死，天親子多邏斯嗣立，受唐封為忠貞可汗，才閱一年，為弟所弒。國人復殺忠貞弟，立忠貞子阿啜，得受冊為奉誠可汗。在位五年，即遭病歿，無子可傳，當由國人擁立宰相骨咄祿為主。骨咄祿也得唐封冊，號為懷信可汗，閱十年去世。懷信子亦得受封，稱騰裡可汗。憲宗初年，騰裡可汗屢遣使入朝，始與摩尼偕來。摩尼系回鶻僧名，立有戒法，每至日晏乃食，不問葷素，唯不食湩酪。回鶻使歸，摩尼留居中國。從前唐廷借援回鶻，回鶻人多入內地，嘗請在京城內外，建摩尼寺，至摩尼入國，復就河南太原各處，分置摩尼寺。摩尼往來都市，未免為奸，後來遣歸回鶻，唯咸安公主，居回鶻幾二十一年，歷配天親忠貞懷信騰裡四可汗，至元和三年始死，由回鶻遣人告喪。未幾，騰裡可汗亦歿，嗣主為保義可汗，保義求婚，憲宗不許。保義死後，崇德可汗繼立，復表請和親，是時唐廷已立穆宗，乃遣憲宗女太和長公主，下嫁回鶻。至敬宗即位，崇德可汗又死，弟曷薩特勒嗣封，號昭禮可汗。文宗六年，昭禮為下所殺，從子胡特勒入嗣，受封彰信可汗。至文宗末年，國相掘羅勿發難，引沙陀共攻彰信，彰信自殺，國人立𠤷馺特勒為可汗。𠤷馺特勒方遣使請封，不意部將勾錄莫賀，潛結鄰部黠戛斯，合兵十萬，掩擊回鶻。𠤷馺特勒倉猝迎敵，竟為所殺。掘羅勿亦戰死，餘眾潰散。自天親可汗後，多是一班短命鬼，安得不衰？嗢沒斯赤心那頡啜等，窮無所歸，乃來款塞。

廷臣多請如田牟言，獨李德裕進議道：「窮鳥入懷，尚思庇護，況回鶻屢建大功，今為鄰國所破，遠依天子，奈何欲乘他困敝，發兵出擊呢？臣意應遣使慰撫，賜給糧食，令他感恩知報，願為我用。從前漢宣帝收服呼韓邪，便是此法，願陛下勿疑！」武宗道：「太和公主，不知生死何如？」德裕道：「這正好發使賚詔，問明嗢沒斯等，借知公主下落。」武宗乃遣使至天德城，告戒田牟，毋得操切生事，且令牟乘便探問公主。

朝使方行，忽由太和公主遣人入朝，報稱回鶻牙部十三姓，已立烏介特勒為可汗，請朝廷即賜冊命。看官道太和公主，如何替烏介求封？原來回鶻被破，公主亦為黠戛斯所虜，黠戛斯系漢李陵後裔，自謂與唐同宗，因令使臣達干，奉主歸唐，乘勢結好。那時回鶻餘部，推立烏介，引兵邀擊達干，把他殺死，遂劫公主南下，進窺天德城。振武軍節度使劉沔，出兵屯雲伽關，嚴行拒守，烏介知不可犯，因脅公主上表請封，嗣又由烏介通使，乞借振武一城，寓居公主及可汗，來使叫做頡干迦斯，當由武宗宣令入見，問他何故推立烏介。頡干迦斯道：「烏介可汗，系昭禮可汗親弟，所以眾情愛戴。」武宗道：「城不便借，朕當頒給糧米，令汝汗規復舊疆便了。」乃即派右金吾大將軍王會，齎著宣慰敕書，偕頡干迦斯北往。書中大略，諭：「烏介率領部眾，漸復舊疆，借城向無此例，如欲別遷善地，求上國聲援，亦只應暫駐漠南，朕當俟公主入覲，親問事宜。倘須接應，亦無所吝」云云。復令王會發邊粟二萬斛，賜給烏介部眾。

哪知烏介可汗陽受朝命，待王會南歸，仍然屯兵邊境，不肯退歸，且反縱兵四擾。非我族類，其心必異。還有赤心那頡啜等，亦潛謀犯塞，經嗢沒斯先告田牟，因誘赤心至帳下，設伏擊斃。那頡啜收集赤心遺眾，東走大同，聯結室韋黑沙諸番眾，南窺幽州。盧龍節度使史元忠，時已為牙將陳行泰所殺，行泰又為張絳所誅，雄武軍使張仲武，起兵逐絳，平定幽州。由武宗特授旌節，命為盧龍留後。仲武聞那頡啜入境，突出痛擊，殺得那頡啜孤身窮奔，往投烏介，烏介把他殺死，復入雲朔，剽橫水，屠掠甚眾，有眾十萬，駐牙大同，抗表求糧食牛羊，並索交嗢沒斯。

武宗已授嗢沒斯為金吾大將軍，爵懷化郡王，即以所部軍為歸義軍，拜他為歸義軍使，賜姓為李，賜名思忠，當下責令烏介北遷，不得無理要索。烏介不肯奉詔，武宗因調劉沔為河東節度使，兼招撫回鶻使，張仲武為東面招撫回鶻使，李思忠為回鶻西南面招討使，會軍太原，共討烏介。沔有武略，出營雁門關，與烏介相持。起初與烏介接仗，未見得利，乃按兵不動，故示羸弱，令李思忠張仲武兩軍，先戢烏介羽翼。烏介見沔軍不出，總道他是畏怯無能，不以為意，便移軍侵逼振武，營帳如林。沔遣麟州刺史石雄，及都知兵馬使王逢，帶領沙陀朱邪赤心部眾，襲擊烏介牙帳，汜自率大軍接應。石雄到了振武，登城望回鶻營帳，見氈車數十乘，侍從多著朱碧，狀類華人，遂使偵騎探問，返報是太和公主牙帳。雄復使偵騎往告道：「公主至此，應求歸路，今將出兵掩擊可汗，請公主潛與侍從相保，駐車勿動，靜候來迎。」公主允諾，偵騎復還報石雄，雄鑿城為十餘穴，引兵夜出，直攻烏介可汗牙帳。烏介本未預防，突聞官軍殺入，嚇得手足失措，忙從帳後逸出，連輜重盡行棄去。雄追烏介至殺虎山，大破烏介部眾，烏介身受數創，與數百騎北遁。雄斬首萬級，降番眾二萬餘人，遂回迎太和公主，送還京師。正是：

逐寇功臣逢大捷，和番帝女幸重歸。

欲知公主還京後事，待至下回分解。

唐至文宗之世，威柄已為宦官所握，文宗嘆息流涕，自恨受制家奴，不如周赧漢獻，情殊可憫，但亦未免自貽伊戚耳。一誤於宋申錫，再誤於李訓鄭注，用人不明，已司其咎，乃復暱幸寵妃，不善教子，骨肉且未能保全，遑問他事？至於權閹矯詔，擅立潁王，不能正始者，復不能正終，何莫非優柔寡斷之所致也？回鶻雄長北方，雖屢擾唐室，而一再敗盟，數犯邊境，為唐患者亦非淺鮮。帝女和親，甘出下策，唐之不能馭夷，亦可見矣。迨回鶻殘破，嗢沒斯誠心內附，而烏介復劫主橫行，忽服忽叛，幸李德裕建以夷攻夷之策，於是強虜退，帝女歸，朔方仍得安定，乃知為政在人之固非虛語也。

文宗有一德裕而不能用，此其所以齎恨終身歟。

第八十五回　興大軍老成定議　墮狡計逆豎喪元

卻說太和公主，還至京師，有詔令宰相等出迎章敬寺前，又命神策軍四百名，備具鹵薄，迎主入都。群臣當然奉命，肅班出迎。公主進謁憲穆二廟，唏噓嗚咽，退詣光順門，去盛服，脫簪珥，自陳和親無狀，有負國恩。武宗遣中使慰問，仍令服飾如恆，乃入謁太皇太后。母女重逢，悲喜交集。越日進封為安定大長公主，使居興慶宮左近，得敘母子歡情。一面令太僕卿趙蕃，為安撫黠戛斯使。黠戛斯為古堅昆國，唐初號為結骨，地在西突厥西面，貞觀年間，曾修朝貢，歷太宗高宗中宗玄宗四朝，通使不絕，至回鶻強盛，始被隔絕，不得往來。酋長號為阿熱，屢受回鶻侵掠，回鶻漸衰，阿熱乃自稱可汗，與回鶻構兵不解，約二十年，卒破回鶻，送太和公主歸唐。會聞烏介殺死國使，料知誠意未達，因復遣注吾合素東來，再申情狀。注吾系是夷姓，夷人稱猛為合，左為素，合素是猛力左射的意義，就是所稱黠戛斯，也就是結骨的轉音，注吾合素，在途歷一兩年，始達唐廷，獻上名馬二匹，並上書請求冊命。補敘數語，尤見詳明。武宗乃命趙蕃往慰，並使李德裕手草敕書。德裕謂須俟黠戛斯稱臣，且敘同姓執子孫禮，乃行冊命。武宗亦以為然，德裕遂草制道：

考貞觀二十一年，黠戛斯先君，身自入朝，授左屯衛將軍兼堅昆都督，迄於天寶，朝貢不絕。比為回鶻所隔，回鶻陵虐諸蕃，可汗能復仇雪恥，茂功壯節，近古無儔。今回鶻殘兵不滿千人，散投山谷，可汗既與為怨，須盡殲夷，倘留餘燼，必生後患。又聞可汗受氏之原，與我同族，國家承北京太守（即漢李廣）之後，可汗乃都尉（指李陵）苗裔，以此合族，尊卑可知。今欲冊命可汗，特加美號，緣未知可汗之意，姑遣太僕卿趙蕃喻意，待趙蕃回日，當別命使展禮，以慰可汗之望。先此諭知，毋負朕意！

是時武宗方專任德裕，凡與回鶻黠戛斯交涉事件，必與德裕熟商，所有詔敕，亦多命德裕屬草。德裕請委諸翰林學士，武宗道：「學士不能盡如人意，勞卿屬稿，方免貽誤。」因此慰諭黠戛斯敕書，亦由德裕下筆。趙蕃齎敕與注吾合素偕行，到了黠戛斯，黠戛斯可汗，願為藩屬，再遣將軍溫仵合，隨藩入貢，且上言：「得烏介可汗，走保黑車子族，應會同王師，合力進討。」武宗諭以速平回鶻黑車子，乃遣使冊封，溫仵合應命而去。既而黠戛斯又遣使入貢，請示師期，武宗遂飭幽州太原振武天德四鎮，出兵會同黠戛斯，兜剿烏介，且令給事中劉濛為巡邊使，擬復河湟四鎮十八州。河湟自安史亂後，陷沒吐蕃，已歷多年，至是因回鶻已衰，吐蕃復有內亂，乃倡此議。劉濛系劉晏孫，武宗憫晏冤死，特擢濛出巡，令預備器械糗糧，俟回鶻告平，進圖吐蕃。

會值昭義軍節度使劉從諫病死，子稹祕不發喪，脅監軍崔士康，奏稱從諫病劇，請命稹為留後。武宗覽奏即召李德裕崔珙等入議，還有新任宰相二人，一是淮南節度使李紳，是代崔鄲後任，一是尚書右丞李讓夷，是代陳夷行後任。夷行已出鎮河中，鄲出鎮西川，所以改相二李。與德裕合成三李。紳與讓夷，均上言：「回鶻餘燼，未盡撲滅，邊鄙尚須警備。若再討澤潞，昭義軍統轄澤潞邢洺滋五州。恐國力不支，不如令劉稹權知軍事。」李德裕獨獻議道：「澤潞事體，與河朔三鎮不同，河朔習亂已久，人心難化，所以累朝置諸度外。澤潞近處腹心，一軍素稱忠義，如李抱真成立此軍，德宗且不許承襲，敬宗不恤國務，相臣又無遠略，劉悟死後，遂授從諫，今從諫垂死，復欲將兵權私付豎子，若又令他承襲，諸鎮將群起效尤，那時天子尚有威令麼？」說得甚是。武宗道：「朕意亦作是想。」乃遣供奉官薛士幹，往諭從諫，使就東都療疾，且遣稹入朝，另加官爵。

士幹行至潞州，稹已為從諫發喪，抗不受詔，因亟還朝報命。武宗也怒從心起，便召德裕入問道：「卿前謂劉氏跋扈，不宜承襲，今劉稹公然抗命，朕欲聲討，擬用何法？」德裕道：「稹心中所恃，不過河朔三鎮，但得鎮魏兩處，不相援助，稹便無能為了。今請速遣重臣，往諭王元逵何弘敬，令他助討劉稹，委以山東三州（邢暱磁），成功以後，將士並加厚賞，果使兩鎮聽命，不復沮撓官軍，劉稹豎子，還有什麼難擒呢？」武宗大喜，立命德裕草詔，頒賜成德節度使王元逵，魏博節度使何弘敬，中有數語云：「澤潞一鎮，與卿事體不同，勿為子孫之謀，欲存輔車之勢，但能顯立後效，自然福及後昆。」武宗覽此數語，大加稱許，且語德裕道：「應該如此直告，省得他疑議呢。」當下遣發兩使，分頭去訖。又賜盧龍節度使張仲武詔書，令他專御回鶻，並調忠武節度使王茂元，為河陽節度使，邠寧節度使王宰，為忠武節度使，專待鎮魏兩處報命，便即出兵。

未幾，得兩鎮奏報，並皆聽命，於是削奪從諫及稹官爵，授王元逵為澤潞北面招討使，何弘敬為澤潞南面招討使，與河東節度使劉沔，河中節度使陳夷行，河陽節度使王茂元，合力攻討，再調武寧節度使李彥佐，為晉絳行營招討使，會合諸軍，五道齊進。王元逵既受朝旨，即日出屯趙州，進次臨洺，漸逼堯山。劉沔守昂車關，分兵屯榆社，何弘敬立柵肥鄉，進略平恩，陳夷行駐營冀城，入侵冀氏。王茂元出駐萬善，別遣兵馬使馬繼等至天井關，營科鬥寨。唯李彥佐自徐州啟行，很是迂緩，又表請休兵絳州，兼求濟師。李德裕入白武宗道：「彥佐逗留觀望，無討賊意，所請皆不可許，宜下詔切責，令即進軍冀城。」武宗依言頒詔，德裕又薦天德軍防禦使石雄，為彥佐副，因調雄為晉絳行營節度副使，復令王元逵取邢州，何弘敬取銘州，王茂元取澤州，李彥佐劉沔取潞州，各專責成，毋得取縣，這也是德裕所獻的計議。武宗得平潞澤，全是德裕一人主持，故處處歸功德裕。

先是劉從諫未歿時，累表言仇士良罪惡，士良亦言從諫窺伺朝廷，至劉稹逆命，士良益藉口有資，每揚言宮中，自詡不出所料。武宗以士良有擁立功，曾命為觀軍容使，外示尊寵，內實疑忌，故命討澤潞，全然不用禁軍。士良又陰嫉德裕，多方進讒。偏武宗委任甚專，毫不見信，同平章事崔珙，伴食無能，武宗將他罷去，特召學士韋琮入內草制，擢中書舍人崔鉉入相，內外官吏，全未與聞。仇士良自知失權，乃告老致仕，得旨允准，因出居私第。閹黨統送他出宮，士良密囑道：「天子不可令閒，須常舉奢靡華麗，取悅心志，令他日積月累，無暇顧及他事，然後我輩可以得志。若使讀書禮士，得知前代興亡，他必心存憂惕，疏斥我輩，這是事上要訣，幸勿忘懷。」閹黨謝教而去。士良以為要訣，實是愚謀，須知人主蠱惑心志，必致危亡，難道若輩尚得安榮麼？且此策亦只能惑庸主，不能欺英闢，試問士良何故告退呢？士良既去，李德裕少一牽制，越好殫精竭慮，與武宗規劃平賊。

王元逵拔宣務柵，進擊堯山，擊敗劉稹救兵，上書奏捷。德裕請加元逵同平章事，激厲他鎮。至元逵前鋒，早入邢州境內，何弘敬尚未出師。元逵密表弘敬陰懷兩端，德裕上言：「忠武軍累有戰功，聲威頗震，王宰年力方壯，謀略可稱，請詔宰率忠武全軍，取道魏博，直抵磁州，以分賊勢，弘敬必懼，這便是攻心伐謀的良策。」武宗即命王宰悉選步騎精兵，自相魏趨磁州。果然弘敬聞知，恐忠武軍一入魏境，或致兵變，急督軍進渡漳水，先赴磁州。獨河陽兵馬使馬繼等，駐兵科鬥寨，為劉稹牙將薛茂卿所襲，全軍潰散，馬繼被擒。王茂元憂懼成疾，奏達敗狀，於是朝議又復紛起，爭說：「劉悟有功，不應絕他後嗣。且從諫練兵十萬，儲粟十年，甚不易取，何如趁早班師。」武宗聽了群議，也不免心動起來，復召問李德裕。德裕道：「小小勝負，兵家常事，願陛下勿聽外議，定可成功。」武宗乃語群臣道：「此後如有朝士沮撓軍情，朕必將他驅入賊境，斬首示眾。」自是異議乃止。唯斷乃成。

德裕復乞調王宰全軍，移援河陽，即以宰兼行營攻討使，武宗也悉從所請。會何弘敬奏拔肥鄉平恩，殺賊甚眾，武宗因召語相臣道：「弘敬已拔兩縣，可釋前疑，既有殺傷，雖欲陰持兩端，也無可如何了。」乃加弘敬檢校左僕射。嗣聞王茂元病歿軍中，復詔擢河南尹敬昕為河陽節度使，專主餉運，接濟行營，把戰事悉付王宰。宰治軍嚴整，頗為昭義軍所憚。昭義軍將薛茂卿，因科鬥寨一役，獨建奇功，未獲重賞，心下很是怏怏，聞王宰屯兵萬善，遂密使通問，願為內應。宰遂引兵趨天井關，茂卿略略接仗，便即退走，把關相讓。宰得據關隘，進毀大小箕村。茂卿更召宰攻澤州，宰疑不敢進，竟至失期。劉稹探知茂卿隱情，誘至潞州，將他殺死，屠及家族，如此殘忍，宜其速亡。改用兵馬使劉公直，來拒王宰。宰攻澤州，不利而退。公直復乘勝據天井關，嗣經宰整兵再進，大破公直，得拔陵川。劉沔亦攻克石會關，唯盧龍節度使張仲武，因劉沔破回鶻時，獨得太和公主歸朝，功為所奪，不免怨沔。朝廷恐他挾嫌掣肘，徙沔為義成節度使，另起前荊南節度使李石，駐節河東。

河東兵多派守要隘，所有府庫餘蓄，又被沔運往義成軍。至李石蒞鎮，兵少餉絀，已是萬分為難。河東行營兵馬使王逢，且請添兵至榆社，以資戰守，石不得已調回橫水戍卒千五百人，令都將楊弁帶領，馳詣行營。向來軍士出征，每人給絹二疋，石因軍用缺乏，益以自己絹帛，尚止人得一疋。時已為會昌三年殘臘，軍士請過了歲朝，方才登程。偏監軍呂義忠，定要他年內就道，軍士俱有怨言。楊弁趁勢煽動，擬除夕倡亂，佯於是日啟行，到了晚間，仍混入城中，夜漏方闌，嘩聲忽起，兵眾隨處剽掠，橫行城市。都頭梁季葉出來彈壓，被亂軍持刀砍死。李石正起床整衣，遙謁北闕，慶賀歲旦，不意府門外面，人喊馬嘶，巡吏即入報兵變。石左右並無將士，如何出御？只好挈領親屬數人，從後門出奔，還幸城尚未闔，一溜煙似的奔往汾州。楊弁入據軍府，居然自稱留後，且遣從子至潞州，願與劉稹約為兄弟。劉稹大喜，報書如約。監軍呂義忠亦逃出城外，遣人飛奏河東亂狀，朝議復為之大嘩。或說應招撫楊弁，令討劉稹，或說兩地俱應罷兵，唯堅強不屈的李文饒（文饒系德裕字）獨上言：「太原人心（太原即河東）素來忠順，不過因賞犒未足，乃致變亂，並非別懷覬覦，況亂兵止千五百人，亦何能為？應令李石呂義忠還赴河東行營，召兵討亂，一面令王逢留太原兵守榆社，另調易定汴兗兵，共討楊弁。」武宗一一照允。更遣中使馬元實，往太原曉諭亂軍，並覘強弱。楊弁歡迎元實，盛筵相待，酣飲三日，且厚賄送歸。元實還都覆命，極言軍心附弁，不如議撫。金錢之效力如此。武宗令與宰相商議，元實乃往見德裕，開口便道：「相公今日，須早授楊弁旌節。」德裕問為何因？元實道：「自牙門至柳子營，約十五裡，遍地統是光明甲仗，如何可取？」德裕道：「李相（李石為相，見前）正因太原無兵，乃發橫水兵赴榆社，此外庫中留甲，盡給行營，弁何從得此甲士？」元實道：「太原民俗強悍，經弁召募，即可成軍。」德裕道：「召募須有貲財，李相止欠軍士一疋絹，因致此亂，弁豈能點石成金，立集鉅款，可以廣募徒眾麼？」元實語塞，不能再對。德裕道：「就使他有十五裡光明甲，亦必須殺此賊。」誠然誠然。遂叱退元實，自草數語奏陳，略言：「楊弁微賊，絕不可恕！如慮國力不及，寧捨劉稹。」過了兩旬，呂義忠捷報已至，擒楊弁，誅亂兵，平定太原。看官！你道呂義忠能討平亂賊麼？原來榆社戍兵，聞朝廷令客軍取太原，恐妻孥亦遭屠戮，乃情願還兵平亂。可巧呂義忠奔至行營，遂擁回太原，攻入軍府，立將楊弁擒住，所有亂卒，悉數誅夷。弁被檻送京師，當然處斬。

河東既定，召還李石，降為太子少傅分司，河中節度使陳夷行，已因疾乞休，改任崔元式繼任，至此復調元式鎮河東，令石雄為河中節度使。雄與王宰有宿嫌，宰忌雄立功，故意緩攻，令劉稹得專力御雄。李德裕偵得隱情，即入奏武宗道：「行軍全仗銳氣，不經激發，難望成功。陛下命王宰趨磁州，何弘敬乃先出師，遣客軍討太原，戍卒乃先取楊弁，今王宰久不進軍，請徙劉沔鎮河陽，仍令率義成軍二千，直抵萬善，躡宰後塵，宰恐沔前來爭功，必不願逗留。宰果進軍，沔為後應，亦未始非一大聲援呢。」武宗乃令劉沔為河陽節度使，令出軍萬善。宰果如德裕所料，進攻澤州，劉稹拒戰經年，軍心漸怠，更兼都神牙郭誼王協，宅內兵馬使李士貴等，攬權用事，專知聚財，見功不賞，將士愈覺離心。劉從諫妻裴氏，系故相裴冕孫女，有弟裴問，典守邢州，裴氏素勸從諫歸命，至從諫死後，又慮稹叛命致亡，令他召歸裴問，執掌軍政。李士貴恐問到來，大權被奪，亟語稹道：「山東三州，唯恃五舅，若五舅召還，將靠何人守住山東三州呢？」稹年少寡識，信為真言，遂不願召問。問嘗募兵五百，號為夜飛，就中多富商子弟，王協令軍將劉溪，往邢州徵稅，大肆婪索，往往拘禁富商。夜飛軍聞父兄被拘，當然向問呼籲。問轉白劉溪，溪復語不遜，激成眾忿。問即與刺史崔嘏，殺溪歸唐，舉州投順王元逵。洺州守將郭釗，磁州守將安玉，聞邢州降唐，亦並降何弘敬，山東三州，均已效順，當由王何二鎮帥奏聞。德裕請即令給事中盧弘止為三州留後，且敕山南東道節度使盧鈞，調任昭義節度使，乘驛赴鎮。武宗尚在躊躇，德裕道：「今不另簡鎮帥，若王何二人，欲占三州，朝廷將如何對付呢？」一語破的。武宗大悟，立即下詔。德裕又道：「昭義根本，盡在山東，三州既降，潞州必將生變了。」武宗道：「朕料郭誼等人，必誅稹自贖。」德裕道：「誠如聖料，不日即有好音。」已而得王宰軍報，劉稹已誅，郭誼乞降。原來誼本為劉稹心腹，稹阻兵抗命，皆誼主謀，至山東三州，一併失去，誼不免惶急，遂與王協密謀，擬殺稹贖罪，乃令私黨董可武說稹道：「山東叛去，事由五舅，城中人莫敢相保，敢問留後如何主張？」稹答道：「今城中尚有五萬人，且當閉門自守，再圖良策。」可武道：「五萬人何足久持？為留後計，不如束身歸朝，令郭誼為留後，自奉太夫人及室家金帛，歸還東都，這還是保身良策呢。」稹又道：「誼果不負我麼？」可武道：「可武已與誼定約，誓不相負。」稹乃引誼入室，再與面約，復入告從諫妻裴氏。裴氏道：「歸朝誠為佳事，可惜已晚。我有弟尚不能保，怎能保郭誼？汝自去酌奪便了。」裴氏非無見識，患在太懦。稹沉吟半晌，自思餘無善策，沒奈何素服出門，以母命署誼都知兵馬使。誼謝稹畢，出見諸將。稹治裝內廳，李士貴聞得此事，知稹為誼所賺，率後院兵數千攻誼。誼叱眾道：「何不自取賞物，乃欲與士貴同死麼？」軍士遂退，共殺士貴。誼易置將吏，部署士卒，一夕俱定。次日，使董可武入邀劉稹，出議公事。稹隨可武出牙門，至北宅，與誼等相見，置酒作樂。飲至半酣，可武遽前執稹手，別將崔玄度自後殺稹，刀光一閃，垂首座前，遂乘勢收稹宗族，及親屬故舊，無論老幼，駢戮無遺，只留裴氏不殺，囚諸別室。當下函稹首獻與王宰，並奉降表。宰露布奏聞，唐廷稱賀。小子有詩嘆道：

豎子無知欲逞雄，三州坐失智謀窮。
須知授首歸朝日，早在良臣擘劃中。

究竟唐廷如何處置郭誼，待至下回再詳。

觀武宗之討澤潞，全由李德裕主謀，故本回於德裕規劃，敘述較詳，當時前敵諸將，非真公忠無二，經德裕操縱有方，能令悍夫怯將，並效馳驅，決機廟堂之上，轉移俄頃之間，中使不得關說，武人樂為盡死，即裴度杜黃裳諸相臣，恐亦未之逮也。山東三州，相繼歸朝，郭誼王協等，即定謀殺稹，始則導稹為亂，繼則殺稹求封，而無知狂豎，適墮狡謀，徒唯是身死族滅已耳！天下本無事，庸人自擾之，於稹乎何惜，於郭誼王協等何誅？

第八十六回　信方士藥死唐武宗　立太叔竄斃李首相

卻說武宗聞澤潞已降，劉稹授首，即與李德裕等，商酌善後事宜。德裕面奏道：「澤潞已平，邢洺磁三州，無須再置留後，但遣盧弘止宣慰三州，及成德魏博兩鎮，便可了事。」武宗道：「郭誼應若何處置？」德裕道：「劉稹豎子，膽敢拒命，統由郭誼等主謀，到了勢孤力竭，又賣稹求賞，如此不誅，何以懲惡？」武宗點首道：「卿言甚是。朕當令石雄入潞，藉應謠言便了。」原來潞州曾有妄男子，在市喧叫道：「石雄七千人到了。」是時劉從諫尚在，目為妖言，把他捕戮。及劉稹逆命，德裕曾將此事奏聞，且言欲破潞州，必用石雄，所以武宗特遣石雄入潞，令帶七千人隨行。郭誼既獻入劉稹首級，滿望朝廷封賞，即授旌節，好幾日不見命下，乃語部眾道：「大約朝廷將徙我別鎮，所以這般遲滯。」遂閱鞍馬，治行裝，專待朝使到來，約定行止。你亦想作劉悟麼？奈福命不及何！忽由巡卒入報導：「河中節度使石雄，帶兵來了。」誼頗有懼色，但此時不能再拒，只好率眾出迎。

雄與敕使張仲清，聯轡入城，誼參賀已畢，張仲清宣言道：「郭都知告身，來日當至，此外將吏告身，俱已帶到，請晚間來牙交代。」誼等唯唯而出。雄即命河中七千人，環集毬場，至晚召誼等受命，一一唱名引入。誼先進去，即由雄喝聲動手，將他拿下。餘如王協董可武安全慶李道德李佐堯劉武德等，一併拘住，悉送京師。還有劉稹部將劉公直，已將澤州降與王宰，亦由宰檻送入京。唐廷已得稹首，懸示都門，復令石雄發從諫屍，暴露潞州市三日。雄剖棺驗視，面色如生，一目尚開，經雄手刃三次，血流如瀋。想是命數中應該斬首。陳屍三日，仇人各用刀剔骨，幾無遺骸。文士張谷張沿陳揚庭，嘗屢言古今成敗，規戒從諫。雄頗聞文名，飭吏查訪，已被郭誼殺死，未免嗟悼。張谷嘗納邯鄲女為侍妾，名叫新聲，曾勸谷挈族西去，且語穀道：「天子以從諫為節度，並非有攻城野戰的功勞，足以褒錄，不過因乃父挈齊十二州，歸還朝廷，方不忍奪他嗣襲。自從諫據有澤潞，未嘗具一縷一蹄，為天子壽，左右又皆無賴徒，試想憲宗朝數鎮顛覆，大都雄才傑器，尚不能固天子恩，況從諫擢自兒女手中，以不法始，必以不法終。大丈夫當見機而作，毋得顧一飯恩，以骨肉畀健兒啗食呢。」言訖，悲泣嗚咽，幾不自勝。谷終不能決，遷延至三月有餘，反恐新聲語洩，竟將她用帛縊死。有此慧女子，卻不得令終，所遇非人，特志之以存感慨後來谷竟遭難，家屬駢誅。宜哉。從諫妻裴氏，由雄送入都中，候旨發落。武宗因裴氏系出名門，弟裴問首先效順，不忍誅及裴氏，擬下詔免死。偏刑部侍郎劉三復，固言不可，乃將裴氏賜死，以屍還問，令他殮葬。所有郭誼王協董可武等，盡行正法。加李德裕太尉，爵衛國公。德裕入朝固辭，武宗道：「朕只恨無官賞卿，卿若不應得此，朕也不願授卿了。」德裕乃拜謝而退。昭義節度使盧鈞，馳入潞州，慰撫兵民。鈞素寬厚愛人，當鎮守襄陽時，已是眾志咸孚，一入天井關，昭義散卒，聞風趨附，俱蒙厚待。至入潞城後，人情悉洽，昭義遂安。武宗從德裕議，割澤州歸隸河陽，減鐵昭義軍勢力，免生後亂；且飭各道兵一律歸鎮，封賞有差。

德裕復追論維州悉怛謀事，歸咎牛僧孺。武宗但贈悉怛謀為右衛將軍，不加僧孺罪責。德裕乃申奏道：「劉從諫據澤潞十年，太和中入朝，牛僧孺李宗閔執政，不留從諫在京，縱令還鎮，致釀成今日大禍。且聞昭義孔目官鄭慶，曾言從諫每得二人書牘，皆自焚毀，可見二人陰庇從諫，實為亂階，今幸陛下威靈，得平叛逆。唯欲清源正本，還應譴及牛李二人。」報復太甚，私憾何深？武宗徐道：「且俟再議？」德裕意終未釋。過了數日，復呈入河南少尹李述書，略言：僧孺聞劉稹敗死，有失聲嘆恨等情。安知非德裕架誣？當下惱動武宗，再貶僧孺為循州長史，流宗閔至封州。德裕因率同百官，請上尊號，稱武宗為仁聖文武章天成功神德明道大孝皇帝，武宗不受。經德裕等固請，表至五上，方才允准。於是郊天祭廟，下詔大赦，賜文武官階勛爵，遍宴群臣，慶賀了好幾日。皇太后王氏（即敬宗母）得病身亡，變喜為哀，易賀為吊，免不得又有一番忙碌。禮官上太后尊謚，乃是「恭僖」二字，祔葬光陵東園（光陵即穆宗陵）。

是時同平章事李紳，以足疾辭職，復出為淮南節度使，召淮南節度使杜悰入朝，拜右僕射，兼同平章事。悰本岐陽公主夫婿（見七十四回），文宗季年，公主已歿，悰由澧州刺史，升任鳳翔節度使，復自鳳翔徙鎮淮南。武宗嘗聞揚州倡女，善為酒令，因飭淮南監軍，選貢數人。監軍轉告杜悰，請他同選，悰搖首道：「我不奉詔，怎得妄進倡女？」監軍即奏悰不肯選旨，武宗嘆道：「杜悰得大臣體，朕知愧了。」遂召悰入相。悰既受職，獨好宴飲，不甚理事，乃復出為西川節度使。既而李紳病歿任所，悰移鎮淮南。唯杜悰罷相時，崔鉉亦同時免職，改任戶部侍郎李回同平章事。回系唐室宗族，頗有膽識，澤潞事起，曾奉詔宣慰河北三鎮，並促進師，三鎮無不畏服，以此為武宗所器重，特加拔擢。但軍國重事，仍專任李德裕評議。李回李讓夷，不過奉令承教，署名畫諾，便算盡職。

德裕以西域軍事，尚未告竣，因上言：「回鶻衰微，烏介窮蹙，應乘此蕩平回鶻，規復河湟，望遣使賜張仲武詔書，諭以鎮魏兩鎮，已平昭義，只回鶻未滅，仲武尚兼北面招討使，應早思立功，毋落人後。」武宗依言頒詔，促仲武進逼烏介，仲武出兵數次，收降回鶻散卒，約數萬人。巡邊使劉濛，亦報稱吐蕃內亂，可乘機收復河湟。武宗擬大舉平西，偏偏志未畢償，病已纏體，遂令一位英明果斷的主子，漸漸的形神瘦弱，力不從心。看官可知武宗即位時，年只二十七齡，改元後僅歷五年，還只三十二歲，春秋方盛，大可有為，如何疾病加身，害得支撐不住（虛設問答，較便梳櫛）？小子查考唐史，才知有一大病源，不得不從頭敘來。

唐自高祖立老子廟，尊為太上玄元皇帝，後世子孫，奉為成例，待遇方士，無不加厚，所以道教嘗盛行一時。此外又有佛教、祆教、摩尼教、景教、回教五種，佛教自漢迄唐，愈沿愈盛，唐太宗時，僧玄奘至西域取經，攜歸佛典六百五十餘部，譯成華文，輾轉流傳，徒侶日眾。武宗以前，全國佛寺，多至四萬餘所，僧尼達四十萬人。祆教由波斯國傳入，敬火以表天神，亦稱拜火教，唐初已盛行中國，朝廷為立祆正祓祝等官，管轄教徒。摩尼教就從祆教脫胎，參入佛教景教等旨，別成一派，相傳為波斯人摩尼所創。其實摩尼二字，就是中國高僧的意義，由波斯傳入回紇，更由回紇傳入唐朝，京都內外，多建摩尼寺，凡回紇人留居中國，常借寺中棲宿。景教實耶穌教的一派，唐太宗時，波斯人阿羅本，齎經至長安，自稱為景教徒，取教旨光華的意義。太宗為建波斯寺，至玄宗時，波斯為大食國所並，因改波斯寺為大秦寺，大秦即羅馬國的變稱，景教實發源羅馬，所以易名存實。德宗時，長安大秦寺僧京靜，曾建大秦景教流行中國碑，窮溯原委，頗稱詳明。至回教為摩罕默德創行，摩罕默德系阿剌比亞人，阿剌比亞即今之阿剌伯。參酌耶穌教及猶太教等，別成一教，廣集教徒，征服異域，創成一大食國。大食即阿剌比亞，波斯人有此稱呼，所以唐廷亦呼為大食。莫非因他饕食四方麼？大食人來華互市，請諸唐廷，得在廣東一帶，建造會堂，廣傳教旨。這四種宗教，統是西洋輸入，唐廷准他傳布，不加禁止。元元本本，殫見洽聞。獨武宗專通道教，不准異教流行，凡國中所有大秦寺摩尼寺，一併撤毀，斥逐回紇教徒，多半道死。京城女摩尼七十人，無從棲身，統皆自盡。景僧祆僧二千餘人，並放還俗。又令京都及東都，只准留佛寺二所，每寺留僧三十人，各道只留一寺，餘皆毀去。僧尼勒令歸俗，田產歸官，寺材改葺公廨驛舍，銅像鐘磬，熔作制錢，共計毀寺四千六百餘區，及招提（有常住之寺）蘭若（佛徒靜室）四萬餘間，還俗僧尼二十六萬五百人，收良田數千萬頃，奴婢十五萬人。閱至此，應為稱快。

古來帝王排佛，共有三人，魏太武帝周武帝及唐武宗，釋家稱為三武之禍。武宗排斥異教，不遺餘力，專心致志的迷通道教。即位初年，即召入方士趙歸真，向受法籙，稱歸真為道門教授先生，即至禁中築一望仙觀，令他居住。政躬稍暇，常至觀中聽講法典，信奉甚虔。歸真引入徒侶，為武宗修合金丹，說是長生不老的仙藥，武宗服藥下去，自覺精神陡長，陽興甚酣，一夜能御數女，暢快無比。哪知情慾日濃，元氣日耗，各種興陽的藥餌，多半是催命的毒物。武宗年甫逾壯，日服此藥，漸漸的容顏憔悴，形色枯羸。當時專寵的嬪御，第一位要算王才人。才人系邯鄲人氏，家世失傳，穆宗時選入宮中，年僅十三，已善歌舞，後來賜與潁邸，一及笄年，性情兒很是機警，模樣兒愈覺苗條，亭亭似玉，裊裊如花。武宗本是頎晰，王女亦頗纖長，一對璧人，天作之合，當然情投意合，我我卿卿。及武宗即位，封王氏為才人，寵擅專房，武宗每畋苑中，王才人必跨馬相隨，袍服雍容，幾與武宗相似。道旁人士，遠遠窺視，還疑有兩位至尊，相與出入。有時也能握輕弓，發一二矢，射倒幾個小禽小獸，色藝俱工，確是難得。武宗越加寵愛，擬立她為皇后。偏李德裕謂才人無子，家世又未曾通顯，恐貽天下譏議，武宗乃止。但因後宮佳麗，無過王才人，寧將正宮位置，虛懸以待，不願濫竽充數。自憲宗以降，已五代不立皇后。及武宗有疾，王才人每諫武宗道：「陛下日服丹藥，無非希望長生，妾見陛下近日膚澤枯槁，深抱杞憂，還望陛下審慎，少服丹藥。」武宗尚說無妨，且言趙歸真說是換骨，應該瘦損，所以愈服愈病，愈病癒服。又召入衡山道士劉玄靜，令為崇玄館學士，還是玄靜有些見識，固辭還山。好算明哲保身。武宗尚是未悟，陰精日鑠，性加躁急，往往喜怒無常，嘗問德裕道：「近來外事如何？」德裕道：「陛下威斷不測，外人頗加驚懼，現在四境承平，願陛下寬待吏民，務使為善不驚，得罪無怨，然後中外咸安？」武宗默然不答，返入內寢。德裕自退。原來德裕專政有年，才高量淺，所有恩怨，無不報復。方士趙歸真得寵，德裕再三指斥，引為深恨。澤潞一役，又由德裕奏明武宗，不准宦官預事。內如中尉樞密，外如各道監軍，無從掣肘，因得成功。但內外閹豎，視德裕如眼中釘，常欲把他攆逐，因此勾結方士，日夕進讒。武宗也滋不悅，唯表面上仍敷衍過去。德裕雖上疏乞休，也不見許。給事中韋弘質，上言宰相權重，為德裕所駁斥，貶令出外。德裕又嘗言省事不如省官，省官不如省吏，因請罷郡縣吏約二千餘員。在德裕的意思，原是為國除弊，顧不得什麼仇怨，無如內外怨聲，已是叢集，只因主眷未衰，一時動彈他不得。至會昌五年殘臘，武宗抱病已劇，詔罷來年正旦朝會，到了六年正月，並不見武宗視朝，德裕除叩閽問安外，專理朝廷政務，無暇顧及宮禁。哪知左神策中尉馬元贄等，已密布心腹，定策禁中，竟傳出一道詔旨，立光王怡為皇太叔，權勾當軍國政事。皇太弟後，又出一位皇太叔，正是聞所未聞。

先是李錡伏誅，家屬沒入掖廷（見七十二回）有妾鄭氏，生有美色，為憲宗所愛幸，納入後宮，幾度春風，得產一子，取名為怡，排行在第十三（憲宗有子二十人）。幼時即寡言笑，宮中統目為痴兒。少長，受封光王，益自韜晦，雖群居遊處，未嘗出言。至武宗疾篤，旬日不頒一諭，馬元贄等乘此生心，擬擇嗣統，好做一班佐命功臣。武宗本有五子，長名峻，封杞王，次名峴，封益王，三名岐，封兗王，四名嶧，封德王，五名嵯，封昌王。不過年皆幼弱，未識大政，宮內一班宦豎，更以為子承父統，乃是尋常舊例，就是擁立起來，也沒甚功績可言，不若迎戴光王，較為得計。如見肺肝。於是遂擅傳詔命，但說皇子年幼，令皇太叔處分國事。李德裕等未知詭謀，總道是武宗親命，不敢對駁。哪知武宗已死多活少，連人事尚且不省，還顧什麼傳統不傳統呢？會昌六年六月甲子日，武宗疾已大漸，王才人侍立榻旁，武宗瞪視良久，好容易說出一語道：「我要與汝長別了。」王才人忍著淚道：「陛下大福未艾，怎得出此不祥語？」武宗再想發言，偏喉中已是痰塞，不能再語，只好用手指冂，兩目卻注視不瞬。王才人已揣透意旨，便道：「陛下萬歲後，妾願以身殉。」武宗方略有歡容，模模糊糊的說了一個「好」字，嗣是遂不復言。承統問題，全不提及，徒望王才人殉節，戀戀私情，何足道哉？未幾駕崩，在位六年，止三十三歲。王才人悉取貯遺，分給左右，遂哭拜榻前道：「陛下英靈，契妾同去，妾謹遵前約了。」遂解帶自盡榻下。不愧烈婦。馬元贄等奉光王怡即位，改名為忱，是為宣宗，命李德裕攝行冢宰事，奉上冊寶。宣宗朝見百官，哀戚滿容，及裁決庶務，獨操剛斷，宮廷內外，才知他有隱德，並不是全然愚柔。即位禮成，宣宗顧左右道：「適才奉冊的大臣，就是李太尉麼？他每顧我，使我毛髮灑淅，不寒而慄呢。」德裕貶死，伏此數語。當下尊生母鄭氏為皇太后，追贈王才人為賢妃。閱數月，安葬武宗，告窆端陵，並將王賢妃附葬陵旁。

妃生前得專房寵，後宮嬪媛，多懷顧忌，至殉節捐軀，大義凜然，宮人都為感動，把舊怨一齊蠲釋，相率送葬，同聲一哭，這可見公道猶存，無德不報哩。一再稱揚，無非風世。

宣宗既陰忌德裕，踐阼才經數日，即罷德裕為檢校司徒，出任荊南節度使。迅雷不及掩耳，非但德裕所不料，就是中外吏民，亦覺是意外奇聞。接連又將李讓夷罷相，改任翰林學士白敏中，及兵部侍郎盧商，同平章事，且命牛僧孺李宗閔崔珙楊嗣復李珏五人，一併內遷。唯宗閔未及啟行，病死封州。趙歸真誅死，仍度僧尼，京中增置八寺，嗣且令各處寺址，盡行修復。盡改舊政，太覺無謂。唯聞劉玄靜道術高深，前曾辭歸衡山，不與俗伍，應非趙歸真可比，乃復徵聘入都，由宣宗親受三洞法籙。更可不必。既而臘鼓催殘，改元期屆，元旦，朝獻太清宮。越日，朝享太廟。又越日，至南郊祭天，改稱大中元年，受百官朝賀，大赦天下。會值天旱，自正月至二月不雨，宣宗避殿減膳，理京師囚，罷太常教坊習樂，出宮女五百人，放五坊鷹犬，停飛龍廄馬粟，果然甘霖下降，沛澤如膏，朝野都稱頌皇恩。同平章事白敏中，本由李德裕引入翰苑，至德裕失勢，敏中入相，獨希承上旨，令黨與頌德裕罪，遂貶德裕為太子少保，分司東都。過了半年，廷臣尚交構德裕，冊貶為端州司馬。越年，又貶為崖州司戶參軍，德裕竟病死貶所，年六十三，怨家多半稱快。唯右補闕丁柔立，前遭德裕擯斥，至是獨上疏訟德裕冤，又被謫為南陽尉。宣宗嘗問白敏中道：「朕昔送憲宗安葬，道遇風雨，百官皆散，唯山陵使身長多髯，攀住靈輿，冒雨不避，這是何人？」敏中答是令狐楚，現已去世了。宣宗問有無子嗣？敏中謂：「有子名綯，頗有才能。」宣宗即召令狐綯入見，問及元和政事。綯奏對甚詳，遂得擢為知制誥，尋升授翰林學士。綯夜夢見德裕，與語道：「公幸哀我，使得歸葬。」綯夢中允諾。翌晨起床，長子滈入問起居，綯即與語夢中情形，滈惶然道：

「執政皆蓄憾李公，如何發言？」綯亦猶豫未決。不意是夕又復入夢，那前任太尉後貶司戶的李文饒，目光炯炯，竟來責他負約。綯正無詞可對，突聞雞聲一叫，才得驚醒，早起復語子滈道：「衛公精爽，確是可畏，我若不言，禍將及我。」乃冠帶入朝，請許德裕歸葬。宣宗方向用令狐綯，勉允所請。後至懿宗即位，用左拾遺劉鄴言，追復德裕太子少保衛國公官爵，賜尚書左僕射。敘及後事，寓善善從長之意。小子有詩詠李德裕道：

漢代乘驂霍子孟，唐廷奉冊李文饒。
假使功成身早退，禍機寧致及身招。

大中元年，文宗母蕭太后崩，追謚貞獻。越年太皇太后郭氏暴崩，外人頗有異言，欲知隱情，試至下回再閱。

憲宗服丹藥而崩，穆宗亦然，武宗豈未聞及，乃亦誤信趙歸真，餌服金丹，以致速死。俗語有言：「做了皇帝想登仙」，豈非愚甚？且彌留之際，專為愛妃顧慮，而於後嗣問題，全未提及，何其戀私情而忘大局耶？王才人以身殉主，節義可風，但於武宗實多慚德，褒王才人，實隱刺武宗，書法固微而顯歟。太叔承統，古今罕聞；李德裕以一代功臣，驟遭貶死，雖德裕未得為完人，究無竄殛之罪，直書竄死，所以甚宣宗之失也。德裕死而託夢令狐綯，冤魂其果未泯乎？

第八十七回　復河隴邊民入覲　立鄆夔內豎爭權

卻說太皇太后郭氏，入居興慶宮，頤養多年，歷穆宗敬宗文宗武宗四朝，俱得嗣君敬禮，侍奉不衰。獨宣宗即位，與太皇太后，乃是母子稱呼，本應特別親近，偏宣宗不甚孝敬，禮意淩薄，推究原因，卻由生母鄭氏而起。鄭氏為李錡妾，前回已曾道及，當鄭氏及笄，相士謂鄭氏當生天子，因此錡納為侍人，後來沒入宮掖，適為太皇太后的侍兒。太皇太后尚為貴妃，憲宗出入往來，見鄭氏秀色可餐，遂召入別室，演了一出龍鳳配。婦人家容易懷妒，況鄭氏是個犯婦，驟得寵幸，哪得不令旁觀氣憤？唯憲宗前不便詆斥，一腔鬱悶，不能不從鄭氏身上發洩。鄭氏受罵熬打，料非一次，此番鄭氏得為太后，母以子貴，當然欲報復宿嫌。統是一片小肚腸。宣宗也思為母吐氣，所以對著這位太皇太后，未免失禮。鄭氏又說憲宗暴崩，太皇太后亦曾預謀，惹得宣宗越加悲恨，幾視太皇太后，如仇人一般。婦女含血噴人，尚是慣技，宣宗信為真事，也太糊塗。太皇太后年力已衰，忽遭此變，怎能禁受得起？悲感交集，鬱鬱無聊。一日，登勤政樓，眺望一回，幾欲效墜樓的綠珠，跳出窗外，還虧身後有個侍兒，將她抱住，才免隕命。宣宗聞到此事，很是不悅，免不得背後議彈。不料到了夜間，太皇太后竟爾暴崩，宮中謠諑紛紜，多說是服毒自盡。宣宗餘怒未息，反不欲她袝葬憲宗，有司請葬景陵外園（景陵即憲宗陵，見七十七回）。太常官王皞，且奏乞合葬袝廟，宣宗大怒，令宰相白敏中，責問王皞。皞抗聲道：「太皇太后系汾陽王孫女，憲宗在東宮時的元妃，事憲宗為婦，身歷五朝，母儀天下，怎得以曖昧情事，遽廢正嫡大禮呢？」理直氣壯。敏中聞言，怒形於色，皞辭氣益厲，斥責敏中逢君為惡。敏中正要入奏，可巧走過一位新任宰相，舉手加額道：「主聖臣直，古有是言，今幸得見直臣了。」看官道此人為誰？乃是姓周名墀，曾為兵部侍郎，此時因盧商罷相，與刑部侍郎馬植，併入拜同平章事。墀頗忠讜，乃有是言。敏中聞墀譽王皞，也不免顧忌三分，復奏時較為和平。但宣宗意終未愜，竟貶皞為句容令。至懿宗咸通年間，皞復入為禮官，再伸前議，乃始以郭氏配饗憲宗，這且慢表。

唯宣宗既貶去王皞，遂也不悅周墀，會值河湟議起，墀諫阻開邊，愈拂上意，遂罷為東川節度使。這規復河湟的計策，在武宗時早有此議，小子於前兩回中，亦曾略敘，因看官尚未明白，不得不再行宣告。河湟陷沒吐蕃，唐廷無暇規復，一則由國家多故，二則由吐蕃尚強，到了武宗時候，正值吐蕃內亂，若要規復河湟，卻也是個絕大的機會。原來吐蕃自尚結贊後，君相多半庸弱，贊普乞立贊死，傳子足之煎，足之煎再傳之可黎可足，久病不能視事，委任臣下，紀綱日紊。至弟達磨贊普嗣位，淫虐益甚，國人不附，災異相繼。勉強拖延了三四載，到了武宗會昌二年，達磨死去，無子承襲，有妃綝氏，素為達磨所寵，至是與一佞相聯繫，立兄尚延力子乞離胡為贊普，年僅三歲，妃與佞相共執國政。首相結都那不肯入拜，憤然道：「先贊普宗族尚多，奈何立綝氏子為嗣？老夫無權無勇，不能撥亂反正，報先贊普大德，計唯一死自明便了。」遂拔刀剺面，慟哭而出。忠有餘而智不足。佞相嗾動黨羽，追殺結都那，且把他家族盡加屠戮。番俗雖然野蠻，也有一派公論，你怨我謗，交相訾議。洛門川討擊使論恐熱，悍狡多謀，乃號召徒眾道：「賊舍國族，擅立綝氏，屠害忠良，又未受大唐冊命，怎得稱為贊普？我當與汝等共舉義旗，入誅妖妃及賊臣。天道助順，功無不成。」也想出此風頭。遂與青海節度使同盟起兵，自稱國相，進兵渭州，連破防兵。轉戰至松州，所過殘滅，伏屍枕藉。鄯州節度使尚婢婢，本姓沒盧，名叫贊心，表字號為婢婢，寬厚沉勇，頗有謀略。論恐熱假名仗義，實圖篡國，恐婢婢襲他後路，因移兵往擊。婢婢佯與結歡，遣使犒師，既齎重幣，又餌甘言。恐熱以為懦怯，即退營大夏川，哪知婢婢用埋伏計，來誘恐熱，恐熱追陷伏眾，被他殺得七零八落，大敗而逃。嗣又連戰數次，盡為婢婢所敗。婢婢因傳檄河湟，歷數恐熱罪狀，且語道：「汝等本是唐人，吐蕃無主，寧可歸唐，休被恐熱獵取，自同狐鼠呢。」時唐朝巡邊使劉濛，得知此事，立即遣使報聞，且乘機收復河湟。且因回鶻烏介可汗，為盧龍節度使張仲武，及黠戛斯阿熱，兩路夾攻，已是親離眾散，不堪衰敝。武宗末年，詔遣陝虢觀察使李拭，出使黠戛斯，冊阿熱為宗英雄武誠明可汗。拭尚未行，武宗已崩，乃暫將此事擱起。宣宗即位，國是粗安，可巧回鶻烏介可汗，為下所殺，另立弟遏捻為可汗，遏捻兵食兩窮，仰給奚部。張仲武出破奚人，遏捻立足不住，轉投室韋。唐廷改派鴻盧卿李業，充黠戛斯冊封使，令他剿除遏捻。黠戛斯可汗，遂遣相臣阿播，率諸番兵往破室韋，悉收回鶻餘眾。遏捻率妻子等九騎遁去，後來不知下落，大約是竄死窮荒了。唯回鶻別部尨勒，尚居甘州總磧西諸城，自稱可汗，儲存一線，後文再行表見（補應八十回余文）。

宣宗因回鶻已平，改圖吐蕃，適吐蕃秦原安樂三州，及石門等七關來降，詔令太僕卿陸耽為宣諭使，再遣涇原節度使康季樂，收取原州及石門驛藏石峽木峽六盤致勝六關，靈武節度使朱叔明，收取安樂州，邠寧節度使張君緒，收取蕭關，鳳翔節度使李玭，收取秦州。各州收復後，獨改安樂州為威州，且令送河隴老幼千餘人，詣闕朝天。宣宗親御延熹門樓，俯受朝謁，河隴諸民，歡呼舞躍，解胡服，著冠帶，伏呼萬歲。詔許給資遣還，令墾闢三州七關土田，五年不收租稅，就是土著人民，未曾入朝，亦准援例墾荒，將吏若能營田，令給耕牛及種糧，戍卒倍給衣食，三年一代。此外尚未收復諸州縣，命各道量力規復。西川節度使杜悰，取得維州，亦即報聞。宰相白敏中等，因克復河湟，盛頌宣宗功德，請上尊號。宣宗道：「憲宗嘗志復河湟，未遂即崩，今幸得成先志，應議加順憲二廟尊號，藉昭先烈，朕卻未敢當此。」歸功先人，算是孝思。乃加謚順宗為至德弘道大聖大安孝皇帝，憲宗為昭文章武大聖至神孝皇帝。

越年四月，因同平章事馬植，與中尉馬元贄交通，坐貶常州刺史，另任御史大夫崔鉉，及戶部侍郎魏扶，同平章事。魏扶受職即歿，又令戶部尚書崔龜從，及兵部侍郎令狐綯入相，出白敏中充招討党項都統制置使。党項屢為邊患，宣宗頗不願用兵，崔鉉謂應遣大臣鎮撫，乃令敏中出任制置。敏中使邊將史元，破党項九千餘帳，党項大恐，情願修和，不敢再犯。敏中上表奏聞，宣宗允党項歸順，命敏中與他定約，辦理告竣，移充兗邠寧節度使，不必返朝。唯吐蕃論恐熱與婢婢交鬨，婢婢雖然得勝，食盡引還，恐熱大掠河西諸州，所過捕戮，待下殘暴，部眾競起怨言。恐熱乃揚言道：「我今入朝唐室，當借唐兵五十萬，平定婢婢。」於是入唐都求見宣宗。宣宗遣左丞李景讓延入賓館，且問所欲。恐熱詞色驕倨，求為河渭節度使，景讓復白宣宗，宣宗不許，召對三殿，亦大略問答數語，沒甚慰撫。恐熱告辭，但照尋常胡客例遣歸。恐熱還居落門川，招集舊眾，欲為邊患，會天雨乏食，部眾散去，才有三百餘人，奔往廓州。沙州首領張義潮，奉瓜伊西甘肅蘭鄯河岷廓十州地圖，獻入唐廷。自是河湟盡行歸唐，詔任義潮為沙州防禦使。嗣就沙州置歸義州，即命義潮鎮守，拜為節度。宣宗既盡復河湟，一意休息，唐室好幾年無事，內只宰相換易數人。崔龜從罷職，改任戶部侍郎魏謩，及禮部尚書裴休，既而崔鉉出調外任，裴休依次去職，復另任工部尚書鄭朗，戶部侍郎崔慎由，同平章事。未幾，魏謩鄭朗崔慎由，又陸續罷去。兵部侍郎蕭鄴，戶部侍郎劉瑑，諸道鹽鐵轉運使夏侯孜，相繼入相。劉瑑病逝，繼任為兵部侍郎蔣伸。一班相臣，更番進退，幸值國家粗安，大家旅進旅退，倒也無優劣可言。實是一班庸碌徒，不過福命較優。

外如盧龍節度使張仲武卒，子直方為留後，直方荒淫暴虐，為軍士所逐，別推牙將周琳為留後。越年琳死，軍人復立張允伸為留後，宣宗未嘗過問，聽他自亂自止。就是成德節度使王元逵逝世，軍中立元逵子紹鼎為留後。紹鼎嗣立二年，亦即病終，弟紹懿代立，均得受唐廷封爵，唯武寧軍亂了二次，先逐節度使李廓，由盧弘止往代，後逐節度使康季榮，由田牟往代，這是由朝廷特任，不歸軍人擁立。嶺南都將王令寰作亂，因節度使楊發，為後任節度使李承勛討平，湖南都將石載順，逐觀察使韓琮，為山南東道節度使徐商討平。江西都將毛鶴，逐觀察使鄭憲，為觀察使韋宙討平。宣州都將康全泰，逐觀察使鄭薰，為淮南節度使崔鉉討平。以上數種亂事，統是倏起倏滅，無甚可述。

宣宗得享太平歲月，垂裳坐治，就中有幾種可稱的美政。宣宗事太后鄭氏，頗為孝敬，孝生母而逼死嫡母，難免缺憾。鄭太后弟光，出鎮河中，入朝奏對，語多鄙淺，宣宗留為右羽林統軍，不再令他治民。太后屢言光貧，亦不過厚賜金帛，始終不給好官。還有宣宗長女萬壽公主，下嫁起居郎鄭顥，向例用銀飾車，宣宗命易銀為銅，以儉約示天下，且嘗詔公主謹守婦道，毋得輕夫族，預時事。顥弟顗偶得危疾，宣宗遣中使探視，還詢公主何在？中使答言在慈恩寺觀戲，宣宗怒道：「我每怪士大夫家，不欲與我家為婚，至今才得情由了。」乃亟召公主面責道：「小郎有病，怎得自去觀戲，不往省視哩？」公主謝罪而出。從此貴戚皆謹守禮法，不敢驕肆。次女永福公主，本擬下嫁于琮，公主與宣宗同食，稍不適意，即把匕箸折斷，宣宗艴然道：「這般性情，尚可為士大夫妻麼？」乃改命四女廣德公主，嫁為琮妻，且下詔謂：「國家教化，原始夫婦，凡公主縣主有子，已寡不得復嫁。」這數種政教，恰是有關道德，可謂一朝模範，史官稱他明察沉斷，用法無私，從諫如流，重惜官賞，恭謹節儉，惠愛民物，大中政治，媲美貞觀，所以號為小太宗。看官試閱上文編敘各節，究竟宣宗得媲美太宗呢，還是未及太宗呢？小子不暇評議，想看官自應理會，閒文少表。不斷之斷，尤妙於斷。

且說宣宗在位十三年，壽數已滿五十，因為年力漸衰，不得不借需藥物。偏又誤信術士李元伯，用了許多金石燥烈等藥，供奉宣宗，初服時有效驗，到了大中十三年秋季，藥性猝發，背上生疽，好幾日不見大臣。又蹈覆轍。宣宗有十一子，長子名溫，曾封鄆王，但未得宣宗歡心。宣宗獨愛第三子夔王滋，擬立為嗣，因恐亂次建儲，必至臣下諫駁，所以逐年延宕。從前裴休入相時，曾請早建太子，宣宗變色道：「朕尚未老，若亟建太子，是置朕為閒人了。」休乃不敢復言。至宣宗不豫，密囑樞密使王歸長等三人，擬立夔王滋為太子，唯右軍中尉王宗實，素不同心，為王歸長等所忌，歸長等恐他作梗，先調他為淮南監軍，擅頒詔敕。宗實受敕將出，左軍副使元實，語宗實道：

「聖上不豫，已經逾月，今出公往淮南，是假是真，尚不可辨，中尉何不一見聖上，然後就道呢？」宗實頓時大悟，便入寢殿謁見宣宗。哪知寢門裡面，正起哭聲，宣宗已經歸天，正位東首。王歸長及馬公儒王居方，三人姓名，一併點明。方在寢殿中安排後事，將擁立夔王滋即位。宗實叱道：「御駕已崩，奈何不先告中外？乃一般鬼祟，背地設謀，意欲何為？」說至此，即從袖中取出敕旨，擲示歸長等三人道：「皇上大漸，如何尚有此敕？顯見是汝等搗鬼。汝等自思，假傳聖詔，敢當何罪？」歸長等只有內柄，並無外權，忽見宗實進來，已有三分懼怕，況又被他三言兩語，抉透隱情，益覺情虛畏罪，嚇得面如土色，當下接連跪地，捧足乞命。實是沒用。宗實道：「立嫡以長，古今同然，汝等既已知罪，速即起來，往迎鄆王，還可稍圖自贖呢。」二人忙扒將起來，去迎鄆王溫，不到一時，鄆王已到，至御榻前痛哭一場。宗實亦召進元實，即刻草詔，立鄆王溫為皇太子，改名為漼。次日宣宗大殮，停柩殿中。太子漼即位柩前，召見百官，晉封令狐綯為司空。待百官退班，即傳出一道詔旨，拿下王歸長馬公儒王居方，說他矯詔不法，當日處斬。全是宣宗害他。尊皇太后鄭氏為太皇太后，追尊母鼂氏為皇太后。鼂氏為宣宗侍兒，宣宗即位，封為美人，越數年病逝，晉贈昭容。至是加謚元昭，祔主宣宗廟。越年，葬宣宗於貞陵，稱鼂氏墓為慶陵。總計宣宗在位十三年，壽五十歲。

太子漼即位後，史號懿宗，罷同平章事蕭鄴，及首相令狐綯，復召荊南節度使白敏中入相，兼官司徒，再授兵部侍郎杜審權，同平章事。會敕使自南詔還都，報稱：「南詔酋長豐祐，適經去世，嗣子酋龍，禮遇甚薄」云云。原來宣宗崩逝，唐廷仍照舊例，訃告外夷。南詔自韋皋撫服後，朝貢唯謹，貢使利得厚賜，傔從甚多。及杜悰為西川節度使，奏請節減傔從數目，南詔乃有怨言。酋長豐祐，已生變志，酋龍襲位，接得唐使喪訃，不覺動怒道：「中國亦有大喪，不聞唐廷遣吊，且詔書系賜故王，與我無涉，何必禮待來使呢？」遂居使外館，不願接見。唐使等候數日，怒別而歸，因將情狀奏聞。朝議以酋龍名字，與玄宗名諱相近，隆龍兩字，音近字異，若以此為嫌，何不讀韓退之諱辯文。且未曾遣使報告嗣位，顯繫有意抗命，遂不行冊禮，擱過一邊。偏酋龍自稱皇帝，國號大禮，竟發兵寇陷播州。懿宗方預備改元，行慶賀禮，一時無從過問。次年元旦，改元咸通，行賞施赦，做過了一套舊文章，正思剿撫南詔，忽由浙東觀察使鄭祇德，飛表告急，系是土賊裘甫造反，連敗官軍數次，攻陷象山，並破剡縣，亟請朝廷派將南征。正是：

蠻服叛王方僭號，潢池小醜又跳梁。

欲知裘甫作亂情形，容至下回表明。

觀宣宗之復河隴，未始非一時機會，遣將四出，不血刃而得地千里，天子御延喜樓，親受河隴人民朝謁，反夷為夏，易左衽而為冠裳，豈不足雪累朝之恥，副萬民之望？時人號為小太宗，良有以也。然版籍徒隸強藩，田稅未歸司計，有克復之名，無克復之實，終非盡善盡美之舉。即如大中政治，亦不過粉飾承平，瑜不掩瑕，功難補過，甚至以立儲之大經，不先決定，及駕崩以後，竟為宦豎握權，視神器為壟斷之物，英明者果若是乎？夫懿宗本為塚嗣，大中已乏權闇，乃無端委任中官，再令其擁立嗣君，無惑乎唐室之天下，與閹人共為存亡也。世有賈生，豈徒痛哭流涕已哉？

第八十八回　平浙東王式用智　失安南蔡襲盡忠

卻說浙東賊裘甫，本是一個土匪，糾合無賴子弟，橫行鄉里，適因兩浙久安，人不習戰，甲兵朽鈍，備御空虛，他即乘勢揭竿，攻入象山，觀察使鄭祇德遣兵往討，反被掃得乾乾淨淨，非逃即死。甫遂進陷郯縣，開府庫，募壯士，聚眾至數千人。鄭祇德再派討擊副使劉勍，副將范居植，率兵迎擊，至桐柏觀前，一場決鬥，賊勢很是厲害，居植陣亡，勍連忙遁回，僥倖得生。祇德大懼，更令牙將范君縱，副將張公署，望海鎮將李珪，招集新卒五百人，馳至剡西，見前面列著賊壘，便殺將過去。賊略戰即走，越溪北奔，三將也渡溪追賊，甫經半涉，不料溪水大漲，甲兵漂沒，三將急掣殘兵，向後退歸，偏後面鑽出許多悍賊，惡狠狠的攔住岸邊，此時三將才識中計，前不得進，後不能退，沒奈何投入水窟，同赴幽冥去了。原來賊黨中有個劉皍，頗有謀略，他想了一計，設伏溪南，壅溪上流，誘令官軍徒涉，待官軍半濟，決去壅水，使他沉沒，再發伏兵邀截，殺個淨盡。果然官軍墮入計中，竟爾盡覆。小醜中也有小智，故古人謂蜂蠆有毒。裘甫連戰旨捷，威風大震，山海諸盜，皆遙通書幣，願屬麾下。還有各處亡命叛徒，陸續奔集，眾至三萬，分為三十二隊，裘甫自稱天下都知兵馬使，居然改易正朔，紀元羅平，鑄成國璽，鐫文天平，用劉晧為謀主，劉慶劉從簡為偏帥，造兵械，儲資糧，大有併吞兩浙的氣焰。鄭祇德無法可施，累表告急，且向鄰道乞援。浙西遣牙將凌茂貞率四百人，宣歙遣牙將白琮率三百人，同赴浙東。兩將畏賊眾勢盛，不敢進擊，但遠遠駐著，作壁上觀。

朝廷知祇德懦弱，援兵無用，乃用宰相夏侯孜言，特任前安南都護王式，為浙東觀察使，召入祇德為太子賓客。式受命入朝，懿宗問以討賊方法，式對道：「但得兵多，賊必可破。」懿宗尚未及言，旁有中官插嘴道：「發兵若多，所費必巨。」式應聲道：「兵多即足破賊，看似多費，實是省費。若兵少不能勝賊，延長歲月，賊勢益張，恐江淮群盜，輾轉勾連，一旦運道不通，上自九廟，下及十軍（羽林、龍武、神武、神威、神策各分左右，為北門十軍）皆無從取給，所費何可勝計呢。」懿宗方顧中官道：「式言甚是，應該多發兵士。」不與宰相商議，乃與宦官定謀，國政可知。乃下詔發忠武義成淮南諸軍，合平浙亂，並盡歸王式節制，式拜命即行。

裘甫方分兵寇衢婺臺明各州，自率萬餘人掠上虞，入餘姚，轉破慈溪，陷奉化，據寧海，置酒高會，開懷暢飲。忽有探賊入報，朝廷已派王中丞式，統各道兵馬前來了。裘甫不覺失色，用箸擊案道：「奈何奈何？」劉晧在側侍飲，相顧太息道：「火來水掩，將來兵擋。我兵數萬，不謂不眾，難道未戰先怯麼？今王中丞統兵前來，聞他智勇無敵，不出四十日，必到此地，兵馬使宜急引兵取越州，憑城郭，據府庫，遣銳卒五千守西陵，沿浙江一帶，築壘拒守，並大集舟艦，進取浙西，幸而得克，乘勝過大江，掠取揚州財貨，作為軍餉，還修石頭城為國都。竊料宣歙江淮必有人聞風響應，再派劉從簡率萬人循海南行，襲取福建，照此辦法，唐廷貢賦要道，已為我據，但恐子孫不能長守囉，若我身始終，保可無憂。」卻是獨霸一方的良策。甫沉吟道：「今日已醉，明日再議。」暀見甫遲疑不決，未免動怒，也以酒醉為辭，悻悻趨出。

裘甫想了一夜，未得主意，暗思王式雖有盛名，究竟虛實未明，不如遣人請降，窺伺動靜。乃即於次日派一黨弁，奉書官軍。王式正至西陵，接著賊使，便顧左右道：「這是來窺我虛實，且欲使我驕怠呢。」一口道破。乃傳見使人，取閱來書，便即正色道：「裘甫果降，當面縛來前，許以不死，否則彼能造反，盡可來戰，緩兵計休得欺我。」賊使聞言，咋舌而去。式即馳入越州，由鄭祗德交卸軍政，隔宿餞行，與祗德歡飲而別；乃蒐戎行，申軍令，振衰起懦，飭紀整綱，才越三日，已是規模大變，耳目一新。

先是賊諜入越，軍吏多與賊通謀，與約城破以後，保全身家，或詐引賊將來降，潛窺虛實，所有城中動靜，均為賊知。式詳察情偽，一一捕誅，並嚴申門禁，如無門照，不准出入，夜間分段巡邏，特別周密，賊計乃無所施。賊將洪師簡許會能，率眾來降。式與語道：「汝等能去逆效順，尚有何言？但必須立效奏功，方得遷官。」遂使率徒眾為先鋒，部將為後應，往與賊戰，得擒斬數百人，始給一階。又命諸縣開發倉廩，分賑貧乏，有人謂軍食方急，如何散賑？式說道：「此非汝等所知，我自有主張。」或請在遠郊分設烽燧，詗賊遠近多寡，式又微笑不答，且故意挑選懦卒，令乘健馬，少給甲兵，使為候騎。大眾暗暗驚訝，但只不敢入問。式復巡閱諸營，選得士卒及土團子弟，共四千人，命導各軍分路討賊，臨行下令道：「毋爭險易，毋焚廬舍，毋殺平民！殲渠魁，宥脅從，得賊金帛，官無所問。」嗣是捕得賊黨，多系越人，不但盡行釋放，並量給父母妻孥。受捕諸徒，皆泣拜歡呼，情願效死。賊眾聞風反正，陸續歸降，遂分部軍為東南兩大路，節節進剿。南路軍轉戰至唐興，大破賊將劉晧毛應天，應天敗死，劉晧遁去。東路軍至寧海，亦連拔賊寨。

式尚嫌兵少，再奏調忠武義成昭義各軍，共至越州，乃遣忠武將張茵率三百人屯唐興，截賊南出，義成將高羅銳率三百人，益以臺州土匪，徑趨寧海，攻賊巢穴，昭義將閼跌戮率四百人益東路軍，斷賊入湖州路。賊無從遠竄，盡銳出海遊鎮，與官軍角一勝負，偏又為南路官軍所敗，竄入甬溪洞中。官軍圍住洞口，賊出洞再戰，又遭殺退。此外如各處賊寨，亦多為官軍搗破。義成將高羅銳，進拔寧海，收集散民，得七千餘人。王式屢得捷報，便道：「賊窘且饑，必逃入海，海澨遼遠，非歲月間可以擒賊，應亟阻海兜拿，方免他遠竄呢。」遂命羅銳軍速趨海口，攔截逃賊。又令望海鎮將雲思益，浙西將王克容，率水軍巡行海澨，防賊四竄。賊將劉從簡，正從寧海東奔，航船下海，不防水軍大至，急棄船登陸，遁匿山谷中，各船盡被官軍毀去，報知王式。式喜道：「賊計已窮，無從逃遁了。」現只有黃罕嶺一路，尚可入剡，恨一時無兵可守，但亦必為我所擒了。料事幾如指掌。果然裘甫帶領殘賊，從黃罕嶺竄去，各路軍四面兜緝，不知盜魁下落。至義成將張茵，捕得賊將一人，堅訊裘甫所在，賊將不肯實供，經張茵加以嚴刑，方吐實道：「裘甫已經入剡，如肯舍我，我請為將軍嚮導，往追裘甫。」茵乃釋賊將縛，使為前驅。到了剡縣東南，果見賊眾已入城中，當即飛使入越，乞速調兵會剿。越人聞賊又至剡，都有俱色，式獨笑道：「賊來就擒呢。」遂檄東南兩路軍，倍道進擊。賊登城固守，累攻不能下。諸將議壅遏溪水入城，令賊無從覓飲。賊眾也防此著，更番出戰，計三日間，戰至八十三次，賊雖屢敗，官軍亦疲。裘甫縋使請降，諸將向式請命。式微哂道：「賊尚非真降，不過欲稍圖休息呢。諸將應乘此急攻，擒渠獲醜，在此一舉。既而賊果復出，三戰皆敗。裘甫劉晅劉慶，率百餘人出降，離城數十步，遙與諸將問答。官軍疾趨前進，繞出裘甫等後面，前後合圍，立將裘甫等擒住，解至越州。式命梟斬晅慶等二十餘人，械甫送京師。唯剡城尚為賊將劉從簡所守，官軍因渠魁已獲，略一疏防，被從簡帶領五百騎，突圍出走，奔往大蘭山。諸將連忙追躡，好容易攻克山寨，復被從簡遁去。

臺州刺史李師望，募賊相捕，懸賞示勵，當有降賊數百人，攜從簡首級，前來獻功。師望轉報王式。式因賊眾蕩平，召諸將還越，置酒犒軍。諸將乘著酒興，爭問王式道：「末將等生長軍中，久歷行陣，今年得從公破賊，有好幾事未識公意，敢問公始至時，軍食方急，奈何遽散貧乏呢？」式答道：「這事最易知曉。賊方聚谷，誘動饑民，我先給以食，饑民得安，誰願從盜？且諸縣尚無守兵，賊或入城，倉谷適為賊資，何若先行賑饑為妙！」諸將又問道：「何故不置烽燧？」式又道：「烽燧所以促救兵，我兵已盡集城中，無兵為繼，徒舉烽以驚士民，是反自潰亂了。」諸將又問使懦卒為候騎，少給甲兵，究是何意？式復道：「候騎苟用銳卒，遇敵即鬥，鬥死將何人通報呢。」於是諸將皆下拜道：「如公智謀，非末將等可及，敢不拜服。」王式所言，實皆情理中事，但諸將未曾深思耳。當下盡歡而散。未幾詔命已下，加王式官右散騎常侍，諸將各賞賚有差。唯此次成功，外由王式，內由夏侯孜，孜既薦舉王式，且與式書道：「公但期擒住賊魁，所需軍費，有我在朝，定當不誤。」式賴此行軍，所奏軍情，求無不允，因此不到數月，即已平賊。裘甫解到京師，當然是做了刀頭面，不消細說了。

浙亂既平，乃圖南詔。時安南都護李鄠，已克復播州，擬向南詔進兵，偏安南土蠻，因前時鄠至安南，曾殺死蠻酋杜守澄，各圖報怨，乃潛引南詔兵眾，乘虛攻陷交趾。鄠猝不及防，只好逃奔武州，告急唐廷。廷議發邕管及鄰道兵，往救安南，另詔鹽州防禦使王寬為安南經略使，貶鄠為儋州司戶。鄠尚未接詔，方收集土兵，擊破群蠻，再取安南，正思將功抵罪，不意王寬到來，傳到詔書，已經遭貶；再經寬舉發鄠殺守澄罪狀，更流鄠至崖州。朝廷以杜氏強盛，暫事羈縻，特贈守澄父存誠為金吾將軍，並為守澄申冤。其實蠻人未嘗感德，南詔益復橫行。咸通二年，南詔復攻陷邕州，經略使李弘源，棄城奔巒州。嗣因南詔兵引去，始復還城。前邕管經略使段文楚，已入為殿中監，此時再受命復任，貶弘源為建州司戶。懿宗方免白敏中相職，進左僕射杜悰代相，悰上言：「南詔強盛，西川兵食單寡，未便與爭，不若遣使弔祭，諭以新王名號，適犯廟諱，所以未行冊命，待他改名謝恩，然後遣使，庶全大體」云云。乃是掩耳盜鈴之計。懿宗乃遣左司郎中孟穆為弔祭使。穆尚未發，聞南詔又入寇巂州，轉攻邛崍關，穆遂不行。

轉瞬間又是一年，安南經略使王寬，屢上緊急奏章。說是南詔屢寇安南，懿宗特授前湖南觀察使蔡襲，代任安南經略，且調發許滑徐汴荊襄潭鄂諸道兵馬，歸襲派遣。兵勢既盛，寇乃引退。嶺南舊分五營，廣桂邕容安南，皆隸嶺南節度使，左庶子蔡京，性多貪詐，時相獨說他有吏才，奏遣京制置嶺南。京奏請分嶺南為二道，以廣州為東道，邕州為西道。朝廷依議，即命嶺南節度使韋宙為東道節度使，蔡京為西道節度使。蔡襲率諸道軍，鎮守安南。京恐他立功，特奏稱：「南蠻遠遁，邊徼無虞，多留戍兵，徒費無益，不如各遣歸本道。」有詔依議，令襲遣還戍兵。襲奏言：「群蠻伺隙，不可無備，乞留戍兵五千人！」朝廷不省。襲又以蠻寇必至，交趾兵食皆缺，勢且謀力兩窮，乃作十必死狀申告中書。怎奈一班行屍走肉的宰輔，專顧目前，不知後患，任他如何說得要緊，仍然擱置不提。可恨可嘆。

會當徐州兵變，逐去節度使溫璋，徐州曾號武寧軍，自王智興鎮守後，募勇士三千人自衛，有銀刀雕旗門槍挾馬等名，驕橫不法，為歷任鎮帥所畏憚。一夫猝呼，千人響應，節度使輒為所逐，所以宣宗時疊經兩亂，經田牟蒞鎮後，飲酒犒賜，日以萬計，乃得少安（回應前文）。牟歿璋繼，銀刀軍聞璋素嚴飭，陰懷猜忌。璋雖開誠慰撫，始終未愜眾望，仍為所逐。有詔調王式移鎮徐州，令帶許滑兩軍隨行。許軍即忠武軍，滑軍即義成軍，前從式平浙東，尚未歸鎮，至此由式奉命啟程，即率兩軍自隨。既至徐州，銀刀軍怕他勢盛，不敢不出城迎謁，式不動聲色，好言勸慰，入城三日，宴饗兩鎮兵士，但說是餞他歸鎮。銀刀軍暗地生歡，總道好拔去眼中釘，樂得醉酒食肉，高枕而臥。不料到了夜間，有無數兵士殺入，才伸了頭，已被割去，或先伸出手足，也被剁斷，內有幾個眼明手快，腳長身俏的人物，溜將出去，那外面卻已圍得密密層層，無隙可鑽，結果是仍然一死。至殺到天明，把銀刀雕旗門槍挾馬等驕兵，一古腦兒殺盡。看官道兵從何來？就是那許滑兩鎮兵士，暗受王式指揮，來殲這種驕卒。可憐數千人性命，悉數了完。雖是咎由自取，王式亦太覺辣手。式先斬後奏，廷議以為辦理妥協。且敕改武寧為徐州團練使，隸屬兗海，劃徐州歸淮南，更置宿泗觀察使，留二千人守徐州，餘皆分隸兗宿，令式分配將士，赴諸道訖，然後將許滑兩軍，遣歸本鎮，並召式還京，任左金吾大將軍。式系王播從子，父名起，曾入翰林，為侍講學士，出任東都留守，進官尚書左僕射，封魏國公，平生飽學，書無不窺，歿謚文懿。起以文學顯，式以武功稱，父子揚名，富貴終身，這也好算是賢橋梓呢（《舊唐書》謂式系播子，今從《新唐書》）。

且說嶺南西道節度使蔡京，行政苛刻，嘗設炮烙刑毒虐兵民，終為軍士所逐，出奔藤州。事聞於朝，詔貶為崖州司戶，京不肯南行，還至零陵，受敕賜死，改用桂管觀察使鄭愚，接受嶺南西道節度使旌節。唯安南自遣還戍兵後，邊備空虛，南詔遂號召群蠻，有眾五萬人入寇。經略使蔡襲，上表告急，詔發京南湖南兵二千，桂管義徵子弟三千，往詣邕州，受鄭愚節制，遣援安南。俗語說得好：「遠水難救近火。」援兵雖出發，哪能飛至安南？那南詔兵已經圍攻交趾，蔡襲嬰城固守，一面又飛書乞援，懿宗雖復下敕，調山南東道弓弩手千人，續往救急，偏一時未能到達。交趾危急萬分，好容易守過殘冬，到了咸通四年正月間，城中兵糧皆盡，竟被蠻兵陷入。襲巷戰半日，左右無遺，只剩孤身一人，徒步力鬥，身中十矢，沒奈何大吼一聲，殺開一條血路，趨往海濱。安南亦有監軍，他已先時出城，下船逃命，至襲倉皇趕到，船早離岸，後面蠻兵又至，忍不住仰天下淚道：「襲一死報國了。」遂躍海而死。忠義可嘉。適荊南將士四百餘人，本在交趾助守，至是因城陷出奔，走至城東水際，四顧無船，荊南將元唯德等語眾道：「我輩無船可渡，入水必死，不若還與蠻鬥，我等以一身易二蠻，也還值得。」眾士應聲許諾，遂還入東羅門，亂砍亂剁，殺斃蠻兵二千餘名。以一身易四五蠻，愈覺值得。蠻將楊思縉領眾來攻，唯德等力盡身亡，四百人同時畢命。南詔兩陷交趾，擄殺至十五萬人，留兵二萬，令楊思縉據守。所有溪峒夷獠，盡行降附。

急報馳達唐都，有詔召還諸道兵，分保嶺南東西道。蠻兵復進寇東西江，寖逼邕州，嶺南西道節度使鄭愚，恐慌的了不得，忙表請辭職，但說自己是個儒臣，素無將略，乞速任武臣，鎮遏蠻方。懿宗乃調義武節度使康承訓，出鎮嶺南西道，發荊襄洪鄂四道兵馬，給他調遣。又任右監門將軍宋戎，為安南經略使，發山東兵萬人，隨往控御。各道兵絡繹奔赴，餉運甚艱。潤州人陳磻石，請造千斛大舟，自福建運達廣州，稍得接濟軍食。但大舟入海，有時遇著颶風，不免漂沒。有司輒繫住舟人，令他償還。或竟奪商舟載米，把他原有貨物，委棄岸上。舟子商人，欲訴無門，多半蹈海自盡。

小子有詩嘆道：

保全王室仗屏藩，外域何堪撤戍屯。
良將捐軀強寇熾，徒勞士馬效星奔。

究竟康承訓等能否收復安南，且至下回續表。

裘甫一無賴子，揭竿而起，騷擾浙東，得良將以蕩平之，本非難事，鄭祇德非其倫也，王式受命討賊，嚴申軍令，制敵有方，以之平賊，綽有餘裕，然非夏侯孜主持於內，則專閫雖得良才，舉動必多掣肘，恐亦難望成功；即幸成矣，要未必若是神速也。孜為相無他長，獨專任王式，不讓晉公，至若安南之遇寇，不聞孜發一策，獻一議，豈能任王式，偏不能任蔡襲耶？襲請留戍卒，不得邀允，卒至蹈海以殉，可悲可惜。蓋將相不和，斷未有能成事者。式之成功也以幸，襲之致死也以不幸，觀於此而知行軍之道矣。

第八十九回　易猛將進克交趾城　得義友夾攻徐州賊

卻說嶺南西道節度使康承訓，本來是沒甚將略，到了邕州，正值蠻寇大熾，他無法擺布，只是接連上奏，屢請添兵。詔發許滑青汴兗鄆宣潤八道兵往援。各兵陸續趨集，他又自恃兵眾，毫不防備，遠郊也不設斥堠，好似沒事一般。那南詔帶領群蠻，入邕州境，承訓才接到警報，遣六道兵約萬人，出拒寇鋒。六道兵統是新到，路徑不熟，用獠為導。獠人與群蠻私通，竟引各軍至絕地，一聲暗號，蠻兵四集，將各軍衝作數橛，各軍沒處逃避，一萬死了八千，唯天平軍二千名，尚在後面，所以轉身逃還。承訓聞報，嚇得手足無措。節度副使李行素，率眾修治濠柵，甫經畢工，蠻兵即至，圍住邕城，大治攻具。諸將請乘夜往劫蠻營，承訓不許，有天平小校再三力爭，方才允准。小校即召集勇士三百人，夜縋而出，潛抵蠻寨，或吶喊，或縱火，併力闖將進去，一陣亂斫，得蠻首五百餘級。蠻眾大驚，解圍徑去。承訓乃遣數千人馳追，已是無及，但殺死溪獠二三百人，都是由蠻眾脅從，無一渠酋。承訓卻騰奏告捷，說是大破蠻賊，朝廷信以為真，相率稱賀，承訓諱敗報勝，殊不足責，唐廷不察虛實，遽爾稱賀，亦覺可醜。且加承訓為檢校右僕射。此外奏功受賞，無一非承訓子弟親舊，至若燒營小校，一級沒有超遷。嗣是軍中失望，怨聲盈路。獨嶺南東道韋宙，具知承訓所為，上白宰相。承訓亦自疑懼，累表稱疾，乃罷承訓為右武衛大將軍分司，調容管經略使張茵，代鎮嶺南。茵膽小如鼷，不敢進軍，於是同平章事夏侯孜，特薦驍衛將軍高駢，出為安南都護，兼本管經略招討使。

駢系高崇文孫，家傳武略，好讀兵書，尤能折節為文，與諸儒共談治道。神策兩軍，交相稱美。駢嘗見二雕並飛，抽矢默祝道：「我若得貴，當射中一雕。」祝畢，發矢射去，見二雕並落，很是欣慰。後為右神策軍都虞侯，時人號為落雕侍御。駢有叛志，自是初萌。此次駢受命南下，先至海門治兵，屯留至一年有餘，監軍李維周，與駢不協，屢促駢進軍，駢乃率五千人先濟，約維周發兵接應。維周當面許可，及駢既啟行，偏擁眾不進。駢卻鼓行而南，進至南定峰州，正值蠻眾獲田，便掩殺過去。蠻眾猝不及防，頓時駭散，所有收穫諸稻，均由駢軍捆載而歸，充作餉糈。捷奏至海門，李維周匿住不報，數月不通音問。懿宗不免動疑，傳詔詰問維周。維周反奏駢駐軍峰州，玩寇不進。是時朝中已迭易數相，蔣坤杜審權杜悰夏侯孜，先後外調，還有禮部尚書畢諴，兵部侍郎楊收曹確路巖高璩徐商等，遞次接任，始終不得一賢相。當下懿宗召問諸臣，出示維周奏牘，彼此都認是真確，奏請另易統帥。懿宗乃遣左武衛將軍王晏權，代駢鎮安南，因即召駢詣闕，擬加重譴。駢尚未得聞，但乘勝進逼交趾，殺獲甚眾，遂將交趾城圍住，安南蠻帥楊思縉，已經歸國，換了一個段酋遷，據守交趾。他出城衝突數次，均為駢軍所敗，城中孤危，旦夕可下。駢遣偏校王惠贊曾袞二人，駕著快船，入報勝狀；駛至海中，遙見前面有大船數艘，懸著旌旗，鼓棹而來，兩人不勝驚異。巧值海中另有遊船，便去探問大船來歷。遊船中有人答道：「想是新經略使及監軍呢。」

兩人越加驚疑，互相商議道：「高經略屢得勝仗，如何朝廷換用別人？莫非監軍李維周，妒功不報，我等若被瞧著，必奪我表文，將我羈住，不如覓地暫匿，待他過去，方可北行。兩校卻也細心。計議已定，便搖船入海島間，俟大舟過去，乃兼程馳赴京師。懿宗大喜，即加駢檢校工部尚書，仍鎮安南，立遣二校歸報。

駢已得王晏權牒文，料知監軍舞弊，把軍事交與副將韋仲宰，只率麾下百人北歸。行至海門，方由二校賫到詔敕，乃再還攻交趾城。王晏權素來懦弱，李維周專知貪詐，雖然到了軍前，諸將皆不樂為用，他二人也自覺掃興，至高駢復到，朝旨亦即隨下，召他二人還闕，二人只好奉旨回去。駢復督兵攻城，親冒矢石，一鼓不克，再鼓乃下。段酋遷尚裸身死鬥，被韋仲宰搶將過去，攔腰一刀，劈作兩段。土蠻朱道古，系誘南詔入寇的頭目，也做了無頭死屍。駢軍四處搜殺，共斃三萬餘人，再攻破蠻峒二區，盡誅酋長，蠻人始不敢抗命，率眾歸附，共得萬七千人。捷書既達唐廷，懿宗用宰相議，就安南置靜海軍，即以高駢為節度使，一面大赦天下，飭安南邕州及西川諸軍，召保疆域，不必進攻南詔。且令西川節度使劉潼，曉諭南詔王酋龍，如能更修舊好，一切不問。加嶺南東道節度使韋宙同平章事，其餘出力諸將，亦賞賚有差。湊巧吐蕃將拓跋懷光，亦殺蔥論恐熱，傳首京師，乞離胡君臣，也不知所終。唐廷以南詔敗退，吐蕃衰絕，西南邊境，可保無事，遂慶賀了好幾日，彷彿有國泰民安的幸事。為下文返照。

懿宗素好宴遊，並耽音樂，供奉樂工，常近五百人，每月必大宴十餘次，水陸佳餚，無不蒐集。偶一行幸，扈從多至十餘萬人，耗費不可勝計。樂工李可及，善為新聲，竟得擢為左威衛將軍。左拾遺劉蛻，一再進諫，反被黜為華陰令。同平章事曹確，上言李可及不應為將軍，亦不見從。至咸通九年，桂州戍卒作亂，殺都將王仲甫，推糧料判官龐勛為主，劫庫兵北還，所過剽掠，州縣不能御，接連遞入警報，幾與雪片相似。唐廷君臣，才腳忙手亂起來，會議了一兩次，想出了將就的方法，遣中使高品張敬思，赦他前罪，令勒眾安歸徐州。原來前時南詔入寇，徐州奉詔募兵，計八百人往援，就中有都虞侯許佶，及軍校趙可立姚周張行實等，本是徐州群盜，投入戎伍，當下出戍桂州，初約三年一代，至六年尚不得歸，戍卒各有怨言。許佶等遂煽眾作亂，殺斃都將，奉勛北還；既得中使慰撫，乃暫止剽掠。到了湖南，監軍設法招誘，令悉輸甲兵。山東南道節度使崔鉉，派兵扼守要害，戍卒始不敢入境，泛舟東下。許佶等計議道：「我輩罪大，比銀刀軍為尤甚，朝廷頒敕赦罪，無非暫時牢籠，若到徐州，必致葅醢了。」遂各出私財，購造甲兵旗幟，過浙西，入淮南。

淮南節度使令狐綯，著人慰勞，並給芻米。都押牙李湘諫綯道：「徐卒擅歸，勢必為亂，雖無敕令誅討，藩鎮大臣，亦當臨時制宜。高郵岸峻，水狹且深，請焚荻舟塞住前面，用勁兵截住後路，然後可以盡殲。若縱令出淮，必成大患。」養癰成患，原不若去火抽薪。綯素懦怯，且因無詔不便擅行，乃對李湘道：「彼在淮南，未曾為暴，隨他過去便了。」勛等過了淮南，適徐泗觀察使崔彥曾，奉敕撫循，遣使喻以敕意，令他不必驚疑。勛尚自申狀，辭禮甚恭。及行至徐城，勛與許佶等，復宣告大眾道：「我等擅歸，無非欲還見妻孥，今聞已有密敕，頒下本省，俟我等到後，即須屠滅，與其自投羅網，何若戮力同心，共赴湯火，不但可以免禍，富貴亦或可圖，爾等以為何如？」大眾踴躍稱善。勛復遞申狀，略言：「將士等自知罪戾，各懷憂疑，今已及符離，尚未釋甲，實因軍將尹勘杜璋徐行儉等，狡詐多疑，必生釁隙，乞即將三人罷職，借安眾心，仍乞戍還將士，別置二營，共設一將，如肯俯允，不勝感德」云云。全是要索。彥曾覽到申狀，因召諸將與謀，眾皆泣語道：「近因銀刀凶悍，使一軍皆蒙惡名，殲夷流竄，不無枉濫。今冤痛未消，復來桂州戍卒，猖狂至此，若縱使入城，必為逆亂，恐全境將從此糜爛了，不若乘他遠來疲敝，發兵往討，彼勞我逸，料無不勝。」彥曾尚未能決。團練判官溫庭皓，復謂：「討亂有三難，不討亂有五害，利弊相較，還是進討為宜。」彥曾乃檢閱師徒，得兵四千三百人，命都虞侯元密為將，援兵三千人討勛。一面宣告勛罪，檄令宿泗二州，也出軍邀擊。

元密出至任山，逗留不進，但遣偵卒變服負薪，往探賊蹤，擬俟賊眾到來，設伏掩擊。不意偵卒為賊所執，搒訊得實，遂詭道轉趨符離。宿州戍卒五百人，出御濉水，望風奔潰，賊眾得進攻宿州。觀察副使焦潞，方攝行州事，城中無兵可守，只好棄城逃命。勛即率眾入城，自稱兵馬留後，發財散粟，名為賑給窮民，實是選募徒眾，如或不願，立即殺死，僅一日間，已得數千人，乘城分守。元密聞勛陷宿州城，始引兵進攻，駐營城外。賊用火箭射城外茅舍，延及官軍營帳。官軍正在撲救，不防賊眾出城突擊，慌忙抵敵，傷亡了三百人。賊眾還入城中，夜使婦人持更，大掠城河船隻，備載資糧，順流而下，擬入江湖為盜。到了天明，已是走盡，官軍才得察覺，乘曉追去，約行二三十里，始見賊艤舟堤下，岸上亦有數隊賊兵，三三五五，卻走林間。密望將過去，還道臨陣畏縮，便驅兵進擊。軍士尚未早餐，各有饑色，因不敢違拗將令，忍著饑追趕上前；將及賊舟，舟中忽起嘯聲，突出許多悍徒，前來攔截。官軍奮力搏戰，哪知岸上的賊兵，卻從林間繞出，竟至官軍後面，拊背突入，官軍頓時大亂。密料不可敵，且戰且行，倉猝中不辨路徑，竟陷入荷澤中。賊眾追至，四面攢射，密與麾下約死千人，尚有殘眾數百，一齊降賊，沒一人得還徐州。勛探問降卒，得知彭城空虛，即引眾北渡濉水，逾山進攻。

彥曾尚未悉元密敗狀，及賊已入境，才有人報聞，急募城中丁壯，登陴守禦。怎奈闔城震懼，已無固志。或勸彥曾速奔兗州，彥曾怒道：「我為元帥，與城存亡，是我本職，怎得說好逃走呢？」說畢，拔出佩刀，將他殺死。忠而寡謀，死亦無補。過了兩日，賊至城下，有眾六七千人，鼓譟動地。城外居民，由勛好言撫慰，毫不侵擾。自是人民爭附，相助攻城，或縱火焚門，或懸梯攀堞，守卒無心抵禦，一鬨而逃，坐見城池被陷。彥曾高坐堂上，由賊眾將他扯下，牽禁館中。尹勘杜璋徐行儉三人，無從趨避，俱為賊擄，梟首刳腹，備極慘毒，且將他三家屠滅。勛盛陳兵衛，召見文武將吏，自己高踞廳座，點名傳入。將吏等都惶恐伏謁，不敢仰視。統是貪生怕死。勛又召判官溫庭皓，令作草表，求請節鉞。庭皓道：「此事甚大，非頃刻可成，容我還家徐草，方免朝廷駁斥。」勛乃許諾。翌晨，勛著人取稿，庭皓隨入見勛，從容答道：「昨日未曾拒命，不過欲一見妻子，面訣死生，今已與妻子訣別，特來就死。」勛注視良久，不禁獰笑道：「書生獨不怕死麼？我龐勛能取徐州，何患無人草表，汝不肯為，權寄頭顱，改日再與汝算帳。」庭皓趨出，勛另延文生周重為上客，屬令草表，重援筆寫道：

臣龐勛上言：臣軍居漢室興王之地，頃因節度刻削軍府，刑賞失中，遂致迫逐。陛下奪其節制，剪滅一軍，或死或流，冤横無數。今聞本道復欲誅夷將士，不勝痛憤，推臣權兵馬留後，彈壓十萬之師，撫有四州之地。臣聞見利乘時，帝王之資也。臣見利不失，遇時不疑，伏乞聖慈，復賜旌節！不然，揮戈曳戟，詣闕非遲，謹擐甲待命！語氣狂甚。

勛覽表甚喜，即遣押牙張琯齎詣京師，令許佶為都虞侯，趙可立為都遊奕使，黨羽各補牙職。勛黨連日募兵，分屯要害。泗州刺史杜慆，系杜悰弟，聞龐勛已據徐州，亟完城繕甲，整頓守備。勛黨李圓，為勛所遣，率二千人略泗州，先使精卒百名，入城招降。慆封貯府庫，佯為投順，開城迎入賊兵，一俟百人趨入，即闔住城門，殺得一個不留。越日，李圓進攻，城上早已防備，矢石如注，射死賊兵數百名。圓退屯城西，求勛添兵。勛再遣眾萬人，往助李圓。廣陵人辛讜（辛雲京孫），素性任俠，隱居不仕，嘗與杜慆交遊，至是因泗州被寇，入城見慆，勸慆挈家遠避。慆答道：「平安時坐享祿位，危難時即棄城池，負君負國，我不敢為，誓與將士共死此城。」讜慨然道：「公能如是，僕亦願與公同死，當回家一訣便了。」為君為友，情義兼至，卻是一個俠士。遂辭還廣陵，與家屬訣別，再往泗州。途次遇著避亂的泗民，扶老攜幼，絡繹逃來，就中有幾個認識辛讜，即與言賊眾大至，城已被圍，幸毋輕進取死。讜微笑不答，徑趨城下，果見賊眾環攻，只有水西門留出。他隻身棹著小舟，駛進水西門，僥倖得入。慆相見大喜，立署他為團練判官。都押衙李雅，饒有勇略，為慆嚴設守備，覷賊懈怠，出奇擊賊。賊眾敗退，還屯徐城，眾心少安。

已而朝廷降旨討賊，令右金吾大將軍康承訓，為義成節度使，兼徐州行營都招討使，神武大將軍王宴權，為徐州北面行營招討使，羽林將軍戴可師，為徐州南面行營招討使，大發諸道兵，分屬三帥。承訓復奏乞調發沙陀三部落，使朱邪赤心率眾隨行，有旨允他所請。且因泗州方急，敕淮南監軍郭厚本，領兵往援，厚本至洪澤湖，聞龐勛部下吳迥，又率眾數萬，再圍泗州，他未免膽怯，逗留不前。杜慆日夕望援，待久不至。辛讜夜乘小舟，潛出水西門，徑至洪澤湖，謁見厚本，敦促進師。厚本佯與約期，至讜返泗城，仍然按兵不發。那賊眾攻城益急，並將水西門圍住，負草填濠，為火攻計。城中惶急萬分，讜復請求救。慆說道：「前往徒勞，今往何益？」讜忿然道：「此行得兵乃來，否則死別。」兩語足抵《易水歌》。遂復乘小舟，負著戶門，抵擋矢石，好容易突出圍城，往見厚本，極陳利害，繼以涕泣。厚本頗為感動，意欲發兵。淮南都將袁公弁進言道：「賊勢至此，自顧且不暇，怎能救人？」讜瞋目呵叱道：「賊猛撲泗城，危在旦夕，公受詔赴援，乃逗留不進，豈非有負國恩？若泗州不守，淮南必為寇場，難道公能獨存麼？我當殺公謝國，然後自殺謝公。」說至此，拔劍遽起，欲擊公弁。厚本急將讜抱住，公弁才得走脫。讜回望泗州，痛哭不休。淮南軍士，亦皆流涕。厚本乃許分五百人，隨讜還援。讜對五百人下拜，乃率同渡淮，遙望賊眾耀武揚威，勢甚披猖，有一軍士失聲道：「賊勢似已入城，我輩不若歸去。」讜不覺大怒，一手扯住該兵，一手拔劍擬頸。淮南軍連忙勸阻，讜叱道：「臨敵妄言，律應斬首。」大眾見不可爭，向前搶救。讜素多力，便將該兵提起，擋住大眾，眾無力可施，沒奈何哀求乞免。讜答道：「諸君但駛舟前行，我捨此人。」眾亟鼓棹而進，讜乃將該兵放下，驅至淮北，登岸擊賊，喊殺連天。慆在城上瞧著，也出兵接應，內外夾攻，賊乃敗走，追逐至十里外，至晡乃還。小子有詩贊辛讜道：

平生好爵敢虛縻，臨難奮身獨不辭。
為語古今諸俠士，忘軀為國是男兒。

賊眾既退，泗州果能免兵否，容至下回說明。

高駢復交趾時，原是一員猛將，不得因後時變節，遽沒前功。若盡如李維周之忮刻，王晏權之庸懦，安南豈尚為唐室有耶？龐勛之亂，不過因戍卒怨望，激而一決，原其本意，固非有勝廣之志也。唐廷專務姑息，釀成驕焰，令狐綯出鎮淮南，當勛等東下時，不從李湘之言，縱使出柙，星星之火，遂至燎原，綯罪可勝誅乎？泗州當江淮之衝，杜慆誓眾固守，已越尋常，然城存與存，城亡與亡，典守者固不得辭其責。辛讜隱居不仕，獨趨見杜慆，願與同死，突圍請救，一再不已，卒能乞師而來，與慆夾攻，得退勁賊，上不負君，下不負友，彼游俠如朱家郭解，寧足望其項背？誠哉一忠義士也！讀是回，足令薄夫敦，懦夫有立志云。

第九十回　斬龐勛始清叛孽　葬同昌備極奢華

卻說龐勛聞吳迥敗退，再派許佶率眾數千助攻泗州。濠州賊將劉行及，拘殺刺史盧望回，據有濠城，亦遣黨羽王弘立，引兵趨會。杜慆聞賊眾又至，告急鄰道。鎮海節度使杜審權，遣都頭翟行約，率四千人救泗州，將抵城下，被賊迎頭邀擊，行約戰死，全部覆沒。淮南節度使令狐綯，亦遣押牙李湘率兵往援，至洪澤湖，會同郭厚本袁公弁，進屯都梁城，與泗州隔淮相望。賊眾既破翟行約，遂渡淮圍住都梁城，李湘揮兵出戰，為賊所敗，退入城中，門不及閉，驟被賊眾搗入，把湘擒住。李湘前勸令狐綯，恰有先見，誰知他毫不耐戰？郭厚本亦被拿獲，只袁公弁走脫，究竟是他腳長。許佶將郭李二人，械送徐州，龐勛大喜，進據淮口，分派黨羽丁從實等，南寇舒廬，北侵沂海，破沭陽下蔡烏江巢縣，攻陷滁州，殺刺史高錫望，又轉寇和州。刺史崔雍，引賊入城，登樓共飲，賊乘著酒興，大掠城中，屠害兵民八百餘人。都招討使康承訓，聞賊勢甚盛，由新興退還宋州，於是泗州孤立無援，糧又垂盡，每人每日，僅得食薄粥數碗。義士辛讜，復願至淮浙求救，夜率敢死士十人，執長柯斧，乘小舟潛出水門，斫入賊水寨中。賊不意官兵猝至，紛紛自亂，讜得奪路而去。詰旦，賊始知讜僅十人，乃水陸分追。讜舟輕行速，急駛至三十里外，方才得脫。至揚州見令狐綯，又至潤州見杜審權，審權乃遣押牙趙翼，率甲士二千人，與淮南輸米五千斛，鹽五百斤，往救泗州。讜又轉趨浙西，借給兵糧去了。

徐州南面招討使戴可師，恃勇輕進，率麾下三萬人，渡淮而南，迭破淮濱諸賊壘，直薄都梁城。城中賊少，登城再拜道：「方與都頭議出降，請王師少退，當即投誠！」可師乃退五裡下寨。及次日往探，已只剩一空城，守賊不知去向，他還道是賊眾畏己，恃勝生驕，毫不裝置。是日天適大霧，不防濠州賊將王弘立，引眾數萬，疾趨而至，縱擊官軍。官軍不能成列，遂致大敗。將士傷斃兵刃，及溺死淮水，約二萬餘名。器械資糧車馬，喪失殆盡。可師亦為賊將所殺，傳首彭城。龐勛自謂天下無敵，縱情淫樂，掠得美婦數十人，日事荒耽。賊幕周重進諫道：「驕滿奢逸，斷難成事，就使得亦必失，成亦必敗，況未得未成，怎宜出此？」周重既知此理，奈何附賊？勛仍不省，安樂過冬。

次年為咸通十年，唐廷授右威衛大將軍馬舉，繼任徐州南面招討使，又因王宴權畏敵不進，將他撤回，改任泰寧節度使曹翔，代任徐州北面招討使。一面詔令河北諸鎮，發兵助剿。魏博節度使何弘敬，時已去世，子全皞嗣為留後，奉詔出師，遣部將薛尤，率兵萬三千人，進駐豐蕭，與曹翔駐滕沛軍，相為犄角。康承訓召集諸道兵馬，得七萬餘人，自宋州出屯柳子鎮，連營三十餘里。勛黨分戍四境，徐城中不及數千人，勛始惝懼，日夕募民為兵，百姓不願應募，多半穴地潛處，冀免迫脅。勛不勝焦灼，調回各處戍卒，保守徐州。那時魏博軍已戰勝豐縣，賊將王敬文敗走，陰蓄異謀，被勛誘歸殺死。海州壽州各路賊寇，亦多為官軍殺敗。辛讜又借得浙西軍，到了楚州，賊眾尚水陸布兵，鎖斷淮流，讜選敢死士數十人，作為前驅，先用米船三艘，鹽船一艘，乘風直進，冒死奮鬥，任他矢石如雨，只是有進無退。讜督敢死士用著大斧，砍斷鐵鎖，方得越淮抵城。城上守卒，已拚一死，忽見辛讜到來，好似絕處逢生，歡呼動地。杜慆帶領將佐，出城相迎，握手涕泣，及入城後，登陴南望，遙見舟師張帆東來，旗上標明浙西軍號，為賊所拒，帆止不進，讜挺身再出，復率敢死士出城，駕船猛進，衝透賊陣。賊見他來勢猛銳，恰也畏避，讜得自由出入，迎浙西軍同入城中。既而讜復率驍勇四百，往潤州乞糧，賊夾岸攻擊，經讜轉戰而前，力鬥百餘里，得至廣陵，過家不入，徑向潤州乞得鹽米二萬石，錢萬三千緡，還至鬥山。賊將密布戰艦，截擊中途，兩下鏖戰，自卯至未，不分勝敗。讜令勇士改乘小舟，分趨賊艦兩旁，用槍揭草，爇火亂投。賊艦為火所燃，不戰自亂，讜得乘機殺出，安抵泗城。勇哉辛讜！

泗州既得軍糧，當然鞏固。龐勛以泗州地扼江淮，銳意進取，屢次益兵助攻，偏偏不能如願。徐州又為康承訓所逼，累與交鋒，不得一利。承訓本是個庸帥，沒甚能耐，只朱邪赤心部下三千騎，衝鋒陷陣，無堅不摧，所以賊兵屢敗。賊將王弘立，自淮口馳回，願率部眾破承訓。恐無第二個戴可師。龐勛喜甚，即令他出渡濉水，往搗鹿頭寨。弘立夤夜進襲，潛至寨邊，一聲呼嘯，將寨圍住。寨中固守不動，天已黎明，弘立督眾猛撲，滿擬滅此朝食，誰知寨門一開，突出沙陀鐵騎，縱橫馳騾，無人敢當，賊眾披靡。寨中諸軍，又爭出奮擊，殺得賊屍滿地，流血成渠。弘立單騎走免。官軍復追至濉水，溺賊無算，共斃賊二萬餘人。足報可師之敗，只恨失一弘立。龐勛以弘立驕惰致敗，意欲處斬，周重代為勸解，始令他立功贖罪。弘立收集散卒，才得數百人，請取泗州自贖。勛乃添兵遣往，一面再括民兵，斂取富家財帛，商旅貨賄，作為軍餉。民不聊生，始皆怨恨。

康承訓既破弘立，進薄柳子寨，與賊將姚周，大小數十戰，周支持不住，棄寨遁宿州。宿州守將梁丕，與周有隙，開城賺入，將周殺死。勛聞報大驚，欲自將出戰，周重獻計道：「柳子寨地要兵精，姚周亦勇敢有謀，今一旦覆沒，危如累卵，不如速建大號，悉兵四出，決死力戰。且崔彥曾等久禁城中，亦非良策，請一律處決，藉絕人望。」絕計何益?許佶等亦均贊成，遂殺崔彥曾及溫庭皓，並截郭厚本李湘手足，齎示康承訓軍。乃命城中男子，盡集球場，如匿居不出，罪至滅族。百姓無奈趨集，由勛選得壯丁三萬名，更造旗幟，自稱為天冊將軍，授龐舉直為大司馬，與許佶等留守徐州。舉直系是勛父，勛以父子至親，不便行禮，或說勛道：「將軍方耀兵威，不能顧及私誼。」乃令舉直趨拜庭前。勛據案直受，既已無君，自然無父。待舉直受了印信，即麾眾出城，夜趨豐縣，擊敗魏博軍，更引兵西擊康承訓，直趨柳子寨。可巧有淮南敗卒，自賊中奔詣承訓，報明賊蹤，承訓秣馬整眾，設伏待著。勛令前隊先趨柳子，陷入伏中，四面齊起，把他擊退。至勛率後隊到來，正遇前隊敗還，驚惶不知所措，哪禁得承訓帶著諸將，乘勝追擊，步騎踴躍，四蹙賊兵，勛部下皆系烏合，只恨爹娘生得腳短，不及急走，頓時自相踐踏，殭屍數十里。勛即脫去甲冑，改服布襦，倉皇遁歸彭城。甫得喘息，那圍攻泗州的吳迥，也狼狽奔來，報稱為招討使馬舉所敗，王弘立陣亡，自己獨力難支，只好解泗州圍，退保徐城。勛叫苦不迭，忽又接濠州急報，馬舉由泗州圍濠，數寨被焚，請速濟師。勛急命吳迥往救濠州，迥出城自去。

康承訓既擊走龐勛，逐路進軍，迎刃即解。及抵宿州，環攻不克。宿州守將梁丕，因擅殺姚周，為勛所易，改任張玄稔據守。玄稔與黨人張儒、張實等，分遣城中兵數萬，出城列寨，倚水自固，似虎負隅。張實且貽書徐州，為勛設計道：「今國兵盡在城下，西方必虛，將軍可出略宋亳，攻他後路，他必解圍西顧，將軍設伏要害，兜頭迎擊，實等出城中兵，追躡後塵，前後夾攻，定可破敵。」勛正慮承訓進逼，更兼曹翔部將朱玫，拔豐縣，克下邳，緊報日至，急得不知所措，鎮日間禱神飯僧，妄期冥佑。及既得實書，乃仍使龐舉直許佶留守，自引兵出城西行，並覆書返報張實。實與張儒日御官軍，官軍縱火焚寨，儒實兩人，沒法抵禦，退保外城。承訓督軍攻撲，城上箭如飛蝗，射死官軍數千人，承訓暫退，但遣辯士至城下，勸令降順。儒實等哪裡肯從？唯張玄稔系徐州舊將，陷沒賊中，心常憂憤，夜召親黨數十人，密謀歸國，得眾贊成，乃令心腹張皋，出白承訓，約期殺賊，願為內應。承訓大喜，厚待張皋，令返報如約。玄稔即使部將董厚等，埋伏柳溪亭，然後邀兩張入亭宴飲。酒未及半，擲杯為號，董厚等持刀搶入，手起刀落，將兩張揮作四段，並搜殺兩張私黨，城中大擾。玄稔出諭兵民，示以逆順利害，眾心才定。越宿開門出降，膝行至承訓前，涕泣謝罪。承訓下座慰勞，親自扶起，即宣敕拜為御史中丞，饋賜甚厚。玄稔乃復進策道：「今舉城歸國，四遠未知，請詐為城陷，引眾趨符離及徐州，賊黨不疑，定可悉數擒獲了。」承訓允諾。承訓本無將才，唯收降玄稔，頗得推誠相與之術。玄稔還入城中，夜令部下負薪數千束，擲積城下，一俟天明，燃火焚薪。九城陷伏，便率眾出趨符離，佯稱敗軍。符離守將，開城納入，被玄稔一刀殺斃，號令兵民，勸諭歸國，眾皆聽命。玄稔收得兵士萬人，亟趨徐州。龐舉直許佶，已有所聞，登陴拒守。玄稔引兵圍城，先諭守卒道：「朝廷但誅逆黨，不殺良民，汝等奈何為賊守城？若尚狐疑，恐盡成魚肉了。」守卒聞言，或棄甲，或投兵，下城遁去。崔彥曾故吏路審中，開門納官軍，龐舉直許佶，自北門出走。玄稔亟遣兵往追，得斬舉直與佶。周重等赴水自盡，所有前戍桂州的叛卒，一一按名收捕，無論親屬，一概誅夷，駢死至數千人，徐州乃平。

龐勛將兵二萬，自石山西出，沿途焚掠，雞犬不留。康承訓引步騎八萬，西嚮往擊，使朱邪赤心為先鋒，追勛至亳州。勛正大掠宋亳，猝遇沙陀騎兵，不戰而潰，遁至蘄水，官軍大集，縱擊賊眾，賊多溺死，勛亦斃命。越數日始得勛屍，梟首傳示，遠近賊寨，皆自殺守將，次第請降。唯吳迥守住濠州，不肯歸命，馬舉屢攻未下，自夏及冬，城中食盡，甚至殺人充食，吳迥乃突圍夜出，由舉勒兵追剿，殺獲殆盡。迥竄死昭義，一番叛亂，自是蕩平。朝廷頒詔賞功，進康承訓同平章事，兼河東節度使，杜慆為義成節度使，張玄稔為右驍衛大將軍，辛讜為亳州刺史，朱邪赤心特別召見，賜姓名為李國昌，授左金吾上將軍，即就雲州置大同軍，賜以旌節，並處置徐州後事，乃在徐州設觀察使，統徐濠宿三州。唯泗州置團練使，劃隸淮南，未幾復令在徐州置感化軍，特設節度使，以資彈壓。康承訓為廷臣所劾，說他討龐勛時，一再逗撓，虛報功績，竟迭貶至恩州司馬，這也未免罪輕罰重了。語淡旨永。

且說懿宗在位十年，也未立後，獨寵幸淑妃郭氏，氏生一女，數年不能言，忽張口說道：「今日始得活了。」懿宗大為驚異，及年已長成，姿貌不過中人，獨得懿宗鍾愛，封為同昌公主。右拾遺韋保衡，美秀而文，為郭淑妃所賞識，遂與懿宗熟商，願將同昌公主，嫁與為妻。臨嫁時，盡出宮中珍玩，作為奩資，並在皇宮附近，賜宅一區，窗戶俱用雜寶為飾，器皿一切，非金即銀，甚至井欄藥臼，亦由金銀製成，耗費約五百萬緡，所行婚儀，備極奢華，就是從前太平安樂兩公主，與她相較，也幾乎稍遜一籌。韋保衡得此貴婦，當然奉若天神，不敢少忤，除入朝辦事外，時常居處內宅，與公主敦伉儷歡。郭淑妃愛女情深，隨時探問，或且留宴主第，深夜不歸，宮禁裡面，免不得生出一種謠諑，說是丈母女婿，也有曖昧情事，這恐是捕風捉影，不足為憑，小子不敢妄斷，不過援據史傳，有聞必錄。不肯諷蔑郭氏，便是下筆忠厚。當時懿宗愛妃及女，一任出入自由，毫不過問。韋保衡得遷授翰林學士，咸通十一年間，曹確罷相。韋氏快婿，竟得與兵部侍郎劉瞻，同時入相，並握樞機。故相高璩早卒，徐商亦已罷去，楊收坐罪竄死，只路巖尚在相位。巖因保衡是皇親國戚，特別交歡，遂與他串同一氣，表裡為奸。一班蠅營狗苟的臣僚，樂得趨承伺候，希沐餘光，遇有反對人物，群起彈擊，時人目他為牛頭阿旁，無非說他陰惡可畏，與鬼相同。

但天下禍福無常，禍為福倚，福為禍伏，保衡尚主，僅及年餘，偏公主得了一種絕症，臥床不起，醫官二十餘人，同時診治，想不出什麼起死回生的方法，勉強擬進一兩張藥方，配服全不濟事，奄奄數日，玉殞香消。郭淑妃陡失愛女，當然痛悼，就是懿宗亦悲念不休，自制輓歌，飭群臣畢和，又令宰相以下，盡往弔祭。追封公主為衛國公主，予謚文懿。一面捕獲醫官二十餘人，說他用藥錯誤，冤死公主，竟不令分辯，一併處斬。且將醫官親族三百餘人，悉數系獄。胡亂得很。宰相劉瞻，召集言官，囑令勸阻，言官以天威難測，各為保全身家起見，不敢進陳。瞻乃自草奏牘，即日進呈，略云：

修短之期，人之定分，昨公主有疾，醫官非不盡心，而禍福難移，竟成蹉跌。械繫老幼，物議沸騰，奈何以達理知命之君，涉肆暴不明之謗。

懿宗覽奏不悅，擱置不報。瞻又與京兆尹溫璋等力諫，頓觸懿宗怒意，將他叱出，旋即出瞻為荊南節度使，貶璋為振州司馬。璋嘆道：「生不遇時，死何足惜？」竟仰藥自殺。此人亦未免過激。韋保衡又與路巖，共譖劉瞻，謂與醫官通謀，進投毒藥，遂再貶瞻為康州刺史。巖意尚未愜，閱十道圖，見驩州去都最遠，因復竄瞻為驩州司戶。次年正月，葬同昌公主，懿宗與郭淑妃，坐延興門，目送靈轝，慟哭盡哀。護喪儀仗，達數十里，冶金為俑，怪寶千計，此外服玩，多至百二十輿，錦繡珠玉，輝煌蔽日。樂工李可及作嘆百年曲，率數百人為地衣舞，用雜寶為首飾，絁八百匹，舞罷珠璣散地，任民拾取，所有服玩等件，悉置墓中。這豈非暴殄天物，溺愛不明麼？

韋保衡座師王鐸，是王播從子，前在禮部校文，擢保衡進士及第。保衡因薦他入相，繼劉瞻後任。鐸卻輕視保衡，議政時常有齟齬。路巖本與保衡聯繫，嗣因彼此爭權，凶終隙末，遂被保衡進讒，出巖為西川節度使。巖出城時，路人爭以瓦礫相投，忍不住動起忿來。適值權京兆尹薛能，前來送行，他不禁冷笑道：「京兆百姓，勞君撫治，今日我奉命西行，百姓卻以瓦石相餞，可謂治績昭彰了。」薛能答道：「宰相出鎮，不一而足，府司從未發人防護，人民亦從無瓦礫相加，奈何今日公行，演此惡劇？這還當由公自問，究竟為何取怨人民？」以子之矛，攻子之盾，薛能可謂善言。巖被他一詰，反覺滿面懷慚，踉蹌而去。及行抵任所，幸值南詔退兵，闔境粗安，還得僥倖無事。先是南詔主酋龍，因安南敗退，轉寇成都，陷入嘉黎雅三州，成都戒嚴，虧得西川節度使盧耽，與東川節度使顏慶復，聯兵戰守，擊敗蠻兵，將軍宋威，復奉詔往援，殺死蠻兵無算，殘眾夜燒攻具，遁出境外。成都舊無濠塹，顏慶復始築壅門，掘長濠，植鹿角，設營寨，守備既固，蠻人始不敢進窺。朝廷欲處置路巖，因將盧耽他調，令巖接任。巖好遊宴，耽聲色，一切政務，俱委任親吏邊咸郭籌。兩人相倚為奸，先行後申。巖至都場閱操，邊郭侍側，有所建白，輒默書相示，閱畢焚去，軍中相率驚疑，恟恟不安。事為朝廷所聞，乃徙巖改鎮荊南。自巖出鎮，由禮部尚書劉鄴繼任，既而于悰復為韋保衡所譖，貶為韶州刺史。悰妻廣德公主，系懿宗親妹，至是隨悰赴韶，行必肩輿相併，坐即執住悰帶，悰才得保全。悰去後，改用刑部侍郎趙隱為相，上下因循，一年挨過一年，到了咸通十四年正月，懿宗遣敕使詣法門寺，奉迎佛骨，言官多半諫阻，甚且謂憲宗迎入佛骨，遂至宴駕。懿宗道：「朕得見佛骨，死亦何恨？」呆極。自春至夏，佛骨始迎至京師，懿宗膜拜甚虔，宰相以下，競施金帛，乃將佛骨入禁供養，頒詔大赦。過了兩月，懿宗竟至患病，服藥無效，數日大漸，乃立皇儲。未幾駕崩，享壽四十一歲，共計在位十四年。小子有詩嘆道：

奢淫適啟敗亡憂，況復流連未肯休。
十四年來渾一夢，令終還是迓天庥。

欲知何人嗣統，試看下回便知。

龐勛以戍卒八百人猝起為亂，徐淮一帶，多遭屠毒，迭經唐廷發兵，先後不下十萬人，始得蕩平叛逆，再見廓清，雖日成功，唐威已所餘無幾矣。康承訓之將略，原無足稱，但奏調朱邪赤心自隨，戰勝逆寇，不可謂非明於知人。復能招用張玄稔，以盜攻盜，不可謂非善於因敵。徐亂之平，承訓之功居多，乃路巖韋保衡，妒功進讒，貶竄恩州，亦曷怪志士灰心，功臣懈體乎？韋保衡本乏相才，徒以尚主隆恩，驟登揆席，懿宗之溺愛不明，已可概見。至同昌一死，慘戮諸醫，株連親族，當時相臣劉瞻，尚為庸中佼佼，乃因一再進諫，致為所誣，流戍萬里，冤乎不冤？及葬同昌時，糜費無算，朽骨無知，飾終何益？而寵幸保衡，猶然未衰，妹倩可貶，女夫不可黜，甚至死期將至，猶迎佛骨入都，何其昏愚若是也？史稱懿宗在位十四年，無一善可紀，誠哉是言！

第九十一回

曾元裕擊斬王仙芝　李克用叛戮段文楚

卻說懿宗生有八子，長為魏王佾，次為涼王侹，蜀王佶，威王侃，普王儼，吉王保，壽王傑，最幼為睦王倚，這八子統是後宮所出，不分嫡庶。但據無嫡立長的故例，論將起來，魏王佾應該嗣立，偏是左神策中尉劉行深，右神策中尉韓文約，利立幼君，竟將懿宗第五子普王儼，立為皇太子。儼系王氏所生，年僅十二，母族微賤，全仗那兩個典兵的閹豎，佐命定策。閹官立君，成為常例，唐廷實是無人。懿宗已是彌留，還曉得什麼後事。劉韓即矯稱遺詔，傳位普王。宰相如韋保衡劉鄴趙隱三人，但知居官食祿，不管什麼繼統問題。王鐸已經罷職，越覺袖手旁觀。至懿宗入殮，普王儼即位柩前，是為僖宗，僖宗母王氏已歿，追尊為皇太后，加諡惠安。進韋保衡為司徒，不到兩月，保衡為言官所劾，坐罪免職，貶為賀州刺史。嗣又被人訐發，謂與郭淑妃有曖昧情事，再貶為澄邁令，尋且賜死。路巖罪同時並發，降為新州刺史，就道後又下敕削官，長流儋州，越年亦賜令自盡。炎炎者滅，隆隆者絕。邊咸郭籌，亦皆伏誅，另任兵部尚書蕭仿同平章事。

過了殘臘，改元乾符，關東水旱相尋，民不聊生，翰林學士盧攜，請敕令遇荒州縣，概停徵稅，並發義倉賑濟貧民。僖宗如言下敕，但不過一紙虛文，有司竟未實行。已而罷同平章事趙隱，進華州刺史裴坦為相，未幾坦卒，召還故相劉瞻，令復原職。瞻字幾之，祖籍彭城，後徙桂陽，平生清介自持，所得俸祿，悉贍貧乏，家無留儲；至被竄驩州，無論遠近，莫不稱冤。幽州節度使張允伸病歿，由平州刺史張公素接任，公素慕瞻忠直，上疏申枉，乃得移徙康虢二州刺史。僖宗召為刑部尚書，即復任同平章事。長安兩市，聞瞻得還都，醵錢僱演百戲，藉表歡迎。瞻特為改期，另由他道入都，受任三月，去煩除弊，政簡刑清。同僚劉鄴，前曾在韋保衡路巖前，痛詞詆瞻，至是恐瞻聞聲報復，不免心虛，因邀瞻共飲，盡興而別。哪知瞻醉後歸寓，竟一病不起，遽爾謝世，時人共謂鄴有意酖瞻，不為無據。宣宗以降，朝無賢相，僅得劉瞻一人，清直可風，又為奸黨播弄至死，特揭錄之，以志餘慨。兵部侍郎崔彥昭，繼瞻後任，彥昭頗有令名，與蕭仿和衷辦事，執要不煩，且因劉鄴毒死劉瞻，情跡可疑，特上章彈劾，出鄴為淮南節度使。翰林學士盧攜，與吏部侍郎鄭畋，相繼入相。四相才略，似非全不足用，怎奈僖宗年少，未化童心，暇時輒與嬖僮寵豎，徵逐遊戲。遇有大臣奏議，往往擱置不理，或且委樞密田令孜處決。令孜是一個小馬坊使，讀書識字，很有巧思，僖宗在普邸時，已與令孜朝夕相親，呼為阿父，及即位後，即擢置樞密，倚若股肱。令孜專哄動僖宗歡心，所有僖宗愛嗜的果食，嘗自去購辦，攜陳御榻，與僖宗對坐暢飲，且引入內園小兒，侍奉僖宗，擊鞠拋球，賞賜萬計。僖宗慮府藏空虛，令孜代為劃策，勸籍兩市商貨，悉輸內庫，遇有陳訴，輒付京兆尹杖斃。僖宗未識民艱，但教庫中取用不窮，便好任情揮霍，且從此益寵令孜，加官中尉。小兒最易受騙，況遇陰柔之小人，自然水乳俱融。令孜攬權納賄，量賂除官，一切黜陟，多不關白。宰相以下，也不敢過問。唐室江山，要在他手中斷送了。看官！你想少主童昏，權閹驕恣，人怨沸騰，天變交作，東荒西瘠，餓殍載道，朝廷不加賑，有司不知恤，哪裡還能太平呢？

當時西陲不靖，南詔為患，唐廷特調高駢往鎮西川，制置蠻事，發兵退敵，擒住蠻酋數十人，修復邛峽關大渡河諸城柵，擇要置戍，還算有備無患，全蜀粗安（蜀事用簡文帶過，與前回筆意相同）。只是邊境少寧，內亂迭起，盜賊到處橫行，官軍不能控御，就中有兩大盜魁，最號猖獗：一個是濮州盜王仙芝，一個是冤句盜黃巢。仙芝向販私鹽，出沒江湖。巢善騎射，喜任俠，麄讀書傳，屢試進士科，不得一第，乃與仙芝往來，同做這種販私行業。仙芝於乾符元年，聚眾數千人，揭竿長垣，次年即脅從數萬，攻陷濮州曹州，天平軍節度使薛崇，出兵往剿，反為所敗。巢聞仙芝得利，也糾眾起應，剽掠州縣，與仙芝同擾山東。此外各處盜賊，都遙與聯合，四處侵軼。自山東至淮南；幾無寧宇。有詔令淮南忠武宣武義成天平五軍節度使，分別御盜，剿撫兼施。同平章事蕭倣，目擊時艱，屢勸僖宗勤政求治。偏為田令孜等所忌，迭加駁斥。蕭倣憂鬱病終，用吏部尚書李蔚代任。右補闕董禹，諫阻僖宗遊畋擊球，頗蒙褒賜，嗣因邠寧節度使李侃，為宦官義子，特為假父請贈官階，禹上疏指駁，語侵宦官。樞密使楊復恭，入宮讒訴，竟貶禹為柳州司馬。自是上下壅蔽，內外隔閡。仙芝等寇焰浸熾，進逼沂州，平盧節度使宋威，表請率兵討賊，乃降敕命威為諸道行營招討使，凡各鎮所遣討賊將士，均歸威節制調遣。威俟諸道兵至，出擊仙芝，大殺一陣，斃賊甚多，仙芝遁去。遙傳仙芝已死，威即奏稱賊渠已殲，盡可無虞，諸道兵悉數遣歸，自還青州。百官聞捷，入朝稱賀，不意過了三日，仙芝又復出現，轉掠陽翟郟城，地方官飛章奏聞。禦寇幾如兒戲，如何平寇？乃詔忠武節度使崔安潛，發兵往剿；再令昭義義成兩鎮，各發步騎，保護東都宮室；授左散騎常侍曾元裕為招討副使，出守東都；又敕山南東道節度使李福，選步騎三千，守汝鄧要路；邠寧節度使李侃，鳳翔節度使令狐綯，選步兵一千，騎兵五百，守陝州潼關。各道將士，本由宋威遣歸，欣然就道，偏途次復令赴敵，免不得忿怨交乘，各懷觀望。仙芝得由齊入豫，攻陷汝州，執住刺史王鐐。鐐系王鐸從弟，鐸正由鄭畋推薦，復入為相。罷崔彥昭為太子太傅，一聞王鐐被擄，他人沒甚驚慌，獨王鐸非常著急，乃倡議撫盜，赦仙芝罪，且給官階。仙芝轉陷郢復二州，大掠申光舒壽廬通一帶，並與黃巢西攻蘄州。王鐐尚在賊中，勸仙芝歸國拜官，且因蘄州刺史裴渥，為王鐸知貢舉時所擢進士，彼此交誼相關，特為仙芝致書，浼渥奏保仙芝。無非為免死計。渥斂兵不戰，報稱如約，即開城迎入仙芝及黃巢等三十餘人入城，置酒款待，並贈厚賄，一面拜表奏聞。仙芝與巢，恰也心喜，便謝別出城，駐營待命。未幾有敕使到來，授仙芝為左神策軍押牙。渥與鐐皆向仙芝道賀，仙芝也笑逐顏開。偏黃巢不得一官，勃然大怒，指仙芝道：「我與君共立大誓，橫行天下，今君獨取官而去，試問五千餘眾，何處安身？」說至此，提起老拳，毆擊仙芝。仙芝閃避不及，左額上已遭一擊，色青且紅。賊眾亦附和巢語，群起喧譁。唐廷既欲撫盜，應該為眾盜設法，徒官仙芝，不及黃巢等人，糜爛地方，失策孰甚？仙芝為眾所逼，只好不受朝命，仍然為盜，大掠蘄州，毀民廬舍。裴渥奔鄂州，敕使奔襄州，王鐐仍為賊所拘。賊眾三千人歸仙芝，二千人歸巢，分道馳去。

乾符四年，仙芝陷鄂州，黃巢陷鄆州沂州，再合眾並攻宋州。宋威督兵往援，反為所圍，幸左威衛上將軍張自勉，率忠武軍七千名，往救宋州，殺賊二千餘人，賊乃解圍遁去。宰相王鐸盧攜，欲令張自勉歸宋威節制，獨鄭畋謂自勉必不服威，多使疑忌，必致相爭，因不肯署奏。鐸與攜乃自請免職，畋亦請歸滻州養痾，僖宗皆不肯許。鐸攜兩相，復議罷歸張自勉，改令張貫為將，令率忠武軍七千，隸屬宋威。畋又與力爭，辯論大廷，一口不能勝兩口，乃還草奏牘，再行呈請。略言：「王仙芝倡亂，忠武節度使崔安潛，嘗請會師力剿，至今賊黨不敢入境。又以本道兵授張自勉，解宋州圍，使江淮漕運流通，不入賊手，今遽罷歸自勉，易將統兵，使隸宋威，臣見威忌功諱敗，所奏多非實跡，崔宏潛以兵授人，良將空還，若勍寇忽至，如何支持？臣請分四千人歸威，三千人仍令自勉統率，還守本道，庶幾戰守兩全，不分厚薄」云云。盧攜仍不以為然。必袒宋威，是何用意？畋又劾威欺罔朝廷，屢致敗衄，應早行罷黜，亦不見從。宋威有恃無恐，專務欺上冒功。會值招討副都監楊復光，遣人招諭仙芝，仙芝遣悍黨尚君長等請降，威邀擊道中，執住君長等，獻入京師，但說是臨陣生擒。復光奏系來降，非威所獲，詔令侍御史歸仁紹等訊問，始終不能審明。結果是將君長等牽至狗脊嶺，一刀一個，梟首了事。仙芝聞朝廷誘降逞暴，越加咆哮，令黃巢寇掠蘄黃，自趨荊南。黃巢為曾元裕所破，回遁濮州。仙芝至荊南城下，正值乾符五年元旦，荊南節度使楊知溫，粗擅文學，素不知兵，元日大雪，猶受僚屬謁賀，忽聞城外喊殺連天，才知寇眾大至，急忙召集將佐，調兵守堵，外城已被搗入，將佐亟圍住內城，請知溫出督士卒，登陴禦賊。知溫尚紗帽皂裘，從容賦詩，且誇示群僚。迂腐可笑。將佐知他無用，忙發使至山南東道告急。山南東道節度使李福，悉眾赴援。巧有沙陀兵五百騎，留寓襄陽，遂引與俱行。到了荊門，與賊相遇，由沙陀兵縱騎奮擊，大破賊黨。仙芝聞風生懼，焚掠江陵而去，轉至申州，被曾元裕大殺一陣，擊斃萬人，招降又萬人。仙芝自蘄州出掠，沿途脅從，眾至七八萬，此次喪失二萬名，倉皇遠竄，荊南解嚴。

元裕一再報捷，朝廷乃把招討使的職務，付諸元裕，飭宋威還駐青州，並令張自勉為副使，貶楊知溫為郴州司馬。又添些遠戍詩料。元裕既握全權，遂與自勉互逐賊眾，追至黃梅，四面兜剿，殺斃賊黨五萬餘名。仙芝窮竄無路，被諸軍追及，亂刀砍死，斬首以歸。尚有黨目尚讓，為尚君長弟，招集殘眾，往歸黃巢。巢方攻亳州未下，見讓到來，當然迎納。讓因推巢為沖天大將軍，改元王霸，設官署吏，再陷沂州濮州，分眾陷朗州岳州。有詔令曾元裕移屯荊襄，張自勉充東南面行營招討使，再發河南兵千人赴東都，與宣武昭義軍二千人，共衛行宮。遣左神武大將軍劉景仁，為東都應援防遏使，管轄三鎮軍士。河陽節度使鄭延休，領兵三千，屯駐河陰，為東都後援。巢竄突中州，均為所遏，乃遣書天平軍，情願降順。天平節度使張裼，上書奏聞，詔授巢為右衛將軍，令就鄆州解甲。哪知巢是個緩兵計，伺官軍少懈，即引眾渡江，連陷虔吉饒信等州，順道入浙。朝議調高駢為鎮海節度使，專力防巢，並擬與南詔和親，暫免西顧憂。

自南詔主酋龍，屢寇西陲，為患幾十餘年，唐廷屢遣使招撫，終不奉命。至高駢徙鎮西川，築城守堡，稍遏寇氛。駢又因南詔迷信釋教，特遣浮屠景仙，南行遊說，勸酋龍歸附中國，願與和親。酋龍頗欲允議，會酋龍病死，子法嗣立，遣使段瑳寶等，往詣嶺南，面議和約。亳州刺史辛讜，正調升嶺南西道節度使，接見段瑳寶後，即奏稱諸道兵共戍邕州，兵餉浩繁，不如與南詔修和，得使邊境息肩。朝廷正因內亂蔓延，欲調回戍兵，剿平群盜，乃即從讜議，許和南詔，令將戍兵遣歸，但留荊南宣歙數軍。已而南詔遣使趙宗政入都，乞請和親，所齎國書，但給中書省，稱弟不稱臣。禮部侍郎崔澹等，言南詔驕僭無禮，高駢不達大體，徒遣一僧咕囁，卑辭誘和，若果從所請，必致貽笑後世。語非不是，但按諸當日情勢，安內為先，不應再開外釁。僖宗不能遽決，再令高駢妥議。駢上表與澹等駁辯，有詔委曲諭解，進駢檢校司徒，封燕國公，一面遣宰臣再議。盧攜主張和親，鄭畋力言不可。攜不覺大怒，拂衣起座，袂適觸硯，墮地有聲。僖宗聞知此事，喟然嘆道：「大臣相詬，如何儀型四方？」乃將盧、鄭兩相，一併罷職，改命戶部侍郎豆盧瑑，吏部侍郎崔沆，同平章事。宣詔時大風拔木，隱兆不祥，時人已知新任二相，未能令終（伏後文）。且南詔事終未定議，但遣趙宗政歸國，不加答覆，付諸緩圖便了。

誰料媮安不安，防亂生亂，大同軍又起變端，竟殺死防禦使段文楚，推李克用為留後。克用系李國昌子，國昌即朱邪赤心，事見前回。為沙陀副兵馬使，出戍蔚州。國昌由大同調鎮振武軍，會代北薦饑，漕運不繼，防禦使段文楚減扣軍士衣糧，用法亦不免苛峻，以致軍士怨謗。沙陀兵馬使李盡忠，與牙將康君立薛志勤程懷信李存璋等私議道：「今天下大亂，朝廷號令，不能遠行，此正英雄立功建業的時期。段使苛暴，不足與議大計，李振武功大官高，名聞天下，子克用勇冠諸軍，若經我等推戴，代北唾手可定，我等可共取富貴，豈不甚善？」康君立等同聲贊成。乃由君立潛詣蔚州，勸克用起事，立除文楚。克用道：「我父現在振武，俟我稟明，舉事未遲。」君立道：「事在速行，緩即生變，尚何暇千里稟命呢？」克用許諾，遂募得士卒萬人，直趨雲州。李盡忠聞克用將到，即夜率牙兵，攻入牙城，執住段文楚及判官柳漢璋等，械繫獄中，並遣人送交克用，請為防禦留後。克用率眾至鬥雞臺下，臺在城東，設帳屯兵，盡忠即將文楚等，驅至克用營前，克用命軍士剮死文楚，並用騎踐骸，究竟是狼子野心。乃入城視事，囑將士表求敕命。朝廷不許，正思詰問李國昌，國昌已表請速除大同防禦使，若克用逆命，臣當率本道兵往討，絕不溺愛一子，致負國家。初意卻是不錯。僖宗以命太僕卿盧簡方為大同防禦使。克用拒命不納，乃由朝廷改詔，命盧簡方調任振武，李國昌復鎮大同。哪知國昌忽然變計，竟撕去制書，殺死監軍，與克用合謀為逆，派兵攻寧武及岢嵐軍。真是出人意表。

是時幽州節度使張公素，為部將李茂勛所逐，代主軍務，聞大同軍亂，上表薦子可舉，具有武略，願討大同，且請授可舉旌節，自乞息肩。僖宗本欲令他出平代亂，授為幽州節度使，及見他上表陳情，遂悉從所請，令可舉代父統軍，與昭義節度使李鈞，合兵討國昌父子。可舉復約吐谷渾酋長赫連鐸白義誠，沙陀酋長安慶，薩葛酋長米海萬，聯兵夾攻。赫連鐸饒有勇力，兼程急進，直趨振武。國昌猝不及防，被鐸攻入，慌忙挈騎兵五百，遁往雲州。雲州閉城不納，乃轉奔蔚州。鐸取得振武軍資械，追國昌至雲州，乘勢入城，復聞克用屯兵新城，即引兵萬人往擊，三日不能下。國昌自蔚州往援，鐸乃引退，朝廷再命河東宣慰使崔季康為河東節度使，兼代北行營招討使，與李可舉赫連鐸部眾，共討沙陀。可舉與鐸，會兵攻蔚州。李國昌率眾抵敵，相持未下。克用卻獨領一隊，趨遮虜城，拒擊李鈞。鈞方與崔季康軍，共至洪谷，天適大雪，士卒相繼凍僕，不防克用殺到，衝入官軍隊裡，沙陀鐵騎，本是勇悍，更兼生長沙漠，素性耐寒，任他大雪飄飄，越發精神健旺，那河東昭義兩鎮兵士，又凍又餒，如何招架得住，拚命亂逃。季康押著後隊，還得僥倖逃生，鈞在前驅，竟戰死亂軍中。小子有詩嘆道：

> 國亂紛紛太不平，強藩逐鹿擅行兵。
> 可憐大將無才略，枉向沙場把命傾。

兩鎮兵敗，沙陀兵氣焰益盛，遂長驅入雁門關。欲知後事，且閱下回。

讀此回而已知唐之將亡，亡唐者非他，一田令孜足以盡之，內而宰相，外而寇盜，猶不足責也。僖宗年少嗣統，非得老成夾輔，不足致治，乃獨寵任田令孜，導之遊狎，厚賦斂，貪貨賄，天怒於上而不之知，人怨於下而不之問，王黃二盜，乘勢揭竿，朝廷議剿議撫，茫無定見，一二賢相，復被佞幸摧抑至死，國家寧尚有豸乎？宋威老而貪功，欺君罔上，不加斥逐，卒至寇勢日熾，迨改任曾元裕，始得擊斬仙芝，一盜雖殄，一盜猶存，禍本固尚未芟也。李國昌父子，復起代北，叛命不臣，南顧多憂，何堪再遇北寇？中原搶攘無虛日，而皇綱從此掃地，故觀於此而已可知唐之將亡。

第九十二回　鎮淮南高駢縱寇　入關中黃巢稱尊

卻說李克用乘勝長驅，入雁門關，進寇忻代二州，時已為僖宗七年，新改元為廣明元年，忻代刺史，乘城拒守，倖免陷沒。克用轉逼晉陽，攻入太谷，詔遣汝州防禦使諸葛爽，率東都防禦兵往救河東，再命太僕卿李琢為蔚朔等州招討都統。琢系前西平王李晟孫，治軍嚴整，奉詔啟行，率兵萬人至代州，與幽州節度使李可舉，吐谷渾都督赫連鐸，共討克用，克用遣部將高文集守朔州，自率眾拒李可舉。鐸遣辯士入朔州城，勸文集歸國。文集被他感動，遂執克用將傅文達，與沙陀酋長李友金，同降李琢，開城延納官軍。克用聞文集降唐，頓時大忿，即引兵還擊，可舉遣行軍司馬韓玄紹，邀擊藥兒嶺。嶺路很是崎嶇，玄紹三伏以待，克用乘怒前來，到了嶺旁，天色將晚，將士請擇險駐營，休息一宵。克用怒道：「我恨不得今夜踏平朔州，哪裡還有閒工夫在此休息？」忿兵必敗。將士不好違令，只好策馬前進。沿途七高八低，昏黑莫辨，驀聽得一聲號炮，有一彪人馬突殺出來，衝動沙陀兵。克用尚自恃驍勇，持著一支長槊，當先開路，左挑右撥，把官軍驅開兩旁，麾兵急進。官兵也不緊追，但慢慢兒隨著後面。克用不暇後顧，一味前闖，天色越昏，嶺路越仄，號炮聲接連又震，嶺上嶺下，均有官軍殺到，口口聲聲，要捉克用。克用到此，也不禁慌亂起來，自思逃命要緊，只好易騎為步，盡把所有健馬，塞住兩旁，單剩一條血路，狂奔而去。至官軍挑開戰馬，來殺克用，他已走得甚遠，但把他部將李盡忠程懷信等，一陣剁死，並殺斃沙陀兵萬餘人。收拾悍騎，最好在狹路中。克用雖逃得性命，人馬均已喪盡，狼狽奔至蔚州，正值李琢赫連鐸，合軍殺敗國昌，父子相見，好似啞子吃黃連，說不出的苦楚。自知蔚州難守，索性棄城北走，遁往韃靼去了。

李琢、李可舉等，連章告捷，有詔加可舉兼侍中，徙琢鎮河陽，授鐸雲州刺史，兼大同軍防禦使，白義誠為蔚州刺史，米海萬為朔州刺史。鐸聞國昌父子，遁往韃靼，特派人入韃靼部，賂以金帛，索交逃犯。韃靼系靺鞨別部，素居陰山，專以遊獵為生，克用入韃靼後，嘗與番酋遊畋，就木葉中置著馬鞭，或懸針為的，射無不中，番酋統驚為神技。又嘗置酒共飲，飲至半酣，克用拊髀嘆道：「我得罪天子，無從效忠，今黃巢擾攘中原，必為大患，若天子肯赦我罪，得與公等南向，殺賊立功，豈非一大快事？人生幾何，怎可老死沙磧，沒世無稱呢？」此子亦有悔意麼？韃靼頗服他豪爽，且知無留意，乃謝絕鐸使，仍令他父子寓居。事有湊巧，那大盜黃巢，由北而南，復由南而北，殺人如麻，占奪兩都，於是亡命外域的李克用，復得遇赦歸國，為唐立功。說來又是話長，待小子演述出來。

先是黃巢渡江南下，竄入浙東，中原稍舒盜患。平盧節度使宋威病死，由曾元裕接任，東都亦已解嚴，只東南各道，漸漸吃緊。鎮海節度使高駢，令部將張璘梁纘，分道討巢，連敗巢眾，收降賊將秦彥畢師鐸李罕之等；還有仙芝餘黨曹師雄，寇掠兩浙州縣，杭州募兵使都將董昌等，隨處抵禦，昌部下有臨安人錢鏐，勇敢著名，屢摧賊黨，積功至兵馬使（錢鏐事始此），兩浙少安。巢由浙赴閩，開山路七百餘里，襲擊福州，觀察使韋岫，倉皇失措，棄城出走，眼見得一座閩城，為巢所據。巢貽浙東觀察使崔璆，廣州節度使李迢書，求為天平節度使，二人均為奏請，朝廷不許，僖宗以巢要索無狀，深以為憂。王鐸入奏道：「臣久居相位，不能不分陛下憂，抱愧滋甚，願出督諸將，剿平逆賊。」僖宗甚喜，即命鐸以宰相出鎮荊南，兼南面行營招討都統。鐸復奏調泰寧節度使李係為副使。係為李晟曾孫，徒具口才，實無勇略，鐸因他系出將門，特請為行營副都統，兼湖南觀察使，令率精兵五萬，出屯潭州，截阻嶺北要路。巢又自己上表，乞授廣州節度使。僖宗命大臣會議，俱未能決。時于悰早已還都，受任為左僕射，獨上言廣州濱海，為市舶寶貨所集，豈可畀賊？乃由群臣議定，只許除巢為衛率府率，衛率府率系護衛東宮，執掌兵仗羽衛，不過一個微員。看官試想！這野心勃勃的黃巢，豈肯降心下氣，受此微職麼？當下由朝廷頒給告身，巢擲置地上，大罵執政，且憤憤道：「唐廷不給我廣州，難道我不能往取麼？」隨即鼓眾至廣州，四面架梯，扒城而入；執住節度使李迢，逼使草表，令代掌節鉞。迢慨然道：「我世受國恩，腕可斷，表不可草。」還算硬漢。巢即拔刀割迢兩臂，並截迢頭，且分眾轉掠嶺南州縣。嶺南素多瘴癘，巢眾四處侵擾，不免傳染，日死數人，徒黨勸巢北還，共圖大事。巢乃自桂州編筏，順道湘江，經過衡、永二州，直抵潭州。李系不敢出戰，嚇做一團，巢即日攻陷，大殺戍兵，獨系跳身走免，奔往朗州。腳生得長，卻也是一種技藝。巢黨尚讓，乘勝進逼江陵，眾號五十萬，江陵兵不滿萬人，王鐸料知難守，託詞至山東南道，往會節度使劉巨容，聯兵拒巢，但留部將劉漢宏居守，竟率眾趨襄陽。未見一敵，即已趨避，好一個大都統。漢宏手下，不過三千兵士，多半羸弱無用，索性棄官為盜，焚掠江陵，滿載而去。一個乖似一個。士民都逃竄山谷，天適大雪，殭屍滿野。過了旬日，尚讓始至，據住江陵，漢宏籍隸兗州，歸裡後復出掠中原，為各道兵所攻，始再投誠，這且休表。

且說黃巢聞尚讓得勝，王鐸北遁，遂進兵趨襄陽。山南東道節度使劉巨容，與江西招討使曹全晸同至荊門禦賊，巨容伏兵林中，誘賊入伏，四起奮擊，賊眾大潰，十成中傷亡七八成。巢渡江東走，或勸巨容急追勿失，巨容嘆道：「國家專事負人，事急乃不愛官賞，稍得安寧，即棄如敝屣，或反得罪，不若縱賊遠颺，還可使我輩圖功哩。」負功固朝廷之咎，但既為將帥，何得縱寇殃民？巨容之言大誤。遂按兵不追。全晸卻不肯舍賊，渡江追擊，途次接得朝命，令泰寧都將段彥模代為招討使，於是全晸亦怏怏而還。唐廷以王鐸無功，降為太子賓客分司，又進盧攜同平章事。攜尚薦高駢才，說他能平黃巢，駢將張璘，屢破巢眾，僖宗以攜為知人，所以復用，且調駢為淮南節度使，兼充鹽鐵轉運使。內官以用度不足，奏借富戶及胡商貨財，駢獨上言道：「天下盜賊蜂起，皆為飢寒所迫，只有富戶胡商，尚未至此，不宜再令飢寒，驅使為盜。」僖宗乃止。

原來僖宗遊戲無度，賞賜無節，左拾遺侯昌業，嘗上疏極諫，且斥田令孜導上為非，將危社稷。一番危言篤論，反惹得僖宗怒起，竟召昌業至內侍省，賜令自盡。嗣是越加遊蕩，凡騎射劍槊法算，以及音律蒱博，皆加意研習，務求精妙。最喜蹴踘鬥雞，且與諸王賭鵝，鵝一頭至值五十緡；尤善擊球，嘗語優人石野豬道：「朕若應試擊球進士，必得狀元。」野豬答道：「若遇堯舜做禮部侍郎，恐陛下亦不免駁放。」石優頗知譎諫。僖宗一笑而罷。唯是本性難移，始終不改，更可笑的是擊球賭彩，得勝即選，簡放幾個邊疆大臣出來。中尉田令孜，本姓陳氏，冒宦官姓為田，有兄陳敬暄，嘗業餅師，自令孜得寵，敬暄連類升官，得封神策將軍。令孜見關東群盜，勢日鴟張，陰為幸蜀計，特薦敬暄及私黨楊師立、王勖、羅元杲三人，出鎮蜀中。僖宗令四人擊球賭勝，敬暄得第一籌，即授西川節度使；次為師立，命鎮東川；又次為勖，命鎮興元；元杲最劣，不得遷擢。這種制度，曠古無聞。這等擅長擊球的人物，叫他如何治民？眼見得川陝百姓，活遭晦氣。唯任鄭從讜為河東節度使，尚算得人。先是河東軍亂，戕殺節度使崔季康，僖宗令宰相李蔚，出鎮河東，即用吏部尚書鄭從讜，代蔚為相。蔚戡定河東亂事，整繕軍行，朝旨又將蔚罷去，改命康傳圭接手。傳圭闒茸無能，無術馭眾，又被軍士殺死，置帥如弈棋，安得不亂？乃派從讜為河東節度使。從讜外和內剛，多謀善斷，遇有將士謀亂，輒能預知，先事除去。部將張彥球，亦預亂謀，從讜愛他智勇，且知他事出脅從，特召入慰諭，涕泣與談。彥球不禁感服，願為效死，乃委以兵柄，並奏用王調劉崇龜崇魯趙崇為參佐。均系一時名士，時人號為小朝廷。

同平章事盧攜，因河北粗安，只有江南一帶，為巢蹂躪，特薦高駢為諸道行營都統。駢既接詔，乃傳檄徵各道兵馬，且就近招募丁壯，得兵七萬，威望大振。部將張璘，渡江擊賊，屢破巢軍，降賊將王重霸常宏。巢自饒州退保信州，被璘追至城下，督兵猛攻，巢卒多死。巢乃用金帛賂璘，且致書高駢，悔過乞降，求駢代為保奏。駢欲誘巢前來，復稱如約。適昭義感化義武等軍，俱至淮南，駢恐各軍分功，奏稱賊已窮蹙，即可平定，不煩諸道相助，盡將各軍遣歸。哪知巢刁滑得很，竟向駢告絕請戰。駢再促璘進剿，被巢用埋伏計，將璘擊死，巢勢復振，分兵陷睦婺兩州，再入宣州，自督眾渡江北趨，圍攻天長六合，氣焰甚盛。淮南將畢師鐸諫駢道：「朝廷倚公為安危，今黃巢率數十萬眾，乘勝長驅，若不據險邀擊，令得逾淮而東，必為大患。」駢以張璘已死，諸道兵又復遣還，自思力未能制，不敢出兵，且上表告急。有詔責駢誤事，駢遂稱風痺，不復出戰。詔發河南諸道兵出戍溵水，並敕泰寧節度使齊克讓屯兵汝州，備御黃巢。忠武節度使薛能，遣牙將秦宗權助戍蔡州，又令大將周岌，引兵赴溵水駐紮。會徐州亦派兵三千，至溵水鎮守，道過許州，向能索餉，經能好言勸慰，並加厚待，方得免亂。不意周岌聞亂趨還，夜至城下，襲殺徐卒，且怨能厚待外兵，索性入城逐能，能竟死亂兵手中，岌遂自稱留後，表稱薛能為徐卒所戕，自率兵還城靖難，朝廷亦不暇查究，即令岌繼任忠武節度使。秦宗權到了蔡州，亦將刺史逐去，自掌州事。周岌又表薦宗權為蔡州刺史，亦邀批准。周岌秦宗權同惡相濟，唐廷處置憒憒，無怪亂端迭起。齊克讓恐為岌所襲，引還兗州，諸道兵到了溵水，聞許州不靖，亦皆散去。黃巢遂得率眾渡淮，經過潁宋徐亳一帶，沿途無犯，唯略取丁壯，充作部兵，自稱天補大將軍，移牒各道，勸他各守城寨，勿得攖鋒，本將軍將入東都，順道至京師問罪，與眾無預云云。齊克讓得此牒文，飛章上奏，僖宗大驚，急召宰相等入議。盧攜稱疾不至，豆盧瑑崔沆請發關內兵及神策軍守潼關，田令孜獨倡議幸蜀，且舉玄宗故事為證。別事應從祖制，此事亦應從祖制麼？豆盧瑑亦附和一詞，僖宗不禁泣下，徐語令孜道：「卿且為朕發兵守潼關。」令孜薦左軍騎將張承範，右軍步將王師會，左軍兵馬使趙珂，材可大用。僖宗召見三人，即授承範為兵馬先鋒使，兼把截潼關制置使，師會為制置關塞糧料使，珂為勾當寨柵使。三人拜謝出朝，僖宗復特簡令孜為左右神策軍內外八鎮，及諸道兵馬都指揮制置招討等使，阿父原宜重用，可惜斷送祖基。以飛龍使楊復恭為副。兵尚未出，東都已陷，原來東都留守劉允章，並不拒戰，一俟黃巢入境，即派人恭迎，開城出謁。巢喜溢眉宇，入城勞問，恰也假仁假義，揭榜安民，禁止部下擄掠，閭里晏然。

齊克讓忙上表告急，奏稱黃巢已入東都，臣收軍退守潼關，乞速發資糧及援兵。僖宗亟命張承範等，挑選兩神策軍弓弩手，得二千八百人，率赴潼關。看官試想兩神策軍，多是富家子弟，厚賂宦官，隸名軍籍，平時鮮衣怒馬，從未經過戰仗，一聞出征命令，害得父子聚泣，妻妾牽襟，沒奈何取出私資，專僱坊市貧民，頂替出去。這種受僱的人夫，曉得什麼戰鬥？只為了若干銀錢，勉強充選。承範點齊兵數，入朝辭行，僖宗御章信門樓，親自慰遣。承範進言道：「黃巢擁數十萬眾，鼓行西來，鋒不可當，齊克讓只率饑卒萬人，依託關下，今遣臣率二千餘人，往屯關上，兵力未足，饋餉不繼，臣實覺寒心，還望陛下速促諸道精兵，指日來援，或尚可勉強保守哩。」承範不足為將，但語恰甚是。僖宗道：「卿等且行！朕自當促兵進援。」承範與師會出赴潼關，偕齊克讓駐軍數日，未見餉運到來，援兵亦無一至，很是焦急。那黃巢軍卻漫山遍野，疾驅而來，呼喊聲達數十里。克讓出軍接戰，倒也拚命相爭，自午至酉，士卒饑甚，枵腹如何殺賊，頓時潰散。克讓走入關中，關左有谷，平時禁人往來，專榷徵稅，叫做禁阬，官軍倉猝忘守，潰兵自谷趨入，賊亦隨進，夾攻潼關。承範盡散輜囊，分給士卒，令他拒守，一面飛表告急，催兵及餉，且有諫阻西巡等語。怎奈兵餉未來，賊眾猛撲，勉力固守一日，箭已射盡，賊不少卻。且驅民填塹，積屍塹間，由賊踐屍踰越，縱火焚關，樓俱被毀。承範所率二千餘人，本是不耐久戰，況經此眉急，自然棄械逃生。有一日可支，還是難得。師會自殺，承範易服走還，克讓早已遠去。黃巢入潼關，轉陷華州，留黨目喬鈐居守，自率眾趨長安。唐廷迭接警報，非常驚惶，不得已頒下詔敕，授巢為天平節度使，令他即日蒞鎮。此時巢已痴心為帝，哪裡還肯受命，當然拒絕。僖宗急得沒法，日召宰相等議事。盧攜屢次不赴，乃貶攜為太子賓客分司，另授尚書左丞王徽，戶部侍郎裴澈，同平章事。會承範逃回都中，報稱潼關失守狀，田令孜恐僖宗見責，獨歸咎盧攜，攜仰藥自殺。僖宗至南郊祈天，默求神佑。何必如此，還是擊球有趣。及還朝議政，忽由田令孜入報導：「賊眾來了，陛下不如幸蜀罷！」僖宗大驚道：「有這般事麼？」令孜又道：「臣已召集神策兵五百人護駕，請陛下趕即啟行。」僖宗被他一嚇，慌忙返宮，但挈得妃嬪三人，與福穆潭壽四王（壽王即昭宗，餘俱無考），踉蹌趨出，當由令孜接著，指麾神策兵五百名，擁駕西行，出金光門而去。

看官道賊眾入京，如何這般迅速？原來令孜召募新軍，統是裘馬鮮明，適有鳳翔博野援兵，來至渭橋，見新軍如此華麗，不禁大怒道：「若輩有甚功勞，反令我輩凍餒？」遂掠奪新軍衣服，出為賊眾嚮導，亟趨京師。京中無主，軍士及坊市人民，競入府庫，盜取金帛。百官始知車駕西行，有幾個出城追去，餘多手足失措，不知所為。到了日晡，黃巢前鋒將柴存入都，金吾將軍張直方，與群臣迎賊灞上，巢乘黃金輿，戎服兜鍪，昂然直入。徒黨皆華幘繡袍，乘著銅輿，隨在後面。騎士數十萬，多半被發執兵，緊緊跟著。所有輜重，自東都至京師，千里相屬，都民夾道聚觀，賊眾見他衣衫襤褸，便分給金帛。且由尚讓曉示道：「黃王起兵，本為百姓，非為李唐不愛爾曹，爾曹但安居無恐！」人民頗相率歡呼。及巢入春明門，升太極殿，有宮女數千人迎謁，拜稱黃王。這是濁亂宮闈之報。巢大喜道：「這真是天意了。」遂派黨目守住宮廷，自己出居田令孜宅，還不過自稱將軍，申明軍律，約束徒眾。過了數日，賊黨漸漸恣肆，四出騷擾，既而焚掠都市，殺人滿街，見有富家貴閥，越覺逞情搜掠，任意淫戮。做官發財者其聽之。巢亦不能禁止，嗣見勸進文牘，聯翩遞入，索性一不做，二不休，大殺唐家宗室，至無噍類。於是挈眷入宮，自稱大齊皇帝，即位含元殿，畫皂繒為袞衣，擊戰鼓數百，權代樂音，列長劍大刀為衛，大赦天下，改元金統。凡唐官三品以上，悉令罷職，四品以下守官如故。因自陳符命，謂：「廣明二字，隱兆瑞讖，唐去醜口，易一黃字，見得黃當代唐，明字是日月相拚，黃家日月，一覽可知。」又黃為土金所生，因號金統，立妻曹氏為皇后，拜尚讓趙璋崔璆楊希古為宰相，鄭漢璋為御史中丞，李儔黃諤尚儒為尚書，孟楷蓋洪為左右僕射，王播為京兆尹，許建米實劉塘朱溫張全彭攢季逵等為諸將軍。朱溫碭山人，少孤且貧，與兄存昱依蕭縣劉崇家，崇嘗加侮辱，崇母獨申戒道：「朱三非常人，汝等宜優待為是。」後來溫入巢黨，遂為巢將，朱溫將篡唐為帝，故特別表明。巢命溫屯東渭橋，守禦唐師。又徵召唐室大臣，令詣趙璋處報名，仍復原官。大臣多不敢出報，乃大索裡閭。宰相豆盧瑑崔沆等，避匿張直方家，直方已為巢臣，唯友情尚篤，所以容納公卿，藏匿複壁，不料被巢察覺，發兵攻入，搜得豆盧瑑崔沆等數人，一併梟斬，連直方亦被誅夷。誰叫他首先迎賊。將作監鄭綦，庫部郎中鄭系，義不從賊，舉家自殺。賊發盧攜屍，戮諸市曹。左僕射于悰，右僕射劉鄴，太子少師裴諗，御史中丞趙濛，刑部侍郎李湯，匿居民間，都被搜斬。于悰妻廣德公主，見悰被殺，執住賊刃，慨然道：「我是唐室女，誓與於僕射同死。」賊不加詰問，抽刀砍去，可憐一位賢德公主，也隨於駙馬同逝黃泉。小子有詩讚道：

巾幗猶知不惜生，殉夫殉國兩成名。
長安不少名門女，誰及當時公主貞？

巢既僭號長安，且遣尚讓等寇鳳翔，追趕僖宗。欲知僖宗蒙塵情狀，待至下回再詳。

黃巢渡江而南，中原已經解嚴，北方可稍紓寇患，所賴高駢一人，鎮守淮南，截住寇蹤。駢將張璘，勇冠一時，屢破賊眾，假使巢在饒信時，駢率諸道兵，戮力攻巢，則巢易就擒，大盜可立平矣。奈何墮巢詭計，兼起私心，遣歸外兵，致喪良將，後且逍遙河上，任賊長驅，故劉巨容之縱寇，已不勝誅，駢身膺都統，誤國若是，罪不較巨容為尤甚乎？巢渡淮入關，如入無人之境，僖宗但恃一田令孜，而令孜尤為誤國大蠹，倡議幸蜀，倉皇出走，卒致逆巢入都，僭號稱尊，宗室無噍類，都市成灰燼，誰為厲階，釀成此劫乎？故觀於黃巢之亂，而益嘆僖宗之不明。

第九十三回　奔成都誤寵權閹　復長安追殲大盜

卻說田令孜擁駕西行，日夜賓士，不遑休息。趨至駱谷，適鄭畋出鎮鳳翔，迎謁道左，請僖宗留蹕討賊。僖宗道：「朕不欲密邇巨寇，且西幸興元，徵兵規復，卿可糾合鄰道，勉立大功。」畋知僖宗不肯留蹕，乃啟奏道：「道路梗澀，奏報難通，陛下委臣恢復，還請假臣兵權，便宜從事。」僖宗允諾，住了一宵，復啟蹕向興元出發。畋送至十里外而還，乃召集將佐，會議拒賊，將佐齊聲道：「賊勢方熾，且徐俟兵集，再圖恢復。」畋勃然道：「諸君欲畋臣賊麼？」道言未絕，氣向上沖，暈僕地上。經將佐扶救入寢，用藥灌飲，好多時才得甦醒，但身子不能動彈，口亦不能出聲，只是涕泣交下。忠義可敬。將佐見畋情狀，不禁天良發現，願效驅馳。畋用手點額，且麾令暫退。次日將佐等復入問疾，畋尚未能言，將佐嘆息而出。忽由監軍袁敬柔，召將佐會議，將佐應召而往，但見監軍陪著一位賊使，盛筵相待，音樂鏗鏘，大家不勝驚愕。那袁敬柔恰宣言道：「現在新天子頒下敕書，我等理應申謝，只因節使風痺，由我代為署名，草呈謝表。」說到表字，將佐忽發哭聲，霎時間淚灑一堂。賊使驚問何故？幕賓孫儲道：「節使風痺，不能延客，所以大眾生悲呢。」賊使亦覺掃興，宴畢即去。當有人報知鄭畋。畋躍起床上，不覺發言道：「人心尚未厭唐，賊從此授首了。」前此不言，恐系做作，但藉此感勵將士，雖詐亦忠。遂刺指出血，寫就表文，遣親將齎詣行在，再召將佐喻以順逆，眾皆聽命，復歃血與盟，然後完城塹，繕器械，訓士卒，密約鄰道，合兵討賊。有聲有色。

各道兵慕義向風，依次趨集。尚有禁軍分鎮關中，不下數萬人，亦皆響應，來會鳳翔。畋散財犒眾，士氣大振。巢相尚讓，率眾往攻，由畋將宋文通帶領各軍，一鼓殺退。讓敗歸報巢，巢再遣部將王暉，齎書招畋。畋扯碎來書，殺死王暉，又令子凝績報捷行在。僖宗早至興元，詔令諸道出兵，收復京師。義成節度使王處存，涕泣入援，且遣千人從間道赴興元，扈衛車駕。河中節度使王重榮，本已向巢通款，巢遣使征發，幾無虛日。重榮語眾道：「我本思屈節紓患，哪知反苦我吏民，此賊不除，如何得安？」乃將巢使一併殺死，整兵拒賊。巢遣朱溫進攻，經重榮慷慨誓師，大破溫眾，奪得糧仗四十餘船，遂遣使與王處存結盟，引兵出屯渭北，一面向行在告捷。僖宗在興元過了殘年，越年元旦，改廣明二年為中和元年，從官因捷書屢至，相率慶賀。僖宗欲駐駕興元，靜俟規復，偏田令孜以儲峙不豐，堅勸僖宗幸蜀。西川節度使陳敬暄，亦遣步騎三千奉迎，僖宗乃轉趨成都，由敬暄迎入城中，借府舍為行宮。會兵部侍郎蕭遘，及太子賓客分司王鐸，先後馳抵行在，僖宗俱命為同平章事。裴澈由賊中自拔來歸，亦得官兵部尚書。且恐南詔乘隙入寇，遣使招撫，願與和親。更命高駢為東面都統，促使討巢。還要用他。加河東節度使鄭從讜兼侍中，守前行營招討使，特任鄭畋為京城四面諸軍行營都統，所有蕃漢將士，赴難有功，悉聽畋墨敕除官。畋奏調涇原節度使程宗楚為副都統，前朔方節度使唐弘夫為行營司馬，傳檄四方，徵兵討賊。

黃巢再遣尚讓，率眾五萬，進寇鳳翔，畋使唐弘夫伏兵要害，自督兵數千人，出陣高崗，多張旗幟，誘賊來攻。賊本書生視畋，料無將略，更見他據岡列陣，適犯兵忌，遂貪功競進，鼓行而前。群賊爭先恐後，無復行伍，趨至龍尾陂，被弘夫橫擊而出，衝斷賊兵。賊眾前後不及顧，彼此不相救，正覺得心慌意亂，招架為難。畋又麾兵趨下，奮呼殺賊，賊腹背受敵，且不知畋軍多寡，總道有無數雄師，覆壓下來，頓時東奔西竄，情急求生。哪知逃得越快，死得越多，淩藉了半日餘，把頭顱拋去了二萬多顆。尚讓倉皇走脫，遁歸長安。

唐弘夫得此人勝，遂由程宗楚唐弘夫等，追賊至都，且檄河中節度使王重榮，義成節度使王處存，權知夏綏節度使拓跋思恭，並為後應。大家興高采烈，趨集長安城下。尚讓已經入城，報知黃巢，巢聞官軍大至，無心固守，即率眾東走。程宗楚自延秋門殺入，唐弘夫繼進，王處存也率銳卒五千，魚貫入城，坊市人民，歡撥出迎，或取瓦礫擊賊，或拾箭械奉給官軍，不到一夕，已是全京恢復，無一賊兵。宗楚恐諸將分功，不欲通報外軍，但令軍士釋甲，就宿第舍。軍士尚未肯安枕，掠取金帛妓妾，恣意圖歡。王處存令部兵首系白巾為號，坊市無賴少年，也模仿軍裝，冒充名號，掠奪良民。卻是自己尋死。賊眾露宿灞上，詗知官軍不整，且無後軍相繼，即引兵還襲，掩入都門。宗楚弘夫，未曾防備，驀聞賊眾又至，倉猝出戰。軍士方挾金帛，擁妓妾，分居取樂，一時不及調集，可憐宗楚弘夫二人，手下只有數百名士卒，不值賊眾一掃，兩人亦相繼陣亡。貪功喪軀，可作殷鑑。王處存急召集部眾，出城還營。黃巢復入長安，恨人民迎納官軍，縱兵屠殺，流血成川，他卻取出一個新名目，叫做洗城。各道官軍聞報，一併退去，賊勢益熾，上巢尊號，稱為承天應運啟聖睿文宣武皇帝。

代北監軍陳景思，方率沙陀酋長李友金等，入援京師，到了絳州，將要渡河，絳州刺史瞿稹，亦沙陀人，迎白景思道：「賊勢方盛，未可輕進，不若且還代北，募兵數萬，方可進行。」景思乃與稹同還雁門，招兵勤王，逾旬得三萬人，統是北方雜胡，獷悍暴橫，稹與友金不能制。友金系李克用族父，欲乘此召還克用父子，即勸景思拜表奏功，請赦克用父子罪，令他入統代北軍士，立功贖愆。景思依言代奏，有詔依議。友金遂率五百騎士，齎詔至韃靼，赦還克用父子。克用甚喜，即率韃靼諸部萬人，入屯雁門。克用移牒河東，說是奉詔討巢，令招討使鄭從讜，具給資糧，一面進兵汾東。從讜恐克用尚有異心，特閉城裝置，不應所請。克用自至城下大呼，求與從讜相見。從讜乃登城與語，許給錢米，待克用退去，遣人運給錢千緡米千斛。克用意尚未足，還陷忻代二州，遂在代州留駐，按兵不發。東面都統高駢，雖出屯東塘，移檄討賊，但也口是心非，遷延觀望。鄭畋自宗楚等喪師長安，聲威挫失，僖宗加封司空，兼同平章事，都統如故，仍令他銳圖恢復，怎奈畋有志未逮，徒喚奈何！

忠武節度使周岌，已奉表降巢，監軍楊復光，頗具忠忱，與岌嘗有違言。一日，岌正夜宴，邀楊預席，左右進言道：「周為賊臣，恐不利監軍，不如勿往！」復光搖首道：「事已如此，義不苟全。」即毅然前往，入席與飲。酒至半酣，岌語及唐事。復光泣下，良久與語道：「大丈夫感恩圖報，見義勇為，公自匹夫為公侯，奈何舍十八葉天子，甘心臣賊呢？」岌亦忍不住淚，徐徐答道：「我不能獨力拒賊，所以陽奉陰違，今日召公，正為此事。」復光立即起座，瀝酒與盟，難得有此義閹。且因巢使方去，即遣養子守亮，追往驛館，殺斃巢使。當下出召兵士，調集三千人，親自帶領，徑詣蔡州。蔡州刺史秦宗權，素來跋扈，不從岌命，復光入城，勉以大義，宗權也覺心折，遣將王淑率兵三千，隨復光往擊鄧州。鄧州正為巢將朱溫所陷，所以引兵急攻，王淑雖然從行，途次一再逗撓，被覆光數罪處斬，並有淑眾。乃再召忠武牙將鹿晏弘晉暉王建韓建張造李師泰龐從等至軍，進破朱溫，攻克鄧州，逐北至藍橋，方收軍還鎮（王建事始此）。黃巢遣黨目王玫為邠寧節度使，邠州鎮將朱玫起兵誅賊，推別將李重古為節度使，自率部眾討巢，出屯興平，與巢將王播接戰，失利而退，返屯奉天（為下文謀逆伏案）。

僖宗寓居成都，已是半年，因各道軍勝負不一，終未能規復長安，他也不免焦煩。但終信任一田令孜，令為行在都指揮處置使，又由令孜倚畀陳敬，拜他為相。敬瑄奏遣西川左黃頭軍使李鋋，往討黃巢。還有右使郭琪，留衛成都，令孜犒賞扈駕諸軍，嘗從優給，獨不及西川軍。琪因誘眾作亂，焚掠坊市，令孜奉僖宗保東城，閉門登樓，命諸軍擊琪。琪突圍夜走，渡江奔廣陵，往依高駢。令孜驕橫益甚，蔑視宰相，所有軍國大事，但由令孜處決，宰相不得與聞。先是宦官權重，分宮廷為南北兩司，北司屬內侍，南司屬宰相，兩權分峙，及令孜專政，北司權過南司。左拾遺孟昭圖痛心闇禍，憤然上疏，略云：

治安之代，遐邇猶應同心；多難之時，中外尤當一體。去冬車駕西幸，不告南司，遂使宰相以下，悉為賊所屠，獨北司平善。前夕黃頭軍作亂，陛下獨與田令孜及諸內臣，閉城登樓，並不召宰相入商，翌日亦不聞宣慰朝臣，臣備位諫官，至今未知聖躬安否，況疏冗乎？夫天下者，高祖太宗之天下，非北司之天下。天子者，九州四海之天子，非北司之天子。北司未必盡可信，南司未必盡無用，豈天子與宰相，了無關涉？朝臣皆若路人，臣恐收復之期，尚勞宸慮。尸祿之士，得以宴安。臣躬被寵榮，職司補袞，雖遂事不諫，而來者可追，還願陛下熟察！

這疏呈將進去，田令孜屏匿不奏，反矯詔貶昭圖為嘉州司戶。昭圖去後，又遣人擠溺蟆頤津，一道忠魂，竟歸水窟。足令閱者髮指。自是天愈怒，人愈亂，靖陵雨血，河東霜殺禾，流星如織，或大如杯碗，隕落成都，這是天怒的見端。至若亂端蜂起，更不勝述，最關緊要的是感化軍牙將時溥，逐殺節度使支祥，納賂令孜，即頒詔令溥為留後。壽州屠夫王緒，與妹夫劉行全，聚眾五百，也居然倡亂，盜據壽州，轉陷光州。秦宗權反保奏他為光州刺史，固始縣佐王潮及弟審邽審知，皆以材氣知名，願為緒用。屠狗果出英雄，居然高坐黃堂，驅使名士(王潮事始此)就是鳳翔節度使，兼京城四面諸營的鄭司空，也為行軍司馬李昌言所圍。鄭畋登城詰問，眾皆下馬羅拜道：「相公原不負我曹，但糧饋不繼，飢寒交迫，不得已出此一舉。」畋嘆息道：「汝等願從司馬，司馬若能戢兵愛民，為國滅賊，我情願讓主軍務，但望司馬勿負我言。」昌言許諾。畋即開城自去，奔赴行在。畋亦如此，大殺風景。詔降畋為太子少傅分司，授李昌言鳳翔節度使，時溥為感化節度使，令討黃巢，且屢促高駢進兵。

駢與鎮海節度使周寶，同出神策軍，相待如兄弟，及封壤相鄰，屢爭細故，遂與有隙。駢檄寶入援，寶知駢無真意，亦不應召，駢遂表稱寶將為患，不便離鎮，竟罷兵還府。首相王鐸，聞駢無心討賊，乃發憤請行，泣涕面奏。僖宗乃命鐸為諸道行營都統，權知義成節度使，得便宜行事，罷高駢都統職銜，但領鹽鐵轉運使。中和二年正月，王鐸自成都啟行，奏舉太子少師崔安潛為副都統，忠武節度使周岌，河中節度使王重榮為左右司馬，河陽節度使諸葛爽，宣武節度使康實為先鋒使，感化節度使時溥，為催遣綱運租賦防遏使，右神策觀軍容使西門思恭，為諸道行營都監。又令義成節度使王處存，鄜延節度使李孝昌，夏綏節度使拓跋思恭，為京城東西北三面都統，授楊復光為左驍衛上將軍，兼南面行營都監使，且賜號夏州軍為定難軍，鄜坊軍為保大軍，共趨關中。行在一方面，覆命鄭畋為司空，兼同平章事。畋等議撤去高駢鹽鐵轉運使，但加給侍中虛銜，以示籠絡。駢既失兵柄，又解利權，遂攘袂大詬，上表詆毀朝廷。僖宗令畋草詔切責，駢因與朝廷決絕，不通貢賦。

王鐸會同諸道兵馬，進逼黃巢。巢將朱溫，方署同華防禦使，屢向巢請兵，捍禦河中。巢因官軍四逼，糧匱兵空，急切無從調遣。溫知巢勢日蹙，變計歸唐，遂向王重榮通款，殺死監軍嚴實，舉州歸降。重榮申告王鐸，鐸令溫署同華節度使，且替溫奏乞官階。有詔授溫為河中行營招討副使，賜名全忠。種一絕大禍根。是時各道兵皆趨集關中，唯平盧不至，平盧節度使安師儒，為牙將王敬武所逐，自稱留後，奉款附巢。王鐸遣判官張浚往說道：「人生應先曉逆順，次知利害，黃巢系一販鹽虜，試問公叛累代帝王，覥顏事賊，究有何利？今天下各道兵馬，競集京畿，獨淄青不至，一旦賊平，天子反正，公等有何面目見天下士？」敬武竦然起謝，即發兵數千，隨浚西行。唯各道軍尚畏賊焰，未敢輕進。王重榮商諸都監楊復光，復光請召李克用，且言：「克用觀望，系與鄭從讜有嫌，若以朝旨喻鄭公，令與修好，料克用必肯前來，定可平賊。」鐸用墨敕召李克用，並諭鄭從讜。從讜不得已貽克用書，勸令釋嫌報國。克用因率兵四萬，進趨河中。部兵皆著黑衣，沿途疾行如飛，勢甚慓悍，賊黨望塵卻走，私相告語道：「鴉子軍到了，快逃生罷！」賊運已衰，故見克用軍愈覺生畏。王鐸奏請授克用為雁門節度使，克用受命，特別踴躍。中和三年正月，進擊沙苑，大破巢弟黃揆，直搗華州。鐸再向行在請命，授克用為東北面行營都統，楊復光為東面都統監軍使，陳景思為北面都統監軍使。僖宗已經允議，頒詔施行，偏田令孜欲歸重北司，謂：「鐸討黃巢，日久無功，幸得楊復光計議，始召沙陀兵破賊，鐸不勝重任，應飭令赴義成軍，罷去兵柄。」僖宗奉命維謹，但教阿父如何主張，無不樂從。好一個宦官孝子。遂詔命王鐸赴鎮，任令孜為十軍十二衛觀軍容使。

會魏博節度使韓簡，與巢相應，寇掠鄆州及河陽。牙將樂行逢誅簡，還鎮上表，詔令為留後，尋加節度使，賜名彥楨。成德節度使王景崇卒（景崇系元逵孫），子熔年僅十齡，嗣為留後，詔授檢校工部尚書，命發粟濟師。李克用得熔輸粟，士飽馬騰，圍攻華州。黃巢遣尚讓往援，克用與王重榮，同率軍邀擊零口，大敗尚讓，尚讓遁去，克用遂進軍渭橋。忠武將龐從，河中將白志遷等，率軍繼進，黃巢亦傾眾出來，至渭橋攔截官軍。克用躍馬構槊，領沙陀兵充當頭陣，無堅不摧，任他逆巢是百戰悍賊，見了克用，亦嚇退三舍。龐白兩將，也不肯落後，奮勇殺賊，賊眾三卻三進，官軍三戰三捷，更有義成義武諸軍，陸續殺到，賊黨方才大奔。寥寥數語，已寫盡當日大戰。克用等追薄城下，猛撲一晝夜，次日由光泰門殺入。黃巢巷戰又敗，焚去宮闕，出都遁去，擒住巢相崔璆，餘眾半死半降。巢出都後，恐官軍追躡，沿途散擲珍寶，以賂官軍。官軍果然爭取，不願追賊，巢得遠遁。

楊復光遣使告捷，百官入賀，詔留忠武等軍二萬人，居守京師，飭將巢相崔璆，就地處斬；加李克用朱玫，及保大軍節度使夏侯迼，同平章事。升陝州為方鎮，命王重盈為節度使，又建延州為保塞軍，即命保大軍司馬李孝恭為節度使，各道鎮帥中，唯克用年二十八，最號少壯，破黃巢，復長安，功居第一，兵亦最強。克用一目微眇，時人稱為獨眼龍。諸軍入京，乘機四掠，無異賊眾。長安民居，所存無幾，好好一座首都，除四圍城牆外，幾成一片瓦礫場。回首當年，唏噓欲絕。各軍亦不願久留，或歸鎮，或追賊。

巢自藍田入商山，使驍將孟楷往擊蔡州，秦宗權出戰不利，竟背唐降巢。陳州刺史趙犨，聞蔡州降賊，料知陳州必先被兵，亟繕城掘濠，募兵積粟，令弟昶珝及子麓林，分率兵士，出守項城要路，四面埋伏，專待賊眾到來。果然賊將孟楷，移兵進攻，行至項城，恃勝無備，趙昶趙珝等一齊殺出，立斬孟楷，且將餘賊掃盡無遺。

巢得敗報，不禁大怒，即與秦宗權合兵，圍攻陳州，掘塹五重，百道攻撲。犨慨諭兵士，誓死固守，有時覷賊少懈，即引銳卒開城出擊，殺賊甚多。巢益大憤，紮營州北，為久持計。且掠人為糧，生投碓，並骨取食，號為舂磨寨。犨一面拒賊，一面向鄰鎮乞援。朱全忠方受命鎮宣武軍，邀同周岌時溥，引兵援陳，至鹿邑殺敗賊黨，嗣因巢奮力與鬥，勢且不支，因轉向李克用告急。克用方出爭昭義，一時無暇移師，至中和四年，告急書連番迭至，乃引蕃漢兵五萬，往救陳州。陳州被圍，幾三百日，趙犨兄弟，與賊大小數百戰，艱苦備嘗，終不少懈。極寫趙犨。至克用進援，擊敗賊將尚讓，巢始解圍趨汴。尚讓且率敗兵五千，轉逼大梁。全忠又致書克用，請他速援。克用追賊至中牟，乘賊渡河，逆擊中流，殲賊萬餘人。尚讓窮蹙請降，巢逾汴北走，克用窮追不捨，至封邱殺賊數千，至兗州又殺賊數千，追至冤句，巢已遠颺。俘巢幼子及乘輿服器等物，並賊所掠男女萬餘名。克用因裹糧已罄，盡將男女遣散，自回汴州。命尚讓再行追巢。巢手下只有千人，走保泰山。時溥又遣將陳景瑜，與尚讓窮追至狼虎谷。巢屢戰屢敗，自知難免，顧甥林言道：「我本意欲入清君側，洗濯朝廷，事成不退，原我自誤；汝可取我首獻天子，保得富貴。」你亦自知悔麼？言尚不忍下手，巢自刎不殊，氣已垂絕。言乃把巢首砍下，並斬巢兄弟妻子，函首往獻時溥，途次為博野沙陀軍所奪，且將言首一併取去，送至溥軍。溥復派兵搜狼虎谷，得巢姬妾數十人，並巢首齎獻行在。共計巢自倡亂至敗亡，共歷十年，殺人無算，好算是古今一大浩劫。唐室宗社，雖幸得尚存，也已保全無幾了。小子有詩嘆道：

連年寇賊釀兵災，父老相傳話劫灰。
巢賊殺人八百萬，至今追憶有餘哀。

巢首獻至行在，僖宗御樓受俘，一切詳情，容後再詳。

鄭畋倡義於先，功將成而忽敗，李克用赴援於後，兵一奮而即成，非畋之忠義，出克用下也。畋以書生掌戎政，借一時之鼓勵，號召諸軍，程宗楚唐弘夫等，挾銳入都，一得手而即貪功弛備，復為賊乘，兩將戰死，餘軍不振，畋雖孤忠，究系儒者，徒憑意氣以為感召，安能久持不敝乎？克用以新進英雄，奉詔討賊，才足以御眾，勇足以制人，而諸軍又不足以牽制之，故一舉而復京都，再舉而殲逆賊，事半功倍，遊刃有餘，蓋求人者難為功，求己者易為力也。餘子碌碌，因人成事，王鐸兩出統軍，始未戰而即遁，繼大舉而仍無功，雖無田令孜之嫉忌，亦非真有專閫才。而昏庸如僖宗，驕橫如田令孜，更不值齒數焉。

第九十四回　入陷阱幸脫上源驛　劫車駕急走大散關

卻說僖宗聞巨寇已平，獻入巢首，即御大玄樓受俘，當命將巢首懸示都門。至黃巢姬妾等，跪在樓下，約有二三十人，僖宗望將下去，統是花容慘澹，玉貌淒惶，美人薄命，天子多情，倒也動起憐香惜玉的意思來了，當下開口宣問道：「汝等皆勛貴子女，世受國恩，如何從賊？」這句話由上傳下，總道必是叩首乞憐，便好藉此開恩，充沒掖廷，慢慢兒的召幸，誰知跪在前面第一人，舉首振喉道：「狂賊凶悖，國家動數十萬大眾，不能剿除，竟致失守宗祧，播遷巴蜀，試想陛下君臨宇宙，撫有萬乘，尚且不能拒賊，乃反責一女子，女子有罪當誅，滿朝公卿將相，應該從何處置？」強詞頗足奪理。僖宗聽了，不禁變憐為嗔，易愛成怒，即傳諭左右，概令處斬，自己返駕入宮。可憐那數十個美人兒，只為那一念偷生，屈身從賊，終難免刀頭一死。臨刑時，吏役多生憫惜，爭與藥酒，各犯且泣且飲，統皆昏醉，獨為首的婦女，不飲不泣，毅然就刑。前後總是一死，何不決死前日。刀光閃處，螓首蛾眉，都成幻影，不必細說。色即是空。

且說李克用回軍汴州，朱全忠開城出迎，固請克用入城，就上源驛作為客館，款待甚優，饌具皆豐，音樂畢備。克用少年好酒，免不得多飲數杯，醉後忘情，言多必失。全忠更假意謙恭，克用卻一味倨傲，於是全忠挾嫌生忿，遂起了一片毒心，欲將克用置諸死地。克用不無小過，全忠何竟太毒？是晚，宴犒克用兵士，統令部將勸酒，灌得他酩酊大醉。全忠返室，召部將楊彥洪入商，議定一策，密令兵士至大路間，聯車豎柵，塞住不通，一面發兵圍攻上源驛，呼聲動地。克用醉臥方酣，毫不覺悟，帳外親卒，只有薛志勤史思敬等十餘人，已是驚醒，猛聞汴兵殺入，料知有變，亟持械出鬥，獨留郭景銖入內，喚醒克用。景銖叫了數聲，並不見答，忙將克用掖置床下，用水沃面，才解去克用睡魔，報知禍事。克用始張目援弓，起身外出，志勤見克用出來，亟拈弓發矢，射斃汴兵數人，欲奪走路。怎奈汴兵縱起火來，煙焰四合，迷住雙目，忍不住叫起苦來。老天卻還保全克用，竟雷電交作，大雨傾盆，把煙焰撲滅無餘，但黑沉沉的罩住驛門。克用酒意未消，尚是支撐不定，幸經志勤見機奮勇，扶住克用，招呼左右數人，逾垣突圍，趁著電光隱現，覓路急走。汴兵扼橋守住，由志勤力戰得脫，史思敬孤身斷後，竟至戰死。志勤保護克用，登尉氏門，縋城得出。監軍陳景思手下三百餘人，本與克用同入汴城，至此均為所害。枉死城中，卻多了一班枉死鬼。朱全忠聞克用得脫，忙與楊彥洪乘馬急追，彥洪語全忠道：「胡人急必乘馬，節使如見有乘馬胡人，便當急射，休使走脫！」全忠點首應諾，相偕出城。彥洪見前面有人走動，飛馬急追。全忠落後，因天黑不能辨認，錯疑彥洪是沙陀將士，一箭立殪，這是該死。那克用卻早已遠遠颺去了。

克用妻劉氏，頗多智略，隨克用駐軍營。克用左右，倉皇奔歸，說是汴人為變，上下盡死。劉氏聲色不動，竟把還兵殺斃，隱召大將入議，令約束全軍，翌日還鎮。到了天明，克用走歸，欲勒兵往攻全忠，為雪恨計。劉氏道：「君為國討賊，救人急難，今汴人不道，隱謀害君，君當上訴朝廷，剖明曲直，若遽舉兵相攻，反致曲直不明，彼轉有所藉口了。」說得甚是。克用乃引兵北返，移書責問全忠。全忠覆書，託言前夕兵變，僕未預聞，朝廷自遣使臣，與楊彥洪密議，彥洪已經伏罪，請公諒察！既經歸咎彥洪還要架誣朝廷，凶狡尤甚。克用明知是假，懷恨不平。及返至晉陽，即表陳：「朱全忠負義反噬，命幾不保，監軍陳景思以下，枉死三百餘人，乞即遣使按問，發兵討罪！」僖宗得見此表，不禁大駭，暗思黃巢伏誅，方得少息，怎可再啟兵端？乃與宰相等熟商，頒詔和解。克用不肯伏氣，表至八上，極言全忠包藏禍心，他日必為國患，乞朝廷削他官爵，委臣率本道兵往討，得除禍首，才免後憂。僖宗仍然不從，但遣中使楊復恭等傳諭，說是事變甫定，卿當力顧大局，暫釋私嫌。克用勉強遵旨，心下總是未懌，乃大治兵甲，密圖報怨。

他有養子嗣源，本系胡人，名必佶烈，年方十七，克用愛他驍勇，養為己子。上源一役，嗣源跟著克用，護翼出城，身冒矢石，獨無所傷，因此益得克用愛寵，委以軍務。還有韓嗣昭張嗣本駱嗣恩張存信孫存進王存賢安存孝七人，俱系少年多力，願為克用養子，冒姓李氏，當時號為義兒，分統部眾。克用又奏請令弟克修鎮潞州，潞州本系昭義軍屬境。昭義迭經兵變，屢篡主帥，自孟方立得受旌節，因潞州地險人勁，意欲遷地為良，改就邢州為治所，潞人不悅，潛向李克用處乞師。克用正戰勝黃巢，因遣弟克修等攻取潞州，且爭邢洺磁三州地。嗣因朱全忠等，一再乞援，乃移師至汴(補前回所未詳)，此次樂得奏請，朝廷不敢不允，即命克修鎮潞，唯此後分昭義為二鎮，澤潞為一區，邢洺磁為一區。克修管轄澤潞二州，克用又晉爵隴西郡王。中使楊復恭往返數次，勸慰克用，克用暫按兵不發。復光即復恭兄，復光自收復長安，即致病歿，軍中慟哭，累日不休。唯田令孜忌他威名，聞訃甚喜，且因復恭曾司樞密，屢與齟齬，即降復恭為飛龍使。幸僖宗素寵復恭，仍然倚任，所以復恭尚得自全。

復光麾下八都將，即前回所述忠武牙將鹿晏弘等。各率步兵散去。忠武將鹿晏弘，託言西赴行在，所過殘掠，到了興元，逐去節度使王勖，自稱留後。僖宗聞報，亦無可奈何。並有東川節度使楊師立，居然謀變，獨移檄行在及諸道，歷數陳敬暄十罪，也以入清君側為名，造起反來。一擊球鎮將被逐，一擊球鎮將造反，確是優劣不同。這造反的原因，係為邛州牙官阡能，因公事違期，亡命為盜，聚眾萬人，橫行邛雅。餘盜羅渾擎勾胡僧羅夫子韓求等，群起響應，官軍往討，屢為所敗。因恐上司見罪，往往掠取村民，充作俘虜。西川節度使陳敬暄，不問是非，捕到即斬，於是村民亦逃避一空，或反趨附盜巢，遂致盜黨益盛。峽賊韓秀升屈行從等，又霸占三峽，騷擾民間。陳敬暄乃遣押牙官高仁厚，為都招討指揮使，出討阡能。仁厚謀勇兼優，六日即平五賊，即上文所述羅渾擎等。歸報敬暄。敬暄大喜，保奏仁厚為行軍司馬，再令出討峽路群賊，臨行時且語仁厚道：「此去得成功回來，當為代奏，以東川旌節相酬。」仁厚謝別至峽，焚賊寨，鑿賊船，賊眾窮蹙，執秀升行從以降。仁厚械送二犯，獻至行在，按律梟首，不勞細說。唯東川節度使楊師立，聞敬暄語，將以東川賞功，好好一個大官，怎肯甘心讓人？當然起了怨謗，傳入敬暄耳中。敬暄轉告田令孜，令孜召師立為僕射，師立越加憤迫，竟將令孜所遣的朝使，一刀殺死，並殺東川監軍，發兵進屯涪城，聲討敬暄。敬暄復薦仁厚為東川留後，令孜討師立。仁厚至鹿頭關，與師立部將鄭君雄接仗，用埋伏計，殺敗君雄。君雄退保梓州，仁厚進攻不下，乃作書射入城中，但言師立元惡，應加誅戮，餘皆不問。君雄遂引眾倒戈，返攻師立，師立惶急自殺，由君雄入梟師立，取了首級，出獻仁厚。仁厚傳首行在，有詔授仁厚為節度使，安鎮東川。

田令孜陳敬暄二人，既得平亂，權焰益張，令孜為判官吳圓求郎官，鄭畋不許，敬暄自恃有功，欲班列宰相上首。畋援例指斥，謂使相品秩雖高，向來在首相下，不得上僭。兩人遂交譖鄭畋，罷畋為太子少保，以兵部尚書裴澈代相。令孜敬暄，益肆行無忌，索性挾制天子，任所欲為。降賊叛唐的秦宗權，縱兵四出，侵掠汴州，朱全忠與戰不利，向天平軍乞援。急則求人，寬則噬人，乃是朱三慣技。天平軍節度使朱瑄，本為天平牙將，署濮州刺史。節度使曹全晸，與兄子存實，當黃巢叛亂時，先後陣亡，幸瑄入守鄆州，擊退賊眾，因功拜節度使，有眾三萬人，既接全忠來牘，乃遣從弟瑾赴汴救急。瑾至合鄉，破宗權兵，宗權退去，汴州解嚴。朱全忠出城犒軍，厚待朱瑾。及瑾告別，託致瑄書，與瑄約為兄弟。靠不住。宗權旁寇他鎮，到處焚掠，殘暴比黃巢尤甚，北至衛滑，西及關輔，東盡青齊，南出江淮，均被蹂躪，千里間不見煙火。還有鹿晏弘據住興元，仍麾眾四擾，王建韓建張造晉暉李師泰等，也率眾相從，不過因晏弘好猜，眾心未曾固結。田令孜遣人招誘，王建等率眾數千，奔詣行在，拜令孜為義父，各得封諸衛將軍，受了朝命，往攻晏弘。晏弘棄去興元，轉陷襄州。山東南道節度使劉巨容，倉皇出走，逃往成都。前在荊門破黃巢，頗有智略，唯縱寇勿追，大為失計；此次未戰即潰，想是天奪其魄。巨容有煉汞成銀的祕方，田令孜向求不得，竟將巨容害死，並至滅族。那晏弘得了襄陽，旁掠房鄧，轉寇許州。忠武節度使周岌，也棄城遁去。又是一個逃將軍。晏弘引眾入城，自稱留後。僖宗方擬回蹕，恐沿途不靖，有礙行程，不得已授晏弘為節度使，且遣使招撫秦宗權。時王鐸為中書令，上言：「汴許接壤，朱全忠在汴，已是驕悍難制，再加一鹿晏弘，兩惡相濟，必為國患，不如召還全忠，改授他官，方為釜底抽薪的良策。」僖宗恐全忠不肯應召，反致節外生枝，但命鐸為義昌節度使，令他就近監制。

義昌軍即滄州地，是太和中創設，與汴許相近，鐸既受命，即攜帶眷屬，指日啟程。他本厚自奉養，侍妾僕從，不下百人，更有許多箱籠等件，統是惹人眼目，道出魏州，魏博節度使樂彥禎子從訓，奉了父命，出迎王鐸，行地主禮。從訓少年好色，瞧著王鐸侍妾，統是珠圍翠繞，玉貌花姿，不由的垂起涎來，冶容誨淫。既已迎鐸入館，他卻想了一計，令親卒易去軍服，扮了盜裝，自己做了盜魁，乘夜至客館中，明火執杖，破門直入。鐸驚醒好夢，披衣出望，湊巧遇著從訓，兜頭一刀，首隨刀落，復將僕從盡行殺死，單留著幾個嬌嬌嫡嫡的麗姝，由從訓摟住一個，懷抱而出，餘皆令親卒掠取，或抱或背，回寢取樂去了。鐸老且淫，應遭此報，但侍妾等得了少夫，應該賀喜。彥楨舐犢情深，將從訓事代為隱瞞，但說是王鐸遇盜，表聞行在，一面殮鐸入棺，送歸鐸家。僖宗正安排回都，還有何心查問，樂得糊塗過去。

會值南詔遣使迎女，僖宗曾許與和親，因封宗女為安化長公主，遣嫁南詔，於是啟蹕還都。沿途一帶，已是蒼涼滿目，觸景生悲，及入都城，更覺得銅駝荊棘，狐兔縱橫。趨至大內，只有幾個老年太監，出來迎謁，所有前時宮嬪采女，都不知去向，連懿宗在日最愛的郭淑妃，也無影無蹤（敘安化公主，及郭淑妃事，統是補足上文，不使遺漏）僖宗很是嘆息，忽聞秦宗權僭號稱尊，不奉朝命，免不得愁上添愁，勉強頒詔大赦，改元光啟。唯宗權不赦，命時溥為蔡州行營都統，往討宗權。溥尚未出兵，宗權部將孫儒，已陷入東都，逐去留守李罕之，復攻下鄰道二十餘州，只陳州刺史趙犨，與蔡州相距百里，日與宗權戰爭，始終不為所奪。有詔令犨為蔡州節度使，犨與朱全忠聯繫，共拒宗權，宗權乃不敢過犯。此外如光州刺史王緒，與宗權聲氣相通，已兩三年（見前回），宗權發兵四擾，向緒催索租賦，作為餉需，緒不能給。宗權竟引眾攻緒，緒棄城渡江，掠江洪虔諸州，南陷汀漳。他因道險糧少，下令軍中，不得挈眷隨行。唯王潮兄弟，奉母從軍，緒恨他違令，欲斬潮母。潮等入請道：「天下未有無母的人物，潮等事母，如事將軍，若將軍欲殺潮母，不如潮等先死。」將士等亦代潮固請，緒乃舍潮母子，唯令潮不得奉母自隨，潮只好唯唯而出。適有術士語緒，謂軍中有王者氣，緒因此疑忌，往往枉殺勇將，眾皆危懼。及轉趨南安，潮與前鋒將商議，派壯士伏竹篁中，突出擒緒，反縛徇眾。眾遂奉潮為將軍，擬引兵還光州，所過秋毫無犯，行及沙縣，泉州人張延魯等，因刺史廖彥若貪暴，偕耆老迎潮，願奉潮為州將。潮乃襲擊泉州，殺廖彥若，奉書與觀察使陳巖，自請投誠。巖表請潮為泉州刺史。潮招攜懷遠，均賦繕兵，頗得吏民歡心，泉州以安。王緒被係數月，料知不能脫身，自盡了事。屠夫終無善果。

一波未平，一波又起，各藩鎮互爭權勢，又惹動兵戈，鬧出一場大禍。自僖宗返駕後，號令所及，不過河西山南劍南嶺南數十州，義武節度使王處存，尚遵朝旨，且與李克用親善，盧龍節度使李可舉，與成德節度使王鎔，忌克用兼忌處存，遂密約分義武地。當由可舉遣將李全忠攻陷易州，鎔亦遣將攻無極縣，處存忙向克用處告急，克用率兵馳援，大破成德軍。處存亦夜襲盧龍兵，擊走李全忠，復取易州。全忠敗還幽州，恐致得罪，竟掩攻可舉，可舉無從抵拒，闔室自焚。李全忠自為留後，朝廷隨他起滅，倒也不必說了，偏田令孜招添禁軍，自增權勢，所慮藩鎮各專租稅，無復上供，一時騰不出軍餉，如何贍給新軍？令孜想出一法，奏請收安邑解縣兩池鹽賦，盡作軍需，且自兼兩池榷鹽使，哪知有人出來反對，不使令孜得專鹽權。原來兩池鹽稅，本歸鹽鐵使徵收，充作國用，至中和年間，河中節度使王重榮，截留鹽賦，但歲獻鹽三千車，上供朝廷。此次所得餘利，復被令孜奪去，當然不肯干休，便上章奏駁令孜。彼此罪實從同。令孜竟徙重榮為泰寧節度使，調王處存鎮河中，齊克讓鎮義武。看官試想，重榮不肯割捨鹽利，與令孜爭論，難道要他捨去河中，他反俯首從命麼？當下再表彈劾令孜，說他離間君臣，釐陳至十大罪。令孜尚不止十罪，唯重榮亦豈得無過？令孜乃密結邠寧節度使朱玫，鳳翔節度使李昌符，抗拒重榮，更促王處存赴河中。處存謂重榮有功無罪，不應輕易，累表不省，只是頒詔促行。處存不得已引軍就道，到了晉州，碰著一碗閉門羹，也無心與較，從容引還。重榮知己惹禍，也向李克用求救，克用正怨朝廷不罪朱全忠，招兵買馬，將擊汴州，乃復報重榮，俟先滅全忠，還掃鼠子。重榮又催促克用道：「待公自關東還援，我已為所虜了。不若先清君側，再擒全忠未遲。」克用聞朱玫李昌符，亦陰附全忠，乃上言：「玫與昌符，與全忠相表裡，欲共滅臣，臣不得不自救，已集蕃漢兵十五萬，決定來春濟河，北討二鎮，不近京城，保無驚擾，再還討全忠，藉雪仇恥，願陛下勿責臣專擅」云云。僖宗覽表大駭，忙遣使諭解，冠蓋相望，克用不應。朱玫欲朝廷聲討克用，屢遣人潛入京城，焚掠積聚，或刺殺近侍，偽言克用所為，京師大震，日起訛言。田令孜遣朱玫李昌符，及神策鄜延靈夏等軍，合三萬人出屯沙苑，討王重榮。重榮又乞克用相援，克用乃率兵趨至，與重榮同至沙苑，與朱玫李昌符等對壘，且表請速誅田令孜及朱玫李昌符。僖宗只頒詔和解，克用怎肯依命？於是即日開戰。玫與昌符，本非克用敵手，又有重榮一支人馬，也是精悍得很，戰了半日，紛紛潰散，各敗歸本鎮。克用遂進逼京城。自食前言。

田令孜聞報大驚，亟挾僖宗出走鳳翔，長安宮室，方經京兆尹王徽，修治補葺，十完一二，至是復為亂兵入毀，仍無孑遺。克用聞僖宗出走，乃還軍河中，與王重榮聯名上表，請上還宮，仍乞誅田令孜。僖宗再授楊復恭為樞密使，將與復恭同行還都。偏令孜請轉幸興元，僖宗不從，誰知到了夜間，令孜竟引兵人行宮，脅迫僖宗，再走寶雞。黃門衛士，扈從止數百人，宰相等俱未及聞，獨翰林學士杜讓能，值宿禁中，夤夜出城，追及御駕。翌日，復有太子少保孔緯等繼至，宗正奉太廟神主至鄠，中途遇盜，將神主盡行拋去。朝臣陸續追駕，也被亂兵所掠，衣裝俱盡。全是盜賊世界。僖宗授孔緯為御史大夫，令還召百官。緯復至鳳翔宣詔，宰相蕭遘裴澈等，方嫉令孜挾兵弄權，皆辭疾不見，臺吏百官等，亦皆以無袍笏為辭。緯召三院御史，涕泣與語道：「布衣親舊，有急相援，況當天子蒙塵，臣子可奉召不往麼？」御史等無辭可答，只託言辦裝，緩日可行。緯拂衣欲走道：「我妻得病將死，尚且不顧，諸君乃這般遲疑，請善自為謀，緯從此辭！」我亦憤憤。乃出詣李昌符，請騎衛送至行在。昌符頗感他忠義，即贈裝遣兵，送緯至寶雞。看官閱過上文，應知朱玫李昌符二人，本與田令孜合謀，誰料聯軍敗後，僖宗出走，兩人亦幡然變計，與令孜反抗，統是小人行徑。可巧宰相蕭遘，令玫追還車駕，玫即引兵五千至鳳翔，又與鳳翔兵同追僖宗。令孜得報，復劫僖宗西走，命神策軍使王建晉暉為清道斬斫使，官名奇突。沿途多系盜賊，由建率長劍手五百人，前驅奮擊，乘輿乃得前進。僖宗以傳國璽授建，令他負著，相偕登大散嶺。適鳳翔兵追至，焚去閣道丈餘，勢將摧折，建挾僖宗自煙焰中躍過，方得脫險，夜宿板下。僖宗枕住建膝，稍稍休息，既覺始得進食，僖宗解御袍賜建道：「上有淚痕，所以賜卿，留為紀念。」都是阿父所賜，奈何不孝敬阿父？建乃拜謝。待至食畢，復啟行入大散關，閉關拒邠岐兵。邠岐兵進攻不下，方才引歸，途過遵塗驛，見肅宗玄孫襄王熅，病臥驛中，不能從行，朱玫即挾與同還鳳翔。這一番有分教：

欲思靖亂反滋亂，未報喪君又立君。

朱玫既得襄王熅，遂欲奉熅為帝，又有一番大變動了。看官試閱下回，便知分曉。

田令孜，內賊也，各道鎮帥，外賊也，內賊外賊，互相爭鬩，而亂日熾，而禍益迫，天下尚有不危且亡耶？唯內賊田令孜，罪不勝數，無善可言，而各鎮帥中尚有彼善於此之別。李克用奉詔入援，擊敗黃巢，拔朱溫於虎口，恩施最厚，第以醉後嫚言，即遭上源驛之圍攻，負德如溫，抑何太甚？是固曲在溫而不在克用也。及克用脫歸，表請罪溫，朝廷置諸不問，曲直不明，欲已亂而反滋亂，加以田令孜之東挑西撥，如抱薪而益火，遂致藩鎮相攻，禍延畿輔，沙苑一敗，令孜奪氣，乃挾天子西行，閉關奔走，十軍阿父，以此報君，可勝慨耶！克用請誅令孜，理直氣壯，王重榮等不足以比之，故外臣中只一克用，尚知有國，尚知有君，不得盡目為賊，外此無在非賊也，賊盜滿天下，唐事已不可為矣。

第九十五回　襄王熅竄死河中　楊行密盜據淮甸

卻說朱玫與襄王熅俱還鳳翔，即與鳳翔百官蕭遘等，再行會奏行在，請誅田令孜，且對遘宣言道：「主上播遷六年，將士冒矢石，百姓供饋餉，或戰死，或餓死，十減七八，僅得收復京城。主上但將勤王功績，屬諸敕使，委以大權，終致綱統廢墜，藩鎮擾亂，玫奉尊命，來迎大駕，不蒙明察，反類脅君，我輩心力已盡，怎能俯首帖耳，仰承閹人鼻息呢？李氏子孫尚多，相公何不變計，另立嗣君？」遘答道：「主上無大過惡，不過因令孜專權，遂致蒙塵，近事本無行意，令孜陳兵帳前，迫上出走，為足下計，只有引兵還鎮，拜表迎鑾，廢立重事，遘不敢聞命！」遘若能堅持到底，何致身汙逆名。玫聞言變色，出即下令道：「我今立李氏一王，敢有異議，即當斬首！」百官統是怕死，只好權詞附和。玫遂奉襄王熅權監軍國事，承制封拜百官，仍遣大臣西行迎駕。玫自兼左右神策十軍使，令遘為冊命襄王文。遘託言文思荒落，乃使兵部侍郎鄭昌圖撰冊，由熅北面拜受，然後朝見百官，即授昌圖同平章事，兼判度支鹽鐵戶部各置副使；調遘為太子太保，遘託疾辭官。適遘弟蘧為永樂令，乃往與弟處，不聞朝事。玫即奉熅至京師，自加侍中，大行封拜，藩鎮多半受封。

淮南節席使高駢，進爵中書令，充江淮鹽鐵轉運副使。淮南右都押牙和州刺史呂用之，升授嶺南東道節度使，兩人很是喜歡，奉表勸進。獨鳳翔節度使李昌符，本與玫謀嶺立熅，熅已受冊，玫自專大權。昌符毫無好處，怏怏失望，乃更通錶行在，報稱朱玫擅立襄王，應加聲討。有詔進昌符為檢校司徒，令就近圖玫。

田令孜因人心憤怒，自知不為所容，因薦樞密使楊復恭為左神策中尉，自除西川監軍，往依陳敬暄。復恭斥令孜黨羽，出王建為利州刺史，晉暉為集州刺史，張造為表州刺史，李師泰為忠州刺史；調他出外，亦未必無禍。一面與新任宰相孔緯杜讓能等，共商還都事宜。計尚未定，忽報朱玫遣將王行瑜，率邠寧河西兵五萬，進逼乘輿，已經占住鳳翔，各道貢賦，都被遮斷，令轉運長安去了。看官！你想僖宗寓居興元，從官衛士，卻也不少，此次運道不通，坐致乏食，怎得不上下驚惶哩？杜讓能乃獻議道：「從前楊復光與王重榮，同破黃巢，甚相親善，復恭系復光兄，若由復恭致重榮書，曉以大義，想重榮當迴心歸國，重榮既來，李克用應亦服從，誅逆也不難了。」僖宗乃頒敕慰諭重榮，並附以楊復恭書，遣使往河中。重榮果然聽命，且表獻絹十萬匹，願討朱玫自贖。去使回報僖宗，僖宗再欲宣慰克用，可巧克用亦表詣行在，願討朱玫及襄王熅。原來熅亦賜書至晉陽，通知克用，謂已由藩鎮推戴，受冊嗣統。克用大怒，毀來書，囚來使，表請進討。詔令扈蹕都將楊守亮，率兵二萬出金州，會同重榮克用，共討朱玫。

玫將王行瑜自鳳州進拔興州，勢如破竹，僖宗急命神策都將李茂貞等，出兵抵禦。茂貞博野人，本姓宋，名文通，因保駕有功，得賜姓名（茂貞事始此）。茂貞頗有能力，與行瑜交戰數次，俱得勝仗，復取興州，且由楊復恭移檄關中，謂能得朱玫首級，立賞靜難節度使。行瑜為茂貞所敗，正在惶急，忽聞檄文中賞格，不禁轉憂為喜，密與部眾商議道：「今無功回去，也是一死，死且無益，若與汝等斬玫首，定京城，迎帝駕，取邠寧節鉞，豈不是絕好的機會麼？」大眾欣然應諾，遂引兵還長安。玫方立熅為帝，改元建貞，攬權行事，聞行瑜擅歸，即召他入問。行瑜率眾直入，玫即怒目相視道：「汝擅自回京，欲造反麼？」行瑜亦厲聲答道：「我不造反，特來捕誅反賊。」說至此，即麾眾向前，竟將玫擒住，立刻斬首，並殺玫黨百餘人，京城大亂。鄭昌圖裴澈，亟奉襄王熅奔河中，王重榮正欲發兵，有人入報襄王熅到來，即躍起道：「他自來尋死，尚有何說？」當下麾兵出迎，誘熅等入城中，刀兵齊起，將熅殺死。昌圖與澈，無從逃避，沒奈何束手就縛。重榮先函熅首，齎送行在，刑部請御興元城南門受馘，百官畢賀，獨太常博士殷盈孫上言：「熅為賊脅，並非倡逆，只是未能死節，不為無罪。古禮公族加刑，君且素服不舉，今熅已就誅，應廢為庶人，將首級歸葬，俟玫首獻至，方可行受俘禮。」僖宗如言施行，隨授李茂貞為武定節度使，王行瑜為靜難節度使。靜難軍即邠寧鎮，武定軍駐紮洋州，是新設的藩鎮，且下詔奪田令孜官爵，長流端州。令孜竟依兄陳敬瑄，並未往戍，後又自有表見。鄭昌圖裴澈，傳旨並誅，連蕭遘亦戮死岐山。當時朝士皆受熅偽封，法司都欲處置極刑，還是杜讓能再三力爭，才得十全七八，這也算是陰德及人呢。

僖宗乃還蹕至鳳翔，節度使李昌符，恐車駕還京，自己失寵，因託詞宮室未完，固請駐蹕府舍。僖宗也得過且過，將就數天，偏各道迭來警告，不是擅行承襲，就是互相攻奪。盧龍節度使李全忠死，子匡威自為留後；江西將閔勖逐荊南觀察使，自主軍務，勖又為淮西將黃皓所殺，皓又為衡州刺史周嶽所殺，嶽遂代為節度使；董昌部將錢鏐，攻克越州，昌自往鎮越，令鏐知杭州事；天平牙將朱瑾，逐去泰寧節度使齊克讓，自為節度使；鎮海軍將劉浩作亂，節度使周寶，出奔常州，浩迎度催勘使薛朗為留後，已而錢鏐迎寶至杭州，寶即去世，鏐擒殺薛朗，竟取常潤二州；還有利州刺史王建，襲據閬州，逐去刺史楊茂實，自稱防禦使。頭緒紛繁，不得不總敘數語。僖宗連番得報，也是無可奈何。

淮南都將畢師鐸，曾由高駢遣戍高郵，控御秦宗權，宗權未曾入境，師鐸先已倒戈，看官道是何因？原來高駢心腹，莫若呂用之，用之以邪術惑駢，得補軍職，又引私黨張守一諸葛殷為助，每日與駢同席，指天畫地，詭辯風生，說得駢情志昏迷，非常悅服。駢初與鄭畋有隙，用之語駢道：「宰相遣刺客刺公，今日來了。」駢大驚懼，急向用之問計。用之轉託張守一，守一許諾，乃使駢著婦人服，匿居別室，自代駢臥寢榻中，夜擲銅器，鏗然有聲，又密用豬血塗灑庭宇，似格鬥狀。及旦，始召駢回寢道：「幾落奴手。」駢見寢室中血跡，且謝且泣，竟視守一為再生恩，厚贈金寶。用之又刻青石為奇字，文為玉皇授白雲先生高駢，密令左右置道院香案。駢得石甚喜，用之進賀道：「玉皇因公焚修功著，將補仙官，想鸞鶴即當下降了。」彷彿是騙小孩兒。駢亦喜慰，遂就道院庭中，刻一木鶴，且著羽服跨行，妄稱仙曹。用之自雲磻溪真君，謂守一即赤松子，殷即葛將軍，暗中卻奪人財貨，掠人婦女，荒淫驕恣，無惡不為。又慮人漏洩奸謀，勸駢屏除俗累，潛心學道。駢乃悉去姬妾，謝絕人事，賓客將吏，多不得見。用之得專行威福，毫無顧忌，將吏多歸他署置，未嘗白駢。平居出入，導從多至千人，侍妾百餘，統由評花問柳，強奪而來。可充玉女。畢師鐸有美妾，為用之所聞，必欲親睹嬌姿，聊慰渴念，偏是師鐸不許。用之是色中餓鬼，伺師鐸不在家中，突入彼家，逼令一見，問答時未免狎媟，及師鐸回家，聞知此事，怒斥侍妾，遂與用之有隙，至出屯高郵，輒懷疑懼，心腹諸將，亦均勸師鐸還誅用之。師鐸遂與淮寧軍使鄭漢章，高郵鎮遏使張神劍，割臂瀝血，喝了一杯同心酒，當下推師鐸為行營使，移書境內，極言：「用之凶殘，與張守一諸葛殷朋比為奸，蟠據淮南，近由都中授他為嶺南節度使，仍不赴任，橫行無忌，應亟加誅，特奮義師，為民除惡」云云。神劍原名，本一雄字，因他善能使劍，所以叫做神劍。神劍以師鐸成敗，究未可料，願留部眾在高郵，接濟兵糧，乃推漢章為行營副使，與師鐸出兵逼廣陵。城中互相驚擾，呂用之尚匿不告駢，駢登閣聞嘩噪聲，始問左右。左右才述變端，駢亟召用之入商。用之徐答道：「師鐸戍眾思歸，為門衛所阻，遂致驚噪，現已隨宜處置，就使有變，但求玄女遣一力士，便可靖患，願公勿憂！」玄女何處尋找，不若令侍妾擺一虛牝陣罷。駢沉著臉道：「近已知君多涉虛誕了，幸勿使我作周寶第二。」你也知他虛誕麼？還算聰明。說至此，不禁嗚咽起來。用之退出，懸賞軍中，令出城力戰，稍稍殺退師鐸，方得斷橋塞門，為守禦計。師鐸初戰不利，又見廣陵城堅兵眾，頗有懼色，忙遣屬將孫約馳往宣州，向觀察使秦彥處求援，預允破城以後，迎彥為帥。彥乃遣將秦稠，率三千人助師鐸，日夕攻城。用之令討擊副使許戡，出勞師鐸，竟為所殺。用之沒法，大索城中丁壯，不論官吏書生，悉用白刃加頸，脅使登城。自朝至暮，不得休息，於是闔城怨苦，均生叛意。師鐸射書入城，勸駢速誅朱呂張等三人，書為用之所得，立即毀去，且率甲士百人，入內見駢。駢駭匿寢室，良久方出語道：「節度使居室無恙，為何領兵進來，莫非造反不成？」遂命左右驅出用之。用之誓與駢絕，再率壯士出御。那外城已被攻入，慌忙麾眾出內城門，向北遁去。

師鐸縱兵大掠，駢不得已遣人議和，願撤兵備，與師鐸相見。師鐸乃入見駢，兩下晤談，如賓主禮。駢署師鐸為節度副使，如左僕射，鄭漢章等各遷官有差。都虞侯申及語駢道：「逆黨不多，諸門尚未曾把守，公須乘夜出發，募諸鎮兵還取此城，還可轉禍為福，若遲延過去，恐一二日後，逆黨蟠固，及亦不得侍左右了。」駢猶豫不從。該死。到了次日，師鐸即派兵分守城門，搜捕用之親黨，盡行處死，一面遣人促秦彥過江。或語師鐸道：「僕射舉兵，無非為用之奸邪，高公不能區理，所以入城除害，今用之既敗，軍府廓清，僕射宜仍奉高公，自為副佐，但教握住兵權，號令境內，何敢不服？用之一淮南叛將，移書所至，立可成擒，外有推奉美名，內得兼併實效，若使高公聰明，必知內愧，萬一不改，也是一機上肉，奈何如此功業，轉付他人呢？」師鐸不以為然，但逼駢出居南第，用兵監守，並將駢親黨十餘人，一概收禁，所有高氏累年蓄積，都被亂兵劫掠一空。悖入悖出。既而捕得諸葛殷，杖斃道旁，怨家爭抉眼舌，且投以瓦石，頃刻成塚。何不請仙翁救命？

獨呂用之自廣陵逸出，手下尚有千人，聞鄭漢章妻孥，留居淮口，遂率眾往攻，旬日不克。鄭漢章引兵趨救，用之乃奔投楊行密。行密方署廬州刺史，前由用之詐為駢牒，令為行軍司馬，促使入援，行密乃悉眾東趨，並借和州兵數千人，同至天長。用之情急往投，行密不即拒絕，留居軍中。張神劍向師鐸求賂，不得如願，也歸行密。海陵鎮遏使高霸，及曲溪人劉金，盱眙人賈令威，復率屬至行密軍營。行密有眾萬七千人，聲威頗盛，張神劍輸糧接濟，軍食更不患虛枵，遂步步進逼，趨至廣陵城下。是時秦彥已入廣陵，自稱權知節度使事，聞行密來攻，閉城自守，但遣畢師鐸及部將秦稠，領兵八千，出城西迎擊行密。行密軍勢甚銳，師鐸招抵不上，先行遁還。秦稠戰死，八千人只剩了一二千。秦彥再遣畢師鐸鄭漢章為將，悉發城中兵士，出陣城西，延袤數裡，與行密相持。行密命將金帛糧米，搬集一寨，寨內只留羸卒，寨外暗伏精兵，待兩陣相交，行密佯敗，繞寨西走。廣陵兵入空寨中，爭取金帛，一聲鼓響，伏兵四起，行密又復殺還，那廣陵兵如何抵當，被殺幾盡。師鐸漢章，單騎走還。秦彥乃不敢出師。高駢局居道院，尚是日夜祈禱，虔祝長生，怎奈秦彥畢師鐸，供饋日薄，甚至左右乏食，取木像中革帶，煮食療饑。彥與師鐸，因出兵屢敗，且疑駢為厭勝，愈加疑忌。適有妖尼王奉仙白彥，謂揚州分野，應有災禍，必死一大人，方無後憂。彥遂命部將劉匡時，入道院殺駢，並殺駢子弟甥姪，同埋坎中。這消息傳達城外，行密命士卒盡服縞素，向城大哭三日，宣告大眾，誓破此城。秦彥畢師鐸，屢遣兵出戰，大小數十仗，均被行密殺敗。城中糧食早盡，連草根木實，亦採食無遺，甚至用堇泥為餅，取給軍士。軍士怎肯平白地餓死，不得不掠人為糧。彥部下更是凶橫，驅縛屠割，視人似雞犬一般，血流城市，滿地朱紅。呂用之部將張審威，潛率部下登城，啟關納外兵，守卒不戰自潰。彥與師鐸，急召妖尼王奉仙問計，奉仙道：「走為上策。」駢信方士而死，秦彥畢師鐸且信重妖尼，真是每況愈下。乃出開化門奔東塘。行密麾諸軍入城，改葬高駢及族屬，城中遺民，止數百家，統已槁餓不堪，奄奄垂盡。行密運西寨米賑給，才得生全。行密自稱淮南留後，且遣兵追擊秦彥畢師鐸。秦畢兩人，竟往投孫儒去了。

孫儒前為忠武軍指揮使，出戍蔡州，部下有許人馬殷，亦素稱材勇，與儒同拒黃巢。及秦宗權叛命，儒等皆附屬宗權，宗權令儒攻陷鄭州，進取河陽，自稱節度使。前東都留守李罕之，與濮州人張全義，聯兵拒儒，儒乃棄去河陽，移兵東下。罕之收復河陽城，全義亦收復東都，因恐孫儒復來，共向河東求救。李克用得二人書，遂表薦罕之為河陽節度使，全義為河南令。全義明察，治民有惠政，勸農樹藝，薄賦輕徭，無事橫耒，有事荷戈，諸縣戶口，逐漸歸復，野無曠土，桑麻蔚然。宣武節度使朱全忠，復糾合兗鄆兵馬，大破秦宗權，因此河南一帶，更乏盜蹤。獨鳳翔節度使李昌符，初意欲挾持天子，號令諸鎮，嗣與楊復恭養子守立，爭道相毆。僖宗命中使諭解，昌符不從，反縱火焚毀行營。守立急部勒禁軍，殺敗昌符，昌符退保隴州，詔命李茂貞往討，昌符屢戰屢敗，窮蹙自殺。茂貞得受命為鳳翔節度使，行在稍得紓憂。唯淮南迭經變亂，終未安靖，秦宗權且遣弟宗衡，領萬人渡淮，與孫儒合兵攻廣陵，即就城西下寨。秦彥畢師鐸，也引眾來會，大有併吞揚州的聲勢。會宗權為朱全忠所破，召宗衡等還蔡，同拒全忠，孫儒知宗權不能久持，稱疾不行。宗衡屢次催促，激動儒怒，佯邀宗衡入宴，酒未及半，竟拔劍砍死宗衡，梟下首級，獻與全忠。一面與秦彥畢師鐸，往襲高郵。張神劍倉猝遇敵，棄城奔廣陵。孫儒入高郵城，大肆屠戮。高郵殘兵七百人，潰圍至廣陵城，楊行密慮他為變，使分隸諸將，夜間將七百人坑死，不留一人；次日復將張神劍誘至府中，也是一刀兩段；又誘入海陵鎮遏使高霸兄弟，亦一併殺死。想是殺星轉世。呂用之初至天長，曾紿行密，謂有銀五萬錠，埋藏居宅，俟入城後，足供麾下一醉。行密記在胸中，入城後諸事匆忙，不暇提及，至此因孫儒退兵，檢閱士卒，始向用之索銀。用之本是誑言，哪裡取得出白鏹，當然瞠目無詞。用之偏遣兵搜掘，逼令同往，到了前時居宅，內外掘轉，並無藏銀，只中堂得一桐人，胸書高駢姓名，加釘於上，手足俱加桎梏，當由來兵攜報行密。行密指責用之，用之無言可答，即被牽至階下，腰斬以徇，家屬屠割無遺。張守一亦歸行密，為諸將採合仙丹，且欲干預軍政，亦為行密所誅。兩人卻是該死。

僖宗聞淮南久亂，命朱全忠兼淮南節度使，全忠以行密勢盛，表為留後。河陽節度使李罕之，與張全義甚是親暱，嗣聞全義勤儉力穡，乃笑為田舍郎，屢向全義徵求粟帛。全義勉力供應，罕之意尚未足，縱兵剽掠，且悉眾攻降絳州，轉略晉州。河南將佐，無不憤怒，遂慫恿全義，夜襲河陽。罕之逾垣遁去，全義盡俘罕之家屬，自兼河陽節度使。及罕之奔往澤州，借李克用軍來攻河陽，朱全忠發兵來救，擊退河東軍，命丁會為留後，仍令全義為河南尹。全義感全忠恩，盡心依附全忠，獨罕之抄掠懷孟晉絳，數百里無人煙。河中牙將常行儒作亂，攻殺王重榮，重榮弟重盈，為兄復仇，捕誅行儒。僖宗令重盈承襲兄職，原是應分的處置，獨魏博牙將羅弘信，擅殺樂彥楨父子，亦令他充魏博留後，這真是賞罰倒置，益長驕風，唐廷成為故事，毫不見怪。僖宗自鳳翔回京，天祿已終，一病不起。小子有詩嘆道：

世衰總為主昏多，喪亂相仍可若何？
十五年來無一治，虛名天子老奔波。

僖宗病劇，免不得又要立儲，究竟何人嗣立，容至下回表明。

史稱襄王熅素性謹柔，無過人材智，觀其所為，確是一個傀儡。朱玫挾為奇貨，無非欲借名竊權耳，玫敗而熅罹禍，愚夫為人所愚，往往致此。鄭昌圖裴澈等，甘受偽命，死不足惜，蕭遘拒玫不堅，同遭夷戮，無怪胡致堂之為遘嘆息也。高駢系出將門，射鵰擅譽，當其初操旌節，頗似有為，及移鎮淮南，誤信方士，身坐圍城，毫無一策，是豈前勇而後怯，始明而終愚者歟？抑毋乃狂易失心，自取滅亡歟？楊行密為駢部將，興兵援駢，不謂無名，駢死而縞素舉哀，尤似理直氣壯，但既得廣陵，橫加屠戮，殺呂用之張守一可也，殺張神劍高霸，果胡為乎？背盟不義，濫殺不仁，朱全忠之表為留後，亦盜與盜應之徵耳。故識者不稱行密為俠士，而當斥行密為盜臣。

第九十六回　討河東王師敗績　走山南閹黨失機

卻說僖宗還都，已經抱病，勉強趨謁太廟，頒詔大赦，改稱光啟五年為文德元年，入宮寢臥，無力視朝，未幾即致大漸。群臣因僖宗子幼，擬立皇弟吉王保為嗣君，獨楊復恭請立皇弟壽王傑。傑系懿宗第七子，為懿宗後宮王氏所出，僖宗一再出奔，傑隨從左右，常見倚重。至是由復恭倡議，奏白僖宗，僖宗約略點首，遂下詔立壽王傑為皇太弟，監軍國事。當由中尉劉季述，率禁兵迎入壽王，居少陽院，召宰相孔緯杜讓能入見。群臣見他體貌明粹，饒有英氣，亦皆私慶得人。恐是以貌取人。越日，僖宗駕崩，遺詔命太弟嗣位，改名為敏，僖宗在位十五年，改元五次（乾符廣明中和光啟文德）年止二十七歲。壽王即位柩前，是謂昭宗，追尊母王氏為皇太氏，進宰相孔緯為司空，韋昭度為中書令。昭度初黨田令孜，得寵僖宗，竟得入相，僖宗末年，且進爵太保。又授戶部侍郎張浚同平章事。昭宗嗣統，各宰相依舊供職，緯與昭度，且得加封，未幾齣昭度為西川節度使，兼招撫制置使。

原來西川節度使陳敬暄，庇匿田令孜，誘殺高仁厚，驕橫日甚，利州刺史王建，襲據閬州，與續任東川節度使顧彥朗，互相聯繫，潛圖敬暄。敬暄商諸田令孜，令孜謂建系義子，可以招致，乃作書相召。建頗喜從命，率麾下精兵千人與從子宗鐬等，均趨鹿頭關。哪知敬暄回信參謀李乂言，遣人止建，不准入關。建不禁發怒，破關直入，逕達成都。田令孜登樓慰諭，令他退還。建率諸軍羅拜道：「十軍阿父，既召建來，奈何復使建去？建能進不能退，只好辭別阿父，他去作賊了。」令孜也無詞可答，還報敬暄。敬暄登城拒守，建向顧彥朗處乞師，得眾數千，急攻成都，三日不克，退屯漢州。敬暄上表朝廷，乞發兵討建。詔遣中使和解，敬暄不從，反斷絕貢賦。王建得知消息，樂得據為口實，也上表請討敬暄，願效力贖罪，並求邛州為屯兵地。顧彥朗亦代為申請，昭宗方恨藩鎮跋扈，欲藉此伸威，遂命昭度出鎮西川，召敬暄為龍武統軍。敬暄拒絕受詔，乃割邛蜀黎雅四州，置永平軍，命建為節度使，偕昭度同討敬暄，並宣布敬暄罪狀，削奪官階。昭度西行，與建會師進攻，一時未能得手，只好蹉跎過去。

唯朱全忠受命討蔡，屢破秦宗權，蔡將申叢，執宗權出降，全忠將宗權械送京師，可巧昭宗改元龍紀，百官慶賀，又得把累年橫行的強寇，一旦捕誅，正是喜氣盈廷，歡騰中外。偏宗權餘黨孫儒，東馳西突，騷擾不休，秦彥畢師鐸鄭漢章等，均為所殺，且悉銳襲入廣陵。楊行密遁至廬州，收集餘眾，往攻宣州，宣州方為趙鍠所得，不意行密猝至，急切不能抵禦，又兼糧食未備，只好倉皇出奔，中途為行密部將田頵所擒，眼見得宣州一城，為行密所據。行密既入宣州，諸將爭取金帛，獨徐溫據囷為粥，散給饑民，人已知有大志（徐溫事始此）朱全忠與鍠有舊，遣人索鍠。行密將鍠斬首，以首相遺，一面表聞朝廷，只說是為國除奸。朝廷不便細問，授他為宣歙觀察使。行密轉陷常州，刺史杜稜被擒畢命，留田鐬居守。偏孫儒自廣陵來爭常州，鐬覆敗走，常州又為儒所得。

兩下轉戰不息，江淮間成為赤地。還有朱全忠與李克用，仇怨日深，各思占拓地盤，為併吞計。全忠攻下洛孟諸州，克用也攻下邢磁洺諸州。全忠又聯結雲中防禦使赫連鐸，與盧龍節度使李匡威，上表請討克用，乞朝廷速簡統帥。昭宗正加上尊號，改龍紀二年為大順元年，既見三鎮表章，遂召宰相等集議。杜讓能等俱言未可，臺官等亦多主杜議，獨張浚獻議道：「先帝再幸山南，統是沙陀所為，臣嘗慮他與河朔相連，今得兩河藩鎮，共請聲討，這是千載一時的機會，萬不可失，願陛下假臣兵柄，旬月可平。」談何容易？楊復恭出駁道：「先帝播遷，雖由藩鎮跋扈，亦因在朝大臣，措置失宜，因致乘輿再出。今宗廟甫安，國家粗定，如何再造兵端？」復恭雖是權閹，足為唐禍，但此語卻是可取。昭宗沉吟半晌，亦啟口道：「克用有興復大功，今欲乘危往討，未免不公。」偏孔緯亦贊成浚議，竟面奏道：「陛下所言，是一時大體，張浚所言，是萬世遠利，還乞陛下俯從浚議。」一時尚是難保，還能顧到萬世麼？昭宗因兩相同意，且正忌復恭擅權，不欲依言，乃語張浚孔緯道：「此事頗關重大，朕特付卿二人，幸勿貽羞！」隨即授浚為河東行營都招討制置使，以京兆尹孫揆為副。且命朱全忠為南面招討使，王熔為東面招討使，李匡威為北面招討使，副以赫連鐸。

浚奉詔出師，陛辭時再白昭宗道：「俟臣先除外憂，然後為陛下除內患。」楊復恭在外竊聽，料知此語，與己有關，遂至長樂陂餞浚，攜酒歡飲。浚一再固辭，復恭戲語道：「相公杖鉞專徵，乃即欲作態麼？」浚答道：「待平賊回來，作態未遲，目下尚未敢出此呢！」復恭佯笑而別。浚出都西行，檄召宣武鎮國靜難鳳翊保大諸軍，同會晉州。朱全忠且乘勢進圖昭義。昭義軍節度使，本是克用從弟克修，克用嘗巡閱潞州，因克修供具不豐，橫加詬辱，克修慚病即死，弟克恭代為留後。克恭驕暴，不習軍事，牙將安居受作亂，焚殺克恭，貽書全忠，自願歸附。全忠遂遣河陽留後朱崇節，率兵往潞，到了潞州，居受已為眾所殺，別將馮霸拒戰不利，奔往克用。崇節得入潞城，克用遣將康君立李存孝圍潞。存孝系克用養子，驍悍異常，既至城下，與崇節交戰兩次，崇節哪裡是他的對手，殺得大敗虧輸，還城拒守，急向全忠處求援。全忠遣驍將葛從周，率健騎千名，乘夜犯圍，入潞助守，遣別將李讜等，至澤州往攻李罕之，牽制克用，且奏促孫揆速援潞州。張浚亦恐昭義為全忠所據，即請旨命揆為昭義節度使，促使赴鎮。揆乃自晉州出發，建牙杖節，裒衣大蓋，擁眾而行。至長子西谷中，忽有一彪軍突出，為首一個少年，手執鐵撾，徑至孫揆馬前，大呼道：「孫揆哪裡走！」揆急欲拔劍招架，哪知已被來將撥下，活擒而去。揆眾欲趨前往救，盡被敵騎殺退，死傷甚眾。看官道何人擒揆？原來就是李存孝。存孝聞揆將至潞，率三百騎伏住長子谷，掩擊揆軍，果然將揆擒住，解送克用。克用召揆入見，誘令降附，許為河東副使，揆奮然道：「我為天子大臣，兵敗身死，分所當然，怎能復事鎮使哩？」克用怒起，命用鋸殺揆。鋸不能入，揆罵道：「死狗奴，鋸人當用夾板，奈何不知？」克用乃改用夾板鋸揆，揆至死罵不絕口，好算是唐季一位忠臣。疾風知勁草，板蕩識忠臣。克用再令存孝救澤州，直壓汴寨。汴將鄧季筠自恃勇力，引兵出戰，存孝也出陣相迎，戰不數合，但聽存孝喝聲道著，已把季筠擒去，餘眾竄散。李讜亦解圍遁還，存孝罕之又合軍追擊，斬獲汴軍萬人，及追至懷州，方收兵西歸。罕之仍屯澤州，存孝復攻潞州，葛從周朱崇節等，憚存孝英勇，也棄城走還。昭義軍歸入克用，克用命康君立為昭義留後，存孝為汾州刺史，李匡威攻蔚州，也為克用養子李嗣源擊退。嗣源慎重廉儉，口不言功，他將多自誇戰績，嗣源獨徐徐道：「諸將喜用口擊賊，嗣源但用手擊賊哩。」諸將始慚沮而退。張浚聞汴軍敗走，尚不肯班師，率諸軍出陰地關。克用遣存孝領兵五千，出屯趙城。鎮國軍節度使韓建，夜率壯士三百，劫存孝營。偏存孝先已防備，用了一個空營計，誘建殺入，待建慌忙退還，存孝卻麾兵橫擊，虧得建策馬飛奔，才算僥倖逃還。靜難鳳翔各軍，聞建襲營失利，各生惶恐，不戰先走，禁軍亦潰。存孝乘勝逐北，直抵晉州西門。張浚出戰，又覆敗績，各鎮兵陸續遁去，只剩禁軍及宣武軍，共計萬人，閉城守禦，不敢再出。存孝攻城三日，城將垂克，反號令軍中道：「張浚宰相，俘獲無益，天子禁軍，亦不宜加害。」乃退五十里下寨。浚與韓建，始得開城遁歸。存孝既入晉州，復取絳州，並大掠慈隰諸州，唐廷聞張浚敗還，君臣震懼，獨楊復恭自鳴得意。那李克用復連上二表，一再陳冤，首表尚在張浚未敗時，略云：

臣父子三代，受恩四朝，破龐勛，翦黃巢，黜襄王，存易定，致陛下今日冠通天之冠，佩白玉之璽，未必非臣之力也。朝廷當阽危之時，譽臣為韓彭伊呂，既安之後，罵臣為戎羯胡夷，天下握兵立功之臣，寧不畏陛下他日之罵乎？況臣果有大罪，六師征之，自有典刑，何必倖臣之弱，而後取之耶？今張浚既已出師，則臣固難束手，已集蕃漢兵五十萬，欲直抵蒲潼，與浚格鬥，若其不勝，甘從削奪，不然，輕騎叫閽，頓首丹陛，訴奸回於扆座，納制敕於廟廷，然後自投司敗，恭候鈇質。

第二表乃在張浚既敗以後，至大順二年正月，始達唐廷，略云：

張浚以陛下萬代之業，邀自己一時之功，知臣與朱溫深仇，私相連結，臣今身無官爵，名是罪人，不敢歸陛下藩方，且欲於河中寄寓，進退行止，伏候指揮！

是時昭宗已加懲張浚，將他罷職，孔緯亦連坐免官，改相兵部侍郎崔昭緯，及御史中丞徐彥若，至克用二次表至，再貶綘為均州刺史，浚為連州刺史，賜克用詔，賞還官爵，令歸晉陽。未幾，又加克用中書令，更貶浚為繡州司戶。浚至藍田，轉奔華州，依附韓建，密向全忠求救。全忠上表，代為訴冤，昭宗不得已並聽自便。緯至商州馳還，亦寓居華州，李克用既得逞志，聲焰越盛，乃父國昌，已經早歿（這是補筆，沙陀兵馬及代北將士，盡歸克用管轄。克用轉攻雲州，赫連鐸敗走吐谷渾，嗣為克用追擊殺死。克用復轉攻王熔，經李匡威出兵相救，克用方大掠而還，朱全忠欲攻克用，假道魏博，羅弘信不許，全忠遂遣丁會葛從周擊魏，自率大軍繼進，五戰皆捷。弘信不得已乞和，全忠乃命止攻掠，歸還俘虜，還軍河上。魏博自是附汴。徐州節度使時溥，亦與全忠失和，屢相爭哄，南北東西，彼此逐鹿，幾不識當時天下，究竟是誰氏的天下了。藩鎮之弊，一至於此。

唯韋昭度王建兩軍，奉詔西征，昭度毫無韜略，但知沿途逗撓，一切攻守事宜，俱聽王建處置。建取得邛州，降西川將楊儒，殺刺史毛湘，復略定簡資嘉定四州，進逼成都，累攻未下。韋昭度率諸道兵十餘萬，逗留不進，反請赦陳敬暄罪，撤歸各道兵馬。朝廷居然下詔，依昭度議，令王建等率兵歸鎮。建奉到詔書，慨然太息道：「大功垂成，奈何棄去？」參謀周庠在側，便進言道：「公何不請韋公還朝，自攻成都，獨成巨業？」建點首稱善，即表稱敬暄令孜，罪不可赦，願畢命以圖成功。一面又勸昭度道：「關東藩鎮，互相吞噬，這是腹心大疾，相公宜早歸朝堂，與天子謀定關東，敬暄不過疥癬，但責建辦理，指日可除哩。」昭度遲疑未決。建竟擒昭度親吏駱保，臠割烹食，說他私盜軍糧。昭度大懼，遂託疾東歸，將印節授建。建與昭度別後，奮力攻城，環城烽塹，亙五十里。陳敬暄力不能支，田令孜登城語建道：「老夫前待君甚厚，何為見逼如是？」建答道：「父子至恩，建不敢忘，但朝廷命建來此，無非因陳公拒命，不得不然。若果改圖，建復何求？」令孜下城商諸敬暄，敬暄無法可施，只好繳出旌節，託令孜至建營交付。建泣涕拜謝，願為父子如初。建亦逞刁。令孜還白敬暄，敬暄開城迎建，建率軍入城，自稱西川留後，令敬暄出居新津，給以一縣租稅，且表稱收復成都，由敬暄自甘退讓，應令他子陶為雅州刺史。昭宗當然照准，並即授建為西川節度使。

東川節度使顧彥朗病逝，軍中推顧弟彥暉知留後，彥暉據情奏聞，也即命為節度使，敕賜旌節。朝使宋道弼，奉詔出都，中途為山南西道節度使楊守亮所執，並發兵攻東川。守亮姓訾，因拜楊復恭為義父，冒姓楊氏，前為扈蹕都將，後得出鎮山南，全是復恭一手提拔。復恭總掌宿衛，獨攬大權，諸假子統出司方鎮，又養宦官子六百人，多充監軍，內外勾連，威赫莫比，昭宗母舅王瓌，求為節度使，復恭不可，瓌怒詬復恭，復恭佯為謝過，奏請王瓌為黔南節度使。及瓌奉節至桔柏津，卻被楊守亮阻住中流，撥翻瓌舟，瓌覆水溺死。昭宗聞耗，已疑是復恭主使，可巧天威都將李順節，也將復恭陰謀，入白昭宗。詔宗大憤，出復恭為鳳翔監軍，復恭託疾不赴，自願致仕。有昭賜官上將軍，致仕歸第。復恭居第近玉山營，因假子守信為玉山軍使，屢往探視，且與他密謀為亂。事為昭宗所聞，親御安喜門，命李順節等往攻復恭居第。復恭與守信，乃挈族走興元，往依楊守亮。守亮決計造反，所以執住宋道弼，遣綿州刺史楊守厚，攻顧彥暉。彥暉急求王建過援，建發兵至梓州，守厚引還。守亮以討李順節為名，更欲自金商通道，入襲京師。幸金州防禦使馮行襲邀擊，大破守亮，才不得逞。守亮守厚，統是復恭假子，就是天威都將李順節（原名叫做楊守立），也系復恭義兒，昭宗恐他好勇作亂，特召居左右，賜姓名李順節，令掌六軍管鑰，擢為天威都將，隱示籠絡。順節驟得貴顯，遂與復恭爭權，所以復恭密謀，多由順節報達宮廷。及復恭被逐，順節恃恩驕橫，出入必用兵自隨。中尉劉景宣，及西門君遂，屢為所辱，遂入奏昭宗，請除順節，昭宗允諾。二人誘順節入銀臺門，把他殺死，百官皆奉表稱賀。全是醜態。昭宗亦頗喜慰，乃於大順三年正月，改元景福。禍且日至，何福可言？

鳳翔節度使李茂貞，靜難節度使王行瑜，鎮國節度使韓建，同州節度使王行約，秦州節度使李茂莊，相繼上表，謂楊守亮容匿叛臣楊復恭，請即出兵加討。王行瑜等並乞加茂貞為山南西道招討使。昭宗接覽各表，便令群臣集議，大眾謂茂貞若得山南，不可複製，不如下詔和解為是。全靠和解，亦非政體。昭宗頒詔慰諭，五節度無一受命。茂貞行瑜，竟擅舉兵擊興元，一面由茂貞上表，自求招討使職銜，且貽杜讓能及西門君遂手書，有怨謗朝廷等語。昭宗亦忍耐不住，再召群臣入商，宰相等多面面相覷，不敢發言。獨給事中牛徽道：「先朝多難，茂貞有翼衛功，諸楊阻兵，亟出攻討，未始非有心嫉惡，不過未奉詔命，太覺專擅。近聞他兵過山南，殺傷甚多，陛下倘尚靳節麾，不授他為招討使，恐山南百姓，盡被屠滅了。」昭宗不得已授茂貞為招討使。茂貞遂進取興元，楊復恭及守亮等均奔往閬州，茂貞乃自請鎮守興元。朝廷特改任茂貞為山南西道節度使，將他鳳翔節度使職任撤銷。偏茂貞又不肯奉詔，累得昭宗無法對付，且模模糊糊地延宕過去。是時成德節度使王熔，為李克用所攻，盧龍節度使李匡威，率兵救熔，擊退克用。匡威引還，誰知行至半途，乃弟匡籌，竟占據軍府，自稱留後，不欲匡威還鎮，且用兵符追還行營兵。匡威部眾，聞風離散。那時匡威歸路已斷，沒奈何返奔鎮州，這也是匡威自作自受，所以遭此劇變呢。原來匡籌妻有美色，匡威很是豔羨，只因匡籌同在軍中，沒法下手，望梅不能止渴，已不知滴了多少饞涎。至出救盧龍時，家人會別，闔室暢飲，匡籌夫婦，不覺多飲幾杯，統皆醉倒。匡威卻是有心，趁他弟婦醉臥床間，竟去做了一個採花使者，了卻生平夙願。及匡籌妻醒悟轉來，才知著了道兒，悔已無及，當下泣訴匡籌。匡籌因此恨兄，乃把匡威拒絕。匡威奔往鎮州，王熔事他如父，非常恭敬，偏匡威又欲圖熔，鎮人不服，攻殺匡威。該死久矣。匡籌聞報甚喜，遂得安據幽州。可惜綠頭巾終難洗淨。幽州將劉仁恭，前由匡威遣戍蔚州，過期未代，至是聞匡籌擅立，自為軍帥，還攻幽州，不利而去，投奔河東，依附李克用。此外如楊行密攻殺孫儒，得封淮南節度使，朱全忠攻拔徐州，感化節度使時溥，登燕子樓，舉族自焚。王建殺死陳敬暄田令孜，只說敬暄謀亂，令孜私通鳳翔，當令判官馮涓草表，中有切要語云：「開柙出虎，孔宣父不責他人，當路斬蛇，孫叔敖蓋非利己。專殺不行於閫外，先機恐失於彀中。」國家失刑，故得令強藩藉口。昭宗也無可奈何，置諸不問。福建觀察使陳巖病歿，都將范暉自稱留後，暉驕侈不法，被王潮攻死。潮代任觀察使，尋且進職節度使，群雄角逐，寰宇分崩，到了景福二年秋季，李茂貞抗表不遜，公然責備昭宗，與敵國相去無二。昭宗惱羞成怒，擲置來表，再擬興師。正是：

河東覆轍方宜戒，京右來車又妄行。

欲知茂貞是否被討，且至下回再詳。

李克用功罪參半，不必討而反欲討之，楊復恭有罪無功，應討而反不欲討，此已可見昭宗之不明，其他可無論已。或謂昭宗固不欲討克用，迫於張浚孔緯之力請，乃有招討制置使之命，然試思君主時代，國家大事，究竟由誰主持耶？一擊不勝，喪師無算，轉不得不屈體調停，上替下凌，因此益甚。楊復恭已走興元，雖有若干義兒，實皆朝秦暮楚之流，不足一試，即如楊守立楊守亮等，匹夫徒勇，亦寧足成大事？為昭宗計，正可遣師進討，借伸主威，況有五節度使之聯表上請乎？乃遲回不決，轉令李茂貞等擅自興師，一再脅迫，不得已授以兵柄，於是朝廷日加退讓，而方鎮即日加跋扈矣。要之無主之國，非亂即亡，唐至昭宗之季，有主與無主等，雖欲不亂，烏得而不亂？雖欲不亡，亦烏得而不亡？

第九十七回　三鎮犯闕輦轂震驚　一戰成功邠寧戡定

卻說李茂貞恃功驕橫，不受朝命，且上表譏毀昭宗，表文略云：

陛下貴為萬乘，不能庇元舅之一身（指王瓌事），尊極九州，不能戮復恭之一豎，但觀強弱，不計是非，體物錙銖，看人衡纊，軍情易變，戎馬難羈，唯慮甸服生靈，因茲受禍，未審乘輿播越，自此何之？

昭宗覽此數語，禁不住憤怒起來，便擬發兵進討，命宰相杜讓能，專司兵事。讓能進諫道：「陛下初登大寶，國難未平，茂貞近在國門，不宜與他構怨，萬一不克，後悔難追。」昭宗嘆息道：「王室日卑，號令不出國門，這正志士憤痛的時候，朕不能坐視陵夷，卿但為朕調兵輸餉，朕自委諸王用兵，成敗與卿無干。」讓能道：「陛下必欲興師，亦當商諸中外大臣，集思廣益，不應專事委臣。」昭宗又道：「卿居元輔，與朕義關休戚，不宜畏難避事。」讓能泣道：「臣豈敢畏避？但時有未可，勢又未能，恐他日徒為晁錯，不能弭七國兵禍，所以臨事躊躇。如陛下必欲委臣，臣敢不奉詔，效死以報。」果然死了。昭宗乃喜，命讓能留居中書，計劃排程，月餘不歸。偏崔昭緯陰結邠岐，代作耳目，讓能朝發一言，二鎮夕即知曉。茂貞暗令黨羽混入都中，糾合市民數千，俟觀軍容使西門君遂，及崔昭緯等出來，即遮集馬前，泣訴：「茂貞無罪，不宜致討，免使百姓塗炭。」君遂謂：「事關宰相，於己無與。」昭緯且說道：「此事由主上專委杜太尉，我輩不得預聞。」市人因亂投瓦石，昭緯等慌忙走避，才得脫身。昭宗聞報，命捕誅為首亂民，並一意遣將調兵，遂命覃王嗣周（順宗子經之後）為京西招討使，討李茂貞，神策大將軍李鐬為副，出宰相徐彥若為鳳翔節度使，令嗣周帶著禁軍三萬，送徐赴鎮，出駐興平。茂貞聯同王行瑜軍，合兵六萬，共至梲屋，抵拒禁軍。禁軍多系新募少年，哪裡敵得過兩鎮雄師？一聞兩鎮兵至，未戰先怯，至茂貞等進逼興平，禁軍多已駭散。嗣周及鐬，也只得奔還。茂貞乘勝進攻三橋，京師大震，盈廷惶惶。崔昭緯更密遣茂貞書，謂：「用兵非主上意，全出杜太尉一人。」茂貞因陳兵臨皋驛，表列讓能罪狀，請即加誅。讓能亦入白昭宗道：「臣嘗料有此變，今已至此，請以臣為辭。」昭宗且泣且語道：「今與卿成訣別了。」遂下詔貶讓能為梧州刺史，流觀軍容使西門君遂至儋州，內樞密使李周潼至崖州，段詡至驩州。茂貞等仍然未退，昭宗又御安福門，命斬君遂周潼詡三人，再貶讓能為雷州司戶，且遣使語茂貞道：「惑朕舉兵，實出君遂等三人，非讓能罪。」茂貞定欲誅死讓能，方肯退兵。崔昭緯復從中慫恿，乃竟將讓能賜死，連讓能弟戶部侍郎弘徽，亦迫令自盡。讓能已是枉死，弘徽更屬沉冤。再召東都留守韋昭度為司徒，御史中丞崔胤為戶部侍郎，並同平章事，授茂貞為鳳翔節度使，兼山南西道節度使，並官中書令。王行瑜進爵太師，加號尚父，特賜鐵劵，兩鎮兵方卷甲退歸。嗣是朝廷動息，均須稟受邠岐二鎮意旨，不得擅行。

景福三年，復改元乾寧，李茂貞入朝，大陳兵衛，閱數日歸鎮，自昭宗以下，無敢少忤。右散騎常侍鄭綮，素號詼諧，多為歇後詩，譏嘲時事。昭宗還道他蘊蓄深沉，特手注班簿，命他為相。黨吏爭往告綮，綮微笑道：「諸君太弄錯了。就使天下無人，也未必輪到鄭綮。」堂吏答道：「事出聖意，的確不誤。」綮又道：「果有此事，豈不令人笑話？」既而賀客趨集，綮搔首道：「歇後鄭五作宰相，時事可知了。」自知頗明。當即上書固辭，有詔不許，乃勉強受職；已而復累表避位，解組竟歸。卻是明哲保身。昭宗覆命翰林學士李谿為相，知制誥劉崇魯，出班大慟。昭宗問為何因？崇魯極言李谿奸邪，不勝重任，乃罷谿為太子少傅。谿上書自訟，亦醜詆崇魯庭拜田令孜，為朱玫作勸進表，慟哭正殿，為國不祥，於是崇魯亦即免官，內政不綱，外亂益熾。平盧節度使，任了王師範，鎮海節度使，任了錢鏐，柳玭為瀘州刺史，劉隱為封州刺史，還算由朝廷封拜，奉命就職。他如楊行密擅取廬歙舒泗諸州，所置守吏，毫不稟承。孫儒餘黨劉建鋒馬殷，南走至洪州，招集黨羽，得十萬餘人，攻下潭州，殺死節度使鄧處訥，自稱留後。王建也擅奪彭州，殺死節度使楊晟，及馬步使安師建。李克用嘗為養子存孝，表求為邢洺磁節度使。存孝為存信所譖，無從申訴（存信為張氏子，亦為克用義兒，已見前九十四回），竟潛結王熔及朱全忠，背叛克用。克用自引兵圍攻邢州，存孝固守經年，城中食盡，乃出見克用，泥首謝罪。克用將他械住，囚歸晉陽，車裂以徇。存孝驍勇絕倫，克用很加憐惜，意下令用刑時，諸將必代為請免，偏諸將嫉忌存孝，無一進言，坐致令出難回，一個昂藏勇士，分作四裂。存孝部將薛阿檀，勇悍不亞存孝，因與存孝通謀，恐致事洩，也即自殺。克用失去兩人，心中好生不悅，好幾日不視軍事，過了半年，方因李匡籌屢侵河東，乃出師北向，拔武州，降新州，連敗匡籌兵眾，直搗幽州。匡籌逃往滄州，為義昌節度使盧彥威所殺。他的豔妻，不知如何下落？幽州軍民，開城歡迎河東軍，克用趨入府舍，命劉仁恭及養子李存審，略定各屬，又表薦劉仁恭為盧龍節度使，唐廷不敢不從。

可巧護國節度使王重盈病亡，軍中願奉重榮子珂為留後，珂實重榮兄子，重榮養為己兒，重盈子王珙，曾為保義節度使，同弟晉州刺史王瑤，與珂爭位。珂系李克用女夫，當然向克用告急，克用即為珂代求節鉞。朝廷准珂為留後，珙與瑤未肯便休，卻厚結王行瑜李茂貞韓建三帥，表稱珂非王氏子，不應襲職。昭宗下敕相報，謂已先允克用所奏，不便食言。看官！你想這王行瑜李茂貞韓建三人，果肯降心相從，不復異議麼？茂貞方攻拔閬州，逐走楊復恭，且獻復恭致守亮書，中有：「承天門為隋家舊業，汝但應積粟訓兵，勿復貢獻，試想我在荊榛中推立壽王，才得尊位，今廢定策國老，天下有如此負心門生天子麼？此恨不雪，決非丈夫。」昭宗得書甚怒，適韓建捕住復恭，及餘黨多人，書獻闕下，梟首獨柳（隨筆了過楊復恭）。兩鎮立此宏功，愈有德色。偏王珂王珙爭位一案，聯名上奏，竟撞了一鼻子灰，面子上很過不下去，王珙更遣使語三帥道：「珂與河東聯婚，將來必不利諸公，請先機加討！」王行瑜首先發兵，令弟同州刺吏王行約攻河中，自與茂貞及建，各率精騎數千人入朝。昭宗御安福門，整容以待。還算膽大。三帥到了門下，盛陳甲兵，拜伏舞蹈。昭宗俯語道：「卿等不奏請俟報，便稱兵馳入京城，意欲何為？若不能事朕，今日請避賢路。」行瑜茂貞，聽到此言，倒也無詞可答。唯韓建略述入朝情由，昭宗乃諭令入宴，三帥宴畢，又復面奏，略言：「南北司互分朋黨，紊亂朝政，韋昭度前討西川，甚為失策，李谿雖已免相，尚且蟠踞朝堂，非亟誅無以慰眾心。」昭宗不願允行，又不敢毅然拒絕，只得以「且從緩議」四字，對付三帥。偏三帥出了殿門，竟招呼甲士，捕殺韋昭度李谿，及極密使康尚弼數人。目中豈尚有天子耶？又請除王珙為河中節度使，徙王珂至同州。昭宗懼為所脅，不得已暫從所請。三帥又密謀廢立，擬另戴昭宗弟吉王保為帝。忽聞李克用起兵勤王，約期入關，三帥各有戒心，乃各留兵三千人宿衛京師，匆匆的辭歸本鎮去了。

後來昭宗察知三帥犯闕，由崔昭緯暗中慫恿，乃決意易相，再起孔緯同平章事，張浚為諸道租庸使，李克用聞浚復任事，因抗表固爭，有「浚朝為相，臣夕至闕」等語。昭宗遣使慰諭，謂未嘗相浚。克用乃申錶王行瑜李茂貞韓建稱兵犯闕，戕害大臣，願率蕃漢兵南下，為國討賊，一面移檄三鎮，指斥罪狀，王行瑜等統皆驚惶，克用長驅至絳州，刺史王瑤閉城守禦，相持十日，竟被克用攻破，斬瑤示威。復進兵河中，王珂迎謁道旁，克用也不暇入城，即趨同州，王行約棄城遁走。行約弟行實，時為左軍指揮使，奏稱同華已沒，沙陀將至，請車駕轉幸邠州。樞密使駱全瓘，卻請昭宗往鳳翔，昭宗道：「克用尚駐軍河中，就使到來，朕自有法對付，卿等但各撫本軍，勿使搖動為是。」兩人怏怏退出。全瓘卻去聯結右軍指揮使李繼鵬，謀劫上趨鳳翔。繼鵬本姓閻名珪，因拜茂貞為假父，所以易姓改名。駱李等正在安排，事為中尉劉景宣所聞，告諸王行實。行實也欲劫上往邠州，孔緯面折景宣，謂車駕不應輕離宮闕。到了傍晚，繼鵬又連請出幸，昭宗不從。哪知王行實竟召入行約，引左軍攻右軍，兩下相殺，鼓譟震地。輦轂下如此橫行，尚得謂有法紀麼？昭宗聞亂，亟登奉天樓，傳諭禁止，且命捧日都頭李筠，率部軍侍衛樓前。繼鵬竟召鳳翔兵攻筠，矢拂御衣，射中樓桷。左右扶昭宗下樓，繼鵬復縱火焚宮門，煙焰蔽天，闔宮鼎沸。先是有鹽州六都兵屯駐京師，為左右兩軍所憚，昭宗急令入衛，兩軍方才退走。昭宗至李筠營避亂，護蹕都頭李居實率眾繼至，昭宗稍稍放心。未幾，復有謠言傳入，說是行瑜茂貞，將入都來迎車駕。昭宗又恐他脅迫，乃命筠居實兩都兵自衛，徑出啟夏門，道過南山，寄宿莎城鎮。士民追從車駕，約數十萬人，及至谷口，三成中喝死一成，夜間復遭盜劫，哭聲遍野；百官多扈從不及，唯戶部尚書薛王知柔先至，昭宗命權知中書事及置頓使。既而崔昭緯等皆至莎城，昭宗乃復移蹕石門鎮。

李克用聞昭宗出奔，遣判官王瓌趨問起居，一面督兵攻華州。韓建登城呼克用道：「僕與公未嘗失禮，何為見攻？」克用應聲道：「公為人臣，逼逐天子，公為有禮，何人為無禮呢？」說罷，即麾兵進攻。建亦極力拒守，彼此相持不下。適內侍郗延昱，齎詔至克用軍，略言邠岐二鎮，有劫駕消息，請即過援。克用乃釋華州圍，移駐渭橋。昭宗復遣供奉官張承業，詣克用營，克用留使監軍，遂遣部將李存貞為先鋒，又令史儼統三千騎士，詣石門扈駕，再命李存信李存審令同保大節度使李思存（即拓跋思恭弟），往梨園寨攻王行瑜，擒住敵將王令陶等，械送行在。李茂貞聞風知懼，召還李繼鵬，把他斬首，傳示石門，奉表謝罪，且遣使向克用求和。昭宗亦遣延王戒丕（玄宗子玢之後），往諭克用，令且赦茂貞，專討行瑜。克用受命，遣子存勖還報行在。存勖年僅十一，狀貌魁梧，昭宗嘆為奇兒，用手撫頂道：「兒方為國棟梁，他日宜盡忠我家。」存勖拜謝而還。昭宗即命克用為邠寧四面行營都招討使，保大節度使李思存為北面招討使，定難節度使李思諫為東面招討使，彰義節度使張鐇為西面招討使，共討行瑜。

克用復表請還京，並願撥騎兵三千，駐守三橋，防蔽京師。昭宗始啟蹕回都，到了京城，但見宮闕被焚，尚未完葺，沒奈何寓居尚書省，百官隨駕往來，流離顛沛，亦多半無袍笏僕馬，面目憔悴，形色蒼涼。亂世君臣，大率如是。宰相孔緯，在途中感冒風寒，即致病死。崔昭緯罷為右僕射，再貶為梧州司馬。徐彥若本出鎮鳳翔，因不得蒞任，還為御史大夫，仍進授同平章事；戶部侍郎王摶，亦得入相；崔胤已免復起；京兆尹孫偓，也受命為戶部侍郎，一同輔政。相臣四人，一個兒也不少，可惜都未能稱職。王摶較孚物望，但碩果僅存，何足濟事。昭宗專任克用，進命為行營都統，授昭義節度使，李罕之為檢校侍中，充行營副都統，且特把後宮中的魏國夫人陳氏，賜與克用。不怕做元緒公麼？陳氏才色雙全，竟畀克用享受，當然感恩圖報，願盡死力，於是與邠寧兵交戰數次，無不奏捷，再令李罕之李存信等，急攻梨園，堵絕糧道。城中無糧可食，自然潰散。罕之等縱兵邀擊，殺獲萬餘人，擒住行瑜子知進，及大將李元福。克用復親往督攻，王行約行實等遁去。行瑜率精騎五千，退守龍泉寨，且飛使至鳳翔告急，李茂貞發兵五千各往援，遇著沙陀將士，好似風捲殘雲，頃刻四散。行瑜復棄寨入邠州，克用追至城下，行瑜登城號哭，顧語克用道：「行瑜無罪，脅迫乘輿，皆茂貞繼鵬所為，請公移兵責問鳳翔，行瑜願束身歸朝。」你是首先發難，為何諉過他人？克用答道：「王尚父何謙恭乃爾？僕受詔討三賊臣，公實與列，若欲束身歸朝，僕卻不敢擅允哩。」答語頗妙。行瑜知不可免，涕泣下城，越宿，挈族出走。克用得入邠州，封府庫，撫居民，禁兵四掠，邠人大悅。行瑜走至慶州境，為部下所殺，傳首京師，邠寧告平。

克用還軍渭北，昭宗封克用為晉王，加李罕之兼侍中，以河東大將蓋寓領容管觀察使，其餘克用子弟及將佐，並進秩有差。克用遣書記李襲吉入朝謝恩，乘間代奏道：「近來關輔不寧，強臣跋扈，若乘此勝勢，遂取鳳翔，這是一勞永逸的至計。臣今屯軍渭北，取候進止。」昭宗遲疑未決，特與近臣熟商。或謂：「茂貞覆滅，沙陀益盛，朝廷且聽命河東，亦非良策。」昭宗乃賜克用詔書，褒他忠勇，且言：「跋扈不臣，唯一行瑜，茂貞韓建，近已悔罪，職貢相繼，且當休兵息民，徐觀後釁。」克用奉詔乃止，但私語詔使道：「朝廷用意，似疑克用有異心，克用居心無他，特自料茂貞不除，關中恐仍無寧日哩。」誠如公言。言下很是嘆息。未幾，又有詔免他入覲，克用尚欲入朝，經蓋寓勸止，乃表稱臣總領大軍，不敢徑入朝覲，驚動宮廷。表至京師，上下始安。

克用引兵北歸，茂貞仍驕橫如故，河西州縣，多為所據。還有威勝節度使董昌，歷年苛斂，充作貢賦，唐廷寵命相繼，他欲求為越王，未邀允准，竟居然稱起越帝，自稱大越羅平國，改元順天，署城樓曰天冊之樓，令群下呼為聖人。當時吳越間謠傳有怪鳥，四目三足，鳴聲幾似人言，彷彿有「羅平天冊」四字。昌指為鸑鷟，依鳥聲為國號。實是妖孽。節度副使黃碣，會稽令吳鐐，山陰令張遜，先後進諫，均被誅夷。又移書錢鏐，詳告開國情形，並授鏐為兩浙都指揮使。鏐覆書道：「與其閉門作天子，與九族百姓，俱陷塗炭，何若開門作節度使，長保富貴？」昌不見省，鏐遂表稱董昌僭逆，不可不誅。昭宗乃命鏐為浙東招討使，令擊董昌。鏐遣部將顧全武許再思等，進兵浙東，昌發兵迎戰，屢次失敗。餘姚石城，接連失守，慌忙向淮南乞援。楊行密令寧國節度使田頵，潤州團練使安仁義，往攻杭州戍軍，遙應董昌，且自率兵攻蘇州，拔常熟鎮，虜去刺史成及。鏐急召全武還軍，令防行密。全武已乘勝抵越州，不願再還，因復報鏐書道：「越州系賊根本，願先取越州，再復甦州未遲。」鏐依議而行。全武即猛攻越州，破入外郭，昌尚據牙城拒戰，鏐令降將駱團，往貽昌書，偽言已奉有詔命，令大王致仕歸臨安。昌乃送交牌印，出居清道坊。全武遣都監使吳璋，用舟載昌至杭州，途次把他殺死，並誅家屬三百餘人。鏐得昌首，獻入京師。羅平應改稱蕩平。昭宗加鏐兼中書令，出王摶為威勝節度使。威勝軍即浙東鎮。鏐卻囑兩浙吏民，公同上表，請任鏐兼領浙東。昭宗不得已仍留摶為相，命鏐為鎮海威勝兩軍節度使，更名威勝為鎮東軍。鏐復令全武等克復甦州，淮南兵遁去。吳越一區，遂長為錢氏守土了。小子有詩嘆道：

果然亂世出英雄，戡定東南立巨功。
為溯當年吳越事，迄今猶著大王風。

東南暫定，東北又啟紛爭，待小子下回續敘。

李茂貞王行瑜韓建，同為晚唐逆臣，為昭宗計，非不可討，但討罪須仗將士，試問當日有良將否乎？有勇士否乎？覃王嗣周，素無將略，貿貿然任為元戎，杜讓能一書生耳，無裴晉公李贊皇之才略，而遽委以兵事，多見其不知量也。迨三帥犯闕，恃眾橫行，杜讓能之貶死，冤過晁錯，韋昭度李谿之被殺，慘過武元衡，廢立將成，神器不保，是非昭宗之自貽伊戚耶？幸李克用仗義興師，嚇退三帥，梨園一戰，行瑜授首，假令移討鳳翔，更及華州，茂貞韓建，指日可平，關輔從此弭兵，亦未可知也。乃惑於蜚言，阻止克用，前之討茂貞也何其急？後之赦茂貞韓建也又何其寬？自相鑿枘，適召強藩之侮弄而已。至若吳越一區，更不暇問，錢鏐自願討逆，始得平定董昌，於昭宗固無與焉。

第九十八回　占友妻張夫人進箴　挾兵威劉太監廢帝

卻說李克用還兵晉陽，正值朱全忠進攻兗鄆，兗鄆為天平軍屬境，節度使朱瑄兄弟，曾助全忠破秦宗權，全忠與他約為弟昆，倚若唇齒（見九十四回）。及全忠兼有徐州，遂欲併吞兗鄆，只苦無詞可借，未便出師，驀然想了一計，架誣朱瑄，但說他詔誘宣武軍士，移書誚讓。瑄怎肯受誣，自然覆書抗辯。全忠即遣部將朱珍葛從周襲據曹州，並奪濮州。嗣是連年戰爭，互有勝負。乾寧二年，全忠大舉攻兗州，朱瑄遣將賀瓌柳存薛懷寶，率兵萬餘人，往襲曹州，不意為全忠所聞，夤夜往追，至鉅野南，生擒瓌存及懷寶，並獲兗軍三千餘名，乃再至兗州城下，望見朱瑾巡城，便將俘虜推示，指語瑾道：「卿兄已敗，何不早降？」瑾因兄瑄留守鄆州，未聞失陷消息，料知全忠誑言，遂將計就計，偽稱願降，出送符節。全忠大喜，即使朱瓊往迎。瑾被甲出城，立刻橋上，令驍將董懷進埋伏橋下，待瓊一到，即呼懷進何在？當由懷進突出，擒瓊入城，不到片刻，即將瓊首擲出城外。全忠易喜為怒，也將柳存薛懷寶殺斃，只因賀瓌素有勇名，留為己用，自己引兵還鎮，但命葛從周屯兵兗州。

朱瑄聞兗州圍急，屢遣使至河東，求他出援。李克用發兵數千，令史儼李承嗣為將，假道魏州，往援兗鄆。繼又遣李存信率兵萬騎，作為後應，再向魏州假道。魏博節使羅弘信，初意頗願和克用，放過史儼等軍，及存信將至，適接到朱全忠書，謂克用志吞河朔，休中他假途滅虢的詭計。弘信信為真言，朱三反覆狙詐，難道弘信尚未聞知麼？遂發兵三萬，夜襲存信。存信未曾防備，哪裡敵得住許多魏軍，立即大潰，資糧兵械，委棄殆盡。克用見存信逃歸，始知弘信依附全忠，便興兵往攻魏博。全忠正遣大將龐師古，會同葛從周軍，徑攻鄆州，一聞克用攻魏，亟調從周赴洹水，為魏博聲援。克用引兵擊從周，從周令軍士多掘深坎，引河東將士追擊，屢躓坎中，俘去甚眾。克用性起，也策馬馳救，哪知一腳落空，也入坎窞，險些兒為汴軍所擒。幸克用眼明手快，拈弓射斃一汴將，始得脫險奔還。河東兵退去，從周復還擊兗鄆，連破朱瑄兄弟。兗鄆屬境，統為汴軍所據。克用再發兵赴援，輒為魏人所拒，不得前進。全忠遂命龐葛兩將，併力攻鄆，朱瑄兵少食盡，不復出戰，但鑿濠引水，聊以自固。師古等夜築浮橋，冒險渡濠，直薄城下。瑄料不可守，棄城奔中都。葛從周麾兵追躡，瑄為野人所執，獻從周軍。全忠得入鄆城，命龐師古為天平留後，至從周解到朱瑄，復令從周速襲兗州。朱瑾方慮乏食，留部將唐懷貞守城，自與河東將史儼李承嗣，出掠徐境，接濟軍需。懷貞孤立失援，突聞汴軍奄至，不覺大驚，只好開城迎降。

從周入兗州，捕得朱瑾妻孥，送往鄆城。瑾妻饒有姿色，為朱全忠所見，即命侍寢，婦人家畏威怕死，沒奈何含垢忍恥，供他淫汙。這是婦人最壞處。全忠歡宿數宵，始引兵返汴，到了封邱，正值愛妻張氏，率眾來迎。這位張夫人籍隸碭山，甚有智略，素為全忠所敬憚，無論軍府大事，必經帷闥參謀，此次全忠還見妻面，不禁帶著三分慚色。張夫人已瞧透機關，用言盤詰，知全忠已納瑾妻，便笑語道：「妾雖婦人，不懷妒意，何妨請來相見。」全忠乃令瑾妻入謁，瑾妻俯首下拜。虧她老臉。張夫人亦答拜，且持瑾妻手泣語道：「兗鄆與我同宗，約為兄弟，只因小故起嫌，遂致互動兵戈，使吾姒辱至此地，他日汴州失守，恐我亦不免似吾姒今日哩。」這一席話，說得瑾妻無地自容，淚涔涔下，連全忠亦自覺赧顏，汗流滿面。晉汴舉事不同，偏各得一賢婦。乃送瑾妻至佛寺為尼，斬朱瑄於汴橋。自是鄆齊曹棣兗沂密徐宿陳許鄭滑濮諸州，俱屬全忠。唯王師範保有淄青一道，還算獨立，但也與全忠通好，不敢擅行。

朱瑾聞兗鄆俱失，無路可歸，乃與史儼李承嗣走保海州，又恐為汴軍所逼，即擁州民渡淮，投奔楊行密。行密至高郵迎勞，並表瑾為武寧節度使。淮南舊善水戰，不嫻騎射，及得河東兗鄆兵，水陸兼備，軍聲大振。全忠聞行密招納朱瑾，發兵往擊，遣龐師古屯清口，葛從周屯安豐，自將中軍屯宿州。行密與朱瑾統兵三萬，出御汴軍，瑾聞師古營地汙下，擬決淮水上流，灌入敵壘，當下向行密獻計。行密欲先趨壽州，李承嗣進言道：「朱公計劃甚善，清口破敵，全忠奪氣，何必再行勞師。」行密遂依瑾議，瑾令軍校潛決淮水，自率五十騎先渡。有人報知師古，師古尚謂訛言惑眾，將他殺斃。及瑾已逼營，倉猝拒戰，適值淮水大至，營中幾成澤國，士卒駭亂，師古方手足失措，不料行密又統軍殺到，與朱瑾併力夾攻，那時汴軍大敗，師古竟死亂軍中。葛從周聞報駭退，被行密等乘勝追擊，殺溺殆盡，生還只數百人。全忠亦掃興奔歸。行密大會諸將，極稱李承嗣有謀，表領鎮海節度，且待史儼亦甚厚，還軍後各賜第宅及姬妾，兩人遂願為行密效力，屢次立功。李克用亦遣人貽書，求還史李二人，行密留住不放，但覆書修好，只說待緩日遣歸，由是得保據江淮，全忠不能與他爭鋒了。這是借用客將之效。

梧州司馬崔昭緯，沿途逗留，不肯往就貶所，且因武安軍方有亂事，節度使劉建鋒，私通親卒陳贍妻，為贍所殺，軍中另立刻殷為留後，他便藉此藉口，只推說道梗難通，一面貽書朱全忠，求他挽回，全忠置諸不理。唐廷已有所聞，乃遣中使追及荊南，勒令自盡，中外稱快。獨李茂貞韓建兩人，素與昭緯表裡為奸，不忍聞他誅死，因又欲伺隙發難，可巧昭宗置殿後四軍，選補數萬人，使延王戒丕等統帶，借資護衛。李茂貞乘間上表，詭說延王將稱兵討臣，臣今勒兵入朝請罪。昭宗覽表大驚，亟向河東告急。急時抱佛腳，已屬無益。偏偏遠水難救近火，河東尚未接洽，鳳翔兵已逼京畿。覃王嗣周，帶了衛軍，出阻茂貞，茂貞不待晤談，便指揮眾士，殺退嗣周，直薄長安城下。延王戒丕，入白昭宗，謂：「關中藩鎮，無可依託，不如由鄜州渡河，往幸太原。」昭宗因草草整裝，挈著嬪妃嗣王等數十人，潛出都城，奔至渭北。連番奔波，莫非自取。韓建遣子從允奉表，請幸華州，昭宗知建不懷好意，未肯遽從，但命建為京畿都指揮，兼安撫制置，及催促諸道綱運等使，自啟駕至富平。建又奉表固請，從官亦不願遠去，乃召建至行在，面議去留。

建抵富平，謁見昭宗，頓首泣陳道：「方今藩鎮跋扈，不止茂貞一人，陛下若去，宗廟園陵，何人居守？臣恐車駕渡河，無復還期。今華州兵力雖微，控帶關輔，尚足自固，臣積聚訓厲，已十三年，西距長安不遠，願陛下惠臨，徐圖興復，臣願為陛下盡力。」口是心非。昭宗因偕建至華州，就府署為行宮。建請罷崔胤相職，改授尚書左丞陸扆同平章事，王摶亦相繼免相，用左諫議大夫朱樸代任。崔胤密求朱全忠，替他轉圜，且教他營修東都宮闕，表迎車駕。全忠依言上表，力言崔胤忠臣，不應免職，自願率兵迎蹕。韓建不免驚慌。乃復召胤為相，遣人諭止全忠，胤再黜再進，遂排擠陸扆，誣他黨同李茂貞。扆竟遭貶為硤州刺史。茂貞入長安，又放了一把無名火，將重修的宮室市肆，焚毀俱盡。昭宗聞報，命宰相孫偓，為鳳翔四面行營招討使，討李茂貞。茂貞才上表請罪，獻助修宮室錢。韓建暗中袒護茂貞，阻偓出師，且奏稱睦濟韶通彭韓儀陳八王，均系唐朝宗室。謀劫車駕往河中。昭宗似信非信，召建入問。建又託疾不入，昭宗不得已，令八王詣建自陳。建又拒絕不見，但再表申請勒歸私第，妙選師傅，教以詩書，不准典兵預政。昭宗已陷虎口，無法推諉，乃詔令諸王所領軍士，遣歸田裡，建又請撤去殿後四軍，昭宗亦不敢不從。天子親軍，至此盡撤。捧日都頭李筠，為石門扈從第一功臣，建誣他謀變，請旨處斬。筠既冤死，建心尚未足，索性大起殺心，縱兵圍諸王第，拿住覃王嗣周，延王戒丕，通王滋，沂王禋，彭王惕，丹王允，及韶王陳不韓王濟王睦王等十一人，韶王以下，史失其名。共牽至石堤谷，冤誣反狀，可憐諸王被髮徒跣，極口呼冤，隨他叫破喉嚨，沒一個出來救護，號炮一鳴，刀光四閃，十一王首級，都垂地下。暗無天日。建竟先斬後奏，以謀反聞。看官！你想昭宗至此，果安心不安心麼？建又強慰昭宗，奏請立德王裕為皇太子，裕系昭宗塚嗣，為淑妃何氏所出，何氏方從幸華州，建向何氏討好，立裕為儲，並請冊何氏為皇后。唐自憲宗以降，好幾代不立正宮，至此復行冊后禮，行轅草率，粗備儀文。看官聽著！這已是著末一出了。

孫偓受詔不行，撤去招討使，並罷相位。朱樸亦免，王摶再相，也無術維持國政。李茂貞官爵，忽奪忽還，毫無定策。東川為王建所並，節度使顏彥暉自殺。威武節度使王潮逝世，弟審知知軍府事，魏博節度使羅弘信死，子紹威自稱留後。當時雖皆上表奏聞，昭宗還有什麼辯論。不過有求必應，濫給詔書，予他旌節，便算了事。回鶻別部龐特勒後裔，及南詔嗣酋舜化，先後上書，唐廷也無暇報答，幸外夷亦多衰微，無心入寇，所以邊疆尚靖，只內部分擾亂難平。李克用聞茂貞犯闕，擬再發兵進援。茂貞素憚克用，因詐稱改過，累表謝罪。嗣又聞朱全忠營洛陽宮，有迎駕意，復馳錶行在，願修復宮闕，奉昭宗歸長安。韓建已與茂貞串同一氣，也勸昭宗還都，昭宗乃令建為修宮闕使。建與茂貞共致書河東，願與克用修和。克用正用兵幽州，樂得應允，韓建乃奉駕還都。看官閱過前回，應知幽州節度使劉仁恭，為克用所保薦，何故互動兵戈哩？原來仁恭蒞鎮，克用曾派親兵千人監守，所有租賦，除供給軍需外，悉令輸送晉陽。至昭宗出奔華州，克用向仁恭徵兵，一同入援，仁恭不應，經克用移書責備，他反擲書嫚罵，拘住使人。克用大怒，自率兵往攻幽州，中途飲酒，被仁恭將單可及，設伏殺敗，奔還晉陽。仁恭恐克用復仇，亟與朱全忠聯繫，全忠因會同幽州魏博兩鎮軍士，攻拔邢洺磁三州，昭宗方還京大赦，下詔罪己，改元光化，一面命太子賓客張有孚，為河東汴州宣慰使，替他雙方和解。克用頗欲奉詔，獨全忠不從，澤州守將李罕之，本依附克用，平王行瑜，他本思代鎮邠寧，克用謂不應恃功要君，乃怏怏還澤州。

會昭義節度使薛志勤病逝，罕之即自澤州入潞州，據有昭義軍。克用遣使詰責，罕之遽輸款朱全忠，乞為援助。全忠遂表薦罕之為昭義節度使。克用遣李嗣昭襲取澤州，擄得罕之家屬，囚送晉陽。罕之驚惶成疾，竟致不起。全忠急使部將賀德倫代守潞州，嗣昭移軍圍攻，德倫夜遁，澤潞復歸克用，克用表授孟遷為留後。你也上表，我也上表，其實統是盜名欺世。劉仁恭與魏州失歡，大舉攻貝州，魏博節度使羅紹威，乞師汴梁，由朱全忠遣將李思安等，率兵救魏，大破幽州，斬仁恭驍將單可及。可及系仁恭妹婿，驍勇絕倫，綽號單無敵，至是墮思安計，中伏敗死，幽州奪氣。仁恭自督兵拒戰，又被汴將葛從周殺退，喪失無算，僅與子守文狼狽遁還。從周乘勝攻河東，拔承天軍，別將氏叔琮拔遼州。克用遣將周德威往破叔琮，生擒叔琮驍將陳夜叉，叔琮遁去，從周亦引還。保義軍亂，殺死節度使王珙，另推都將李璠為留後。璠又為都將朱簡所殺，簡與全忠同姓，因作書相遺，改名友謙，願為全忠子姪。全忠笑允來使，自是陝虢一帶，亦為全忠屬土。全忠又北攻鎮州，成德節度使王熔乞和，獻子為質，義武節度使王郜，駐守定州，也被全忠將張存敬所攻，出戰大敗，奔赴晉陽。兵馬使王處直，出降全忠，用繒帛十萬犒師，全忠乃還，仍為處直表求節鉞。河北諸鎮，又折入全忠肘下，全忠勢力，直佔有中原大半，各方鎮莫與比倫了（為篡唐張本）。

宰相崔胤，恃全忠為外援，屢與昭宗謀去宦官，樞密使宋道弼景務修，專權自盜，也連結岐華二鎮，抵制崔胤。王摶從容入奏道：「人君當明大體，不宜意存偏私，宦官擅權已數十年，何人不知弊害？但勢難猝除，且俟外難漸平，再懲內蠹。」昭宗轉告崔胤，胤即謂摶依附中官，萬難再相。昭宗又疑胤懷私，竟將胤免職，復相陸扆。胤怎肯干休，乃浼全忠出頭，硬要昭宗貶逐王摶，及道弼務修等人。昭宗乃貶摶為崖州司戶，流道弼至驩州，務修至愛州，再用崔胤為相。胤更請命昭宗，令王摶等自盡，於是胤專制朝政，勢震中外，宦官相率側目，遂復鬧出一場廢立的大禍祟來。當時中尉劉季述，統領左軍，曾與韓建謀殺諸王，及道弼務修等貶死，不免動了兔死狐悲的念頭，遂與右軍中尉王仲先，繼任樞密使王彥範薛齊偓等密謀道：「主上輕佻多詐，不堪奉事，我輩恐終罹禍患，不若奉立太子，引岐華二鎮兵入援，控制諸藩，方得免害。」仲先等同聲贊成。會昭宗出獵苑中，夜宴歸來，醉後模糊，手刃黃門侍女數人，內外交訌，危亡在即，尚且遊宴好殺，是非速禍而何？翌晨日上三竿，尚是酣寢宮中，未曾啟戶。季述詣中書省，語崔胤道：「宮中必有變故，我係內臣，不便坐視，願便宜從事。」胤半晌無言，季述竟率禁軍千人，破門直入，訪問宮中，具得昨晚情狀，乃復出白崔胤道：「主上所為如此，怎堪再理天下？不如廢昏立明，為社稷計，不得不然。」

胤怕他凶威，含糊答應。季述即召集百官，陳兵殿廷，令胤等連名署狀，請太子監國。胤等統是怕死，無奈署名。季述仲先，帶領禁軍，大呼入思政殿，殺死宮人多名。昭宗聞殿前鼓譟，驚墮床下，及勉強起身，見季述仲先已在面前，嚇得毛髮直豎。季述等掖令坐定，出百官狀遞示昭宗。宮人忙走報何後，後趨入拜請道：「中尉勿驚動官家，有事不妨徐議。」季述道：「陛下厭倦大寶，中外群情，願太子監國，請陛下移養東宮！」昭宗支吾道：「昨與卿曹樂飲，不覺過醉，今日已悔悟了。」季述瞋目道：「這非臣等所為，事出南司，眾怒難犯，願陛下且往東宮，待事稍就緒，再當迎還大內，休得自誤！」何後見他聲色俱厲，頗有懼容，乃顧昭宗道：「陛下且依中尉語。」隨即從床內取出傳國璽，交與季述。季述叱令群閹，扶昭宗及何後登輦，並嬪御侍從十餘人，詣少陽院。季述用銀撾劃地，數昭宗過失道：「某時汝不從我言，某事汝又不從我言，罪至數十，尚有何說？」彷彿似父訓子。語畢出門，親自加鎖，熔鐵錮住，復遣左軍副使李師虔率兵環守，穴牆為牖，俾通飲食。昭宗求錢帛紙筆，一概不與。天適大寒，嬪御公主無衣衾，號哭聲直達牆外。季述迎太子入宮，矯詔令太子即位，改名為縝，奉昭宗為太上皇，何後為皇太后，加百官爵秩，優賞將士，凡宮人左右，前為昭宗寵信，一律搒死，更欲殺司天監胡秀林，秀林正色道：「中尉幽求君父，尚欲多殺無辜麼？」季述倒也不敢下手，聽令自去。復恐崔胤密召朱全忠，立遣養子希度至汴，許把唐室江山，作為贈品。小子有詩嘆道：

拚將社稷送強臣，逆豎居然作主人。
試看唐朝閹寺禍，江山從此付沉淪。

欲知全忠是否樂從？且至下回說明。

亂世無公理，亦幾無天道。朱瑾曾救朱全忠，全忠乃誣罪加兵，奪其地，辱其妻，殺其兄，張夫人雖有微言，得釋瑾妻為尼，然一經玷汙，畢生難滌，全忠之惡，可勝數乎？然猶得橫行河朔，無戰不克，非後日老賊萬段之舉，尚何有所謂公理？又何有所謂天道也？若昭宗之被幽，無非自取，權幸蝨於內，悍帥騫於外，尚遊畋酣宴，恬不知戒，魚遊釜中，蠅集刀上，不死被幽，猶為幸事。但窮凶極惡如劉季述，亦為宦官最後之終點。觀其銀撾劃地之言，試問由何人縱容，乃至於此？而且喪心病狂，竟欲送唐社稷於朱全忠，犬馬猶思報主，而晚唐乃有此近臣，不吾忍聞，吾幾不欲終讀此篇矣。

第九十九回　以亂易亂劫遷主駕　用毒攻毒盡殺宦官

卻說劉季述遣人至汴，願以唐社稷為贈品，崔胤亦密召全忠，令他勤王。全忠接閱兩書，躊躇莫決。已有心篡唐了。副使李振進言道：「王室有難，便是助公霸業，今公為唐室桓文，安危所繫，季述宦豎，乃敢囚廢天子，若不能討，如何號令諸侯？況且幼主位定，天下大權，盡歸宦官，豈不是倒授人柄麼？」全忠大悟，即將希度囚住，遣親吏張玄暉赴京，與崔胤共謀反正。計尚未定，巧值神策指揮使孫德昭，因季述廢立，常有憤言，胤微有所聞，即令判官石戩，往說德昭道：「自上皇幽閉，中外大臣，莫不切齒，今獨季述仲先等數人，悖逆不臣，公誠能誅此二人，迎上皇復位，豈非功成名立，傳譽千秋？若再狐疑不決，恐此功將為他人所奪呢。」德昭且泣且謝道：「德昭不過一個小校，國家大事，怎敢擅行？若相公有命，德昭何敢愛死？」戩即還白崔胤，胤割衣帶為書，令戩轉授德昭。德昭復結右軍都將董彥弼周承誨等，擬至除夕舉事，伏兵安福門外，掩捕凶豎，是時已為光化二年的暮冬了。

殘年已屆，宮廷內外，統是團圞守歲，暢飲通宵，獨德昭等部勒軍士，分頭潛伏。轉眼間天色熹微，雞聲報曉，王仲先馳馬入朝，甫至安福門外，即由德昭突出，麾動兵士，將他拿下，趁手一刀，砍作兩段。名為仲先，應該先誅。德昭持首詣少陽院，叩門大呼道：「逆賊已誅，請陛下出勞將士！」何後正與昭宗對泣，驟聞呼聲，尚是未信，因即應聲道：「逆賊果誅，首級何在？」德昭亟將仲先首級，從穴中遞入。何後持示昭宗，果然不謬，乃破扉直出，崔胤也已到來，奉上御長樂門樓，自率百官稱賀。周承誨亦擒住劉季述王彥範，押至樓下，昭宗正欲詰責，已被各軍士用梃亂擊，打成了一團糟。薛齊偓投井自盡，由軍士搜出梟屍，遂滅四人家族，誅逆黨二十餘人。宦官奉太子匿左軍，獻還傳國璽。昭宗道：「裕尚幼弱，為凶豎所立，不足言罪，可還居東宮。」乃仍降裕為德王，仍復原名。賜德昭姓名為李繼昭，承誨姓名為李繼誨，彥弼亦賜姓李，繼昭充靜海節度使，繼誨充嶺南西道節度使，彥弼充寧遠節度使，均兼同平章事職銜，留掌宿衛。閱十日始出還家，賞賜傾府庫，時人號為三使相。進崔胤為司徒，朱全忠為東平王。李茂貞聞昭宗復位，特自鳳翔入朝，詔封他為岐王。無功加封，益令跋扈。改元天復，大齎功臣子孫。

崔胤陸扆，聯名上疏，謂：「國家禍亂，皆由中官典兵，乞令臣胤主左軍，臣扆主右軍，庶宦官無從專擅，諸侯亦不敢侵陵，王室自然漸尊了。」李茂貞聞了此言，謂崔胤等欲翦滅諸侯，大加反對。昭宗乃召李繼昭李繼誨李彥弼三人入商，三人同聲說道：「臣等累世在軍中，未聞書生可為軍帥，且禁軍若屬南司，必多所變更，不若仍歸北司為便。」於是覆命樞密使韓全誨，鳳翔監軍張彥弘為左右軍尉，禍水又成了。另用袁易簡周敬容為樞密使。李茂貞辭行還鎮，崔胤與茂貞商議，令留兵三千人，充作宿衛，監督宦官。茂貞允諾，令養子繼筠為將，率三千人留京。諫議大夫韓偓道：「留此兵必為國患。」胤不肯從，但日思裁抑宦官，削除內柄。從前楊復恭為中尉時，嘗向度支使借撥賣曲榷賦，贍養兩軍，此後不復歸償。胤不欲宦官專利，特令酤酒家自己造麴，月輸榷錢至度支，並近鎮亦照例辦理。李茂貞亦失利權，表乞入朝論奏。韓餘誨更代為申請，乃許茂貞入朝。茂貞至京，全誨厚與相結，約為黨援，胤始戒懼，益與朱全忠交歡，抵制茂貞。昭宗方倚胤為重，事無大小，先諮後行，每日召胤坐論，至晚方休。胤唯以除絕宦官為職志，奏對時輒加慫恿，宦官越覺側目。中書舍人令狐渙，及諫議大夫韓偓，已擢為翰林學士，聞胤欲盡誅宦官，從旁屢諫，謂相持過急，恐防他變，胤始終不省。

蹉跎蹉跎，過了半年，昭宗召偓入問道：「敕使中多半為惡，如何處置？」偓答道：「前時東宮發難，敕使統是同惡，欲加處置，應在正旦，今已錯過時機了。」昭宗道：「卿在前日，何不與崔胤商決？」偓又道：「臣見詔書，謂除劉季述四家外，餘人一概勿問。人主所重唯信，既下此詔，不宜食言，若復戮一人，勢必人人怕死，轉致恟恟不安。況此輩雜居內外，不下萬計，怎能一一盡誅？陛下不若擇他最惡諸人，聲罪正法，然後撫諭餘黨，選二三忠厚長者，令侍左右，庶幾勸善懲惡，激濁揚清。目下至要事體，在方鎮有權，朝廷無權，陛下能集權朝廷，中官亦何能有為？願陛下熟權緩急，毋致誤施。」偓語亦是非參半。昭宗頗以為然，無心誅閹。偏崔胤日夕營謀，先令宮人掌管內事，陰奪宦官權柄。韓全誨等泣語昭宗，求免擯斥，且求知書識字的美女數人，納諸宮中，令之詷察胤謀。胤有所陳，輒為所聞，乃教禁軍對上喧噪，只說胤減扣冬衣。胤方兼握三司使事，昭宗不得已撤胤鹽鐵使。胤知謀洩事急，不得不致書全忠，令他入清君側。全忠正取河中晉絳等州，擒斬王珂，復攻下河東沁澤潞遼等州，威振四方，奉詔兼任宣武宣義（即義成軍，因全忠父名誠，改名宣義）天平護國節度使。既得胤書，遂自河中還大梁，指日發兵。韓全誨聞知消息，急與李繼昭李繼誨李彥弼，及李繼筠等潛謀劫駕，先往鳳翔。繼昭獨不肯允議，全誨以事在燃眉，勢所必行，無論繼昭允否，他卻決計劫駕，便增兵分守宮禁諸門，所有出納文書，及進退諸人，一律搜查，盤詰甚嚴。昭宗聞報，忙召韓偓入語道：「全忠入清君側，大是盡忠，但須令李茂貞共同合謀，方不致兩帥交爭，卿可轉告崔胤，速即飛書兩鎮，令他聯繫。」偓徐答道：「這事恐辦不到。」昭宗道：「繼誨彥弼等，驕橫日甚，朕恐為他所害。」偓又道：「此事實失諸當初，前時諸人立功，但應酬以官爵田宅金帛，不宜使他出入禁中，且崔胤欲留岐兵，監製中尉，今中尉岐兵合為一氣，汴兵若來，必與鬥闕下，臣竊寒心，不知將如何結局哩。」昭宗但愀然憂沮，不知所措。悔之晚矣。及偓既退出，全誨竟令繼誨彥弼等，勒兵登殿，請車駕西幸鳳翔。昭宗支吾對付，說是待晚再商，繼誨等暫退。昭宗親書手札，遣人密賜崔胤，札中有數語云：「我為宗社大計，勢須西行，卿等但東行便了。惆悵惆悵！」是夕即開延英殿，召全誨等議事。李繼筠已遣兵入內庫，劫掉寶貨法物。全誨見了昭宗，但云「速幸鳳翔」四字。昭宗不答，全誨退出，竟遣兵迫送諸王宮人，先往鳳翔。適朱全忠有表到來，請昭宗幸東都，兩下交逼，內外大駭。昭宗遣中使宣召百官，待久不至，唯全誨等復帶兵登殿，厲聲奏請道：「朱全忠欲劫天子幸洛陽，求傳禪，臣等願奉陛下幸鳳翔，集兵拒守。」昭宗不許，拔劍登乞巧樓。拔劍為何？全誨等隨至樓上，硬逼昭宗下樓。昭宗才行及壽春殿，李彥弼已在御院縱火，煙焰外騰。比強盜還要凶悍。昭宗不得已，與後妃諸王百餘人，出殿上馬，且泣且行。沿途供奉甚薄，到了田家磑，始由李茂貞來迎。昭宗下馬慰諭，茂貞請昭宗上馬，相偕至鳳翔。

朱全忠發兵至赤水，聞昭宗已經西去，擬即還兵。左僕射致仕張浚入勸道：「韓建系茂貞私黨，今正好乘便往取，否則必為後患。」全忠乃引兵至華州，建料不能拒，出城迎謁，願獻銀三萬兩助軍。全忠徙建為忠武節度使，派兵送往，令前商州刺史李存權知華州。獨行獨斷，簡直是個皇帝。會接崔胤來書，請全忠速迎車駕。全忠覆書道：「進以脅君，退即負國，不敢不勉力從事。」便順道詣長安。胤率百官出迎長樂坡，列班申敬。全忠入都，因李繼昭不肯附逆，特別禮待，命為兩街制置使，賞給甚厚。繼昭盡獻部眾八千人，全忠即使判官李擇裴鑄，赴鳳翔奏事，謂臣系接奉密詔，及得崔胤書，令臣率兵入朝。昭宗已同傀儡，統由全誨茂貞等作主，矯詔復答全忠，但言朕避災至此，並非宦官所劫，所有從前密詔，都出自崔胤矯制，卿宜斂兵歸保土宇，不必西來。茂貞遣部將符道昭，屯兵武功，拒遏全忠。全忠與胤，接到矯詔，知非昭宗本意，遂由全忠派得康懷貞，領兵數千，作為前驅，全忠自統大軍繼進。懷貞擊破符道昭，直抵鳳翔城下，全忠亦至，耀武城東。茂貞登城語全忠道：「天子避災，非由臣下無禮，公為讒人所誤，不免多勞。」全忠應聲道：「韓全誨劫遷天子，故我特來問罪，迎駕還宮。岐王若不與謀，何煩陳諭。」茂貞下城，逼昭宗登陴，自諭全忠，令他退兵。全忠本非實心勤王，不過經崔胤苦功，勉強前來，既由昭宗面諭退還，樂得拜命奉辭，移趨邠州。彼此都是好心腸。

邠寧節度使李繼徽，本是茂貞養子，聞全忠移師來攻，沒法抵禦，只好出城迎降。全忠引兵入城，繼徽設宴相待，且出妻奉酒。全忠見她杏靨桃腮，非常美豔，不由的四肢酥麻，心神俱醉，待宴罷還營，寢不安枕，默籌了好多時，想定一策，待至天曉，即引兵再見繼徽，令複姓名為楊崇本，仍鎮邠州，但須交出妻孥，徙質河中，方許留鎮。繼徽憚他兵威，沒奈何唯唯從命，當下喚出豔妻愛子，與他們訣別。全忠不待多言，即麾兵直前，把他妻子擁去，終不脫盜賊行徑。自率兵退出邠州。驀聞河東將李嗣昭，由沁州至晉州，來援鳳翔，接應茂貞，當下不得不分兵往御，自己卻匆匆還至河中，安置繼徽妻孥，晚間即召繼徽妻入行幄，不管她願與不願，把她解頻寬衣，自逞肉慾。淫賊。

繼色忘時，又過了天復元年的殘冬。河東將李嗣昭，在平陽擊退汴兵，復會同別將周德威，攻克慈隰二州，進逼晉絳。全忠接連聞警，方遣兒子友寧，及部將氏叔琮，率精兵十餘萬人，往擊河東。河東兵少，不及汴軍半數，聞汴軍大至，眾情恟懼。周德威出戰失利，密令嗣昭率後軍先退，自督兵士且戰且行。叔琮友寧，長驅追擊，大敗河東軍，擒住克用子廷鸞，克用接得敗報，忙遣李存信領兵往迎，到了清源，河東軍多棄甲拋戈，狼狽奔還。隨後便是汴軍追至，存信登高遙望，見汴兵漫山遍野，嚇得魂膽飛揚，慌忙收軍還晉陽。汴軍取還慈隰汾三州，乘勝薄晉陽城。周德威李嗣昭，甫入城中，餘眾尚未盡歸，克用倉猝拒守，巡城俯視，見叔琮等攻城甚急，不由的長嘆道：「我不該信用李茂貞，遣兵攻鳳翔，此次被汴軍環攻，恐是城且將不保哩。」（借克用口中，補述出兵緣由。）遂召諸將入議，欲北走雲州。存信主張北行，李嗣昭嗣源及周德威，一齊勸阻道：「兒輩在此，必能固守，王勿為此謀，搖動人心。」克用乃晝夜登城，督眾力守，甚至寢食不暇，日虞危險，復欲乘夜北走。劉夫人亦諫阻道：「王常笑王行瑜輕意棄城，終致身死，奈何王亦蹈彼轍。且王前奔韃靼，幾不能免，幸朝廷多事，始得復歸，今一足出城，禍且不測，塞外尚可得至麼？」克用乃止。閱數日，潰兵還集，軍府漸安。嗣昭嗣源，又屢募死士，夜襲汴營，輒有斬獲。汴軍驚擾不安，復因霪雨連綿，疫疾大作，叔琮等乃引兵退還。嗣昭與周德威，出城追敵，復取慈隰汾三州，河東復振。但克用遭此虛驚，斂兵靜守，不敢與汴軍相爭，約有數年。全忠便得篡唐了。

昭宗寓居鳳翔，已經半載，但任兵部侍郎盧光啟，權勾當中書事，參知機務。韓全誨請罷免崔胤，李茂貞薦給事中韋貽範為相，昭宗不得不從，一面分道徵兵，命討朱全忠。楊行密據有江淮，特旨加封吳王，兼任討汴行營都統。王建並有兩川，亦由昭宗頒詔，令出師討汴，其實統是全誨茂貞，強迫昭宗，下此敕命。行密與建，也是陽奉陰違，各營私利，崔胤因罷相情急，奔赴河中，泣請全忠迎駕。全忠與宴，胤且親執檀板，長歌侑酒。不知自居何等？全忠乃發兵五萬，再赴鳳翔。李茂貞也督軍出拒，行至虢縣，與汴軍相遇，鬥了一仗，大敗奔還。全忠進軍鳳翔城下，朝服向城泣拜道：「臣但欲迎駕還宮，不願與岐王角勝哩。」嗣是分設五寨，環攻鳳翔。茂貞出兵拒擊，屢戰屢敗，保大節度使李茂勛，系茂貞弟，引兵救鳳翔，為汴將康懷貞擊敗。全忠且遣部將孔勍李暉，乘虛襲取鄜坊，茂勛進退無路，只好乞降全忠，改名周彝。茂貞養子繼遠彥詢等，又皆奔赴全忠，王建又襲據山南州鎮，弄得茂貞窮蹙失援，鎮日裡坐守孤城，愁眉不展。汴軍詬城上人為劫天子賊，城上人詬汴軍為奪天子賊，彼此一攻一守，又過數旬。鳳翔城中食盡，天氣已值隆冬，連番雨雪，凍死餓死，不可勝計，人肉每斤值百錢，犬肉值五百錢，每日進奉御膳，就把此肉充當。昭宗令鬻御衣，及後宮諸王服飾，暫充日用，軍士多縋城出降汴軍，茂貞無法可施，乃密謀誅戮宦官，自贖前愆，遂貽全忠書，歸罪全誨，請全忠扈蹕還都。全忠覆書道：「僕舉兵至此，無非為乘輿播遷，公能協力誅逆，尚有何言？」茂貞得復，獨入見昭宗，請誅韓全誨等，與全忠議和，奉駕還京。昭宗當然樂從，便遣殿中侍御史崔構，供奉官郭遵訓，賫詔出慰全忠，密訂和議。時又年暮，約以正月為期，盡誅閹黨。全忠允約，遣崔構等還城，並飭軍士緩攻，就在鳳翔行營，過了殘年。

天復三年正月，李茂貞收捕韓全誨，及李繼筠繼誨彥弼等十六人，一併斬首，改任第五可範為左軍中尉，仇承坦為右軍中尉，王知古楊虔朗為樞密使，當由昭宗遣後宮趙國夫人，及翰林學士韓偓，囊全誨等首級，持詣汴營，遣一婦人為使，不知何意。且傳述詔語道：「向來脅留車駕，不欲協和，均出若輩所為，今朕已與茂貞決議，一體誅夷，卿可將聯意曉諭諸軍，俾伸眾憤。」全忠總算拜受詔旨，遣判官李振奉表入謝，唯兵圍仍然未撤。茂貞疑崔胤從中作梗，請昭宗飛書召胤，令率百官赴行在。胤竟遲遲不至，詔書連下，至六七次，仍不見胤到來。再令全忠作書相招，全忠乃作書戲胤道：「我未識天子，請公速來，辯明是非。」胤才來至鳳翔，入城謁見昭宗，請即迴鑾。茂貞無法挽留，但請求何後女平原公主，賜為子婦。後意卻是未願，昭宗嘆道：「且令我得還長安，何憂爾女？」剜肉補瘡，且顧眼前。於是將平原公主，下嫁茂貞子侃，當即啟蹕出城，幸全忠營，崔胤搜誅扈從宦官，共七十二人。全忠又密令京兆尹，捕斬致仕諸閹，及留居京中各內侍，約九十人。一面迎駕入營，素服謝罪，頓首流涕。全是做作。昭宗命韓偓扶起全忠，且語且泣道：「宗廟社稷，賴卿再安，朕與宗族，賴卿再生，卿真可謂再造王室了。」恐就要砍你的腦袋。說罷，即解下玉帶，賜給全忠。全忠拜謝，遂命兄子朱友倫，統兵扈駕先行，自留部兵後隊，焚撤諸寨。駕至興平，始由崔胤召集百官，迎謁昭宗。昭宗覆命胤為司空，兼同平章事，仍領三司如故。

及昭宗還都，全忠亦至，與胤上殿面奏，謂宦官典兵預政，傾危社稷，此根不除，禍終未已，請悉罷內諸司使，事務悉歸省寺。諸道監軍，俱召還闕下。昭宗聽一句，應一聲，及兩人奏畢，退朝出來，即由全忠麾動兵士，大索宦官，捕得左右中尉，及樞密使等以下數百人，驅至內侍省，悉數梟首，冤號聲遠達內外。又命遠方賓客諸中使，不問有罪無罪，概由地方官長，就近捕誅，止留黃衣幼弱三十人，在宮灑掃。嗣是宣傳詔命，概令宮人出入，所有兩軍八鎮兵，悉屬六軍，命崔胤兼判六軍十二衛事。胤益專權自恣，忌害同僚，貶陸扆王溥韓偓，逼死盧光啟，且奏請令皇子為諸道兵馬元帥，副以朱全忠。昭宗欲簡任德王裕，胤承全忠密旨，利在幼沖，特請任昭宗第九子輝王祚。昭宗不能堅拒，悉從胤議，且加封胤為司徒兼侍中，全忠進爵梁王，賜號迴天再造竭忠守正功臣。凡全忠部將敬翔朱友寧以下，各賜號有差。全忠奏留步騎萬人戍京，用朱友倫為宿衛使，張廷範為宮苑使，王殷為皇城使，蔣玄暉為衛使，隨即陛辭還鎮。正是：

宦官掃盡權歸去，悍將留屯待再來。

全忠辭歸，當有一番餞別情形，且俟下回申敘。

劉季述後，又有韓全誨，以天子為傀儡，任情侮弄，崔胤之志在盡誅，宜也。但胤身居何職，就近不能誅逆閹，但借外兵以快私忿，始倚李茂貞，繼恃朱全忠，亦思茂貞全忠為何如人，而可教猱升木乎？且季述既誅，不聞懲前毖後，以致全誨復起，再劫乘輿，朱全忠逆跡久著，倚若長城，宦官雖殲，而唐室終覆，是亡唐者全忠，崔胤實其倀也。漢袁紹召董卓而漢亡，唐崔胤召朱全忠而唐亡，豈不哀哉？

第一百回　徒乘輿朱全忠行弒　移國祚昭宣帝亡唐

卻說朱全忠辭行歸鎮，昭宗御延喜樓，親自宴餞，席間賜全忠詩，全忠依韋屬和，又進《楊柳枝詞》五首，一褒一頌，無非是紙上風光。全忠奏薦清海節度使裴樞，可任國政，且謂臣與克用，無甚大嫌，乞厚加撫慰。昭宗唯命是從，全忠即謝宴啟行。百官送至長樂驛，崔胤更遠送至灞橋，至夜間二鼓，始還都城。昭宗尚召胤入對，問及全忠安否，置酒奏樂，至四鼓乃罷。方得息肩，又要長夜飲，可謂至死不變。克用聞胤得寵，語僚屬道：「胤外倚強賊，內脅孱君，權重怨必多，勢均釁必生，破國亡家，就在目前了。」又聞全忠請撫慰河東，也不覺冷笑道：「此賊欲有事淄青，恐我乘虛襲汴，所以假作慈悲呢。」億則屢中。看官道全忠何故欲攻淄青？原來平盧節度使王師範，曾接鳳翔偽詔，出討全忠，攻克兗州。及全忠還汴，師範正遣兵圍齊州，全忠令朱友寧援齊，擊退師範，乘勝拔博昌臨淄二縣，直抵青州城下。師範向淮南乞援，楊行密遣將王茂章往救，與師範共破汴軍，追斬友寧，汴軍傷亡幾盡。全忠聞報大憤，統兵二十萬，兼程東行。師範逆戰，大敗虧輸。茂章手下，不過數千人，眼見得支持不住，收兵退歸。全忠留楊師厚攻青州，令葛從周攻兗州，自率餘軍還汴。師厚連敗師範，擒住師範弟師克，師範恐弟為所殺，不得已乞降。兗州守將劉鄩，由師範諭令歸汴，亦舉城降從周。全忠表鄩為保大留後，師範為河陽節度使。既而友寧妻泣請復仇，全忠乃拘殺師範，並將他族屬駢戮無遺。

會山南東道節度使趙德諲病卒，子匡凝依附全忠，復得全忠薦表，得襲父職。匡凝令弟匡明並據荊南，使為留後，歲時貢獻朝廷，還算是方鎮中的一位忠臣。褒中寓貶。邠寧節度使楊崇本，因妻為全忠所占，免不得慚怒交並(事見前面)，乃複姓名為李繼徽，遣使白李茂貞道：「唐室將滅，朱溫猖狂，阿父何忍坐視？」為了愛妻，始記義父，也是情理倒置。茂貞遂與繼徽合兵，侵逼京畿，迫昭宗加罪全忠。全忠恐他再行劫駕，特出兵屯河中。左僕射張濬，致仕居長水，當王師範舉兵時，欲取濬為謀主，事不果行，全忠慮濬為患，囑令河南尹張全義，捕殺張濬。濬次子格孑身逃脫，由荊南入蜀，投奔王建。這時建已晉封蜀王，與全忠本不相容，便留格在側，待若子姪。全忠既出屯河中，欲乘勢篡奪唐祚，輒與崔胤密書往來，隱露心跡。胤不禁良心發現，外面雖仍與全忠親厚，暗中卻徐圖抵制。遲了！遲了！乃復告全忠，但說：「長安密邇茂貞，不可不防，六軍十二衛，徒有虛名，願募兵補足，使公無西顧憂。」偏全忠窺破胤意，佯為應允，卻密令麾下壯士，入都應募，詗察隱情。一個乖逾一個。胤全未知曉，每日與京兆尹鄭元規等，繕治兵仗，興高采烈。適宿衛使朱友倫，擊毬墜馬，重傷身死，全忠疑胤所為，遙令張廷範王殷蔣元暉，查出友倫擊毬時伴侶，殺斃十餘人。更遣兄子友諒，代掌宿衛，並密表崔胤專權亂國，請窮究黨與，一體嚴懲。昭宗不得已罷免胤職，另授禮部尚書獨孤損，同平章事，與裴樞分掌六軍三司。更進兵部尚書崔遠，翰林學士柳璨，一同輔政。胤雖罷相，但尚得為太子少傅，留居京師。不意朱友諒受全忠命，竟帶領長安留軍，突入胤宅，將胤砍斃，復出捕鄭元規等，殺得一個不留。昭宗御延喜樓，正要召問友諒，那全忠已飛表到京，請昭宗遷都洛陽，免為邠岐所制。昭宗覽表下樓，同平章事裴樞，也得全忠貽書，昂然入殿，嚴促百官東行。越日復驅徙士民，概令往洛。可憐都中人士，號哭滿途，且泣且詈道：「賊臣崔胤，召朱溫來傾覆社稷，使我輩流離至此。」張廷範朱友諒等，令人監謗，任情捶擊，血流滿衢，昭宗尚不欲遷居，怎奈前後左右，統變作全忠心腹，不由昭宗主張，硬要他啟駕東行，遂於天復四年正月下旬，挈後妃諸王等，出發長安。

車駕方出都門，張廷範已奉全忠命令，任御營使，督兵役拆毀宮闕，及官廨民宅，取得屋料，浮渭沿河而下。長安成為邱墟，洛陽卻大加興造，全忠發兩河諸鎮丁匠數萬，令張全義治東都宮室，日夜趕造，所需材料，就是取諸長安都中，工匠卻是交運。一面遣使報知昭宗。昭宗行至華州，人民夾道呼萬歲，昭宗泣諭道：「勿呼萬歲！朕不能再為汝主了！」及就宿興德宮，顧語侍臣道：「都中曾有俚言云：『紇干山頭凍殺雀，何不飛去生處樂？』朕今漂泊，不知竟落何所？」說至此，淚下沾襟。誰為之，孰令聽之？左右亦莫能仰視。二月初旬，昭宗至陜，因東都宮室未成，暫作勾留。全忠自河中來朝，昭宗延他入宴，並令與何後相見。何後掩面涕泣道：「自今大家夫婦，委身全忠了。」除死方休。全忠宴畢趨出，留居陜州私第。昭宗命全忠兼掌左右神策軍，及六軍諸衛事。全忠置酒私第中，邀上臨幸，面請先赴洛陽，督修宮闕，昭宗自然面允。次日昭宗大宴群臣，並替全忠餞行，酒過數巡，眾臣辭出，留全忠在座，此外更有忠武節度使韓建一人。何後自室內出來，親捧玉卮，勸全忠飲。偏後宮晉國夫人至昭宗身旁，附耳數語，留宴強臣，亦不應使宮人耳語，這正自速其死。全忠已未免動疑。韓建又潛躡全忠右足，全忠遂託詞已醉，不飲而去。越宿全忠即赴東都，臨行時，上書奏請改長安為佑國軍，以韓建為佑國節度使。昭宗雖然准奏，心下很懷著鬼胎，夜間密書絹詔，遣使至西川河東淮南，分投告急。詔中大意，謂：「朕被朱全忠逼遷洛陽，跡同幽閉，詔敕皆出彼手，朕意不得復通，卿等可糾合各鎮，速圖匡復」云云。未幾就是孟夏，全忠表稱洛陽宮室，已經構成，請車駕急速啟行。適司天監王墀，奏言星氣有變，期在今秋，不利東行。昭宗因欲延宕至冬，然後赴洛，屢遷宮人往諭全忠，說是皇后新產，不便就道，請俟十月東行，且證以醫官使閻佑之診後藥方。全忠疑昭宗徘徊俟變，即遣牙官寇彥卿，帶兵至陝，且囑語道：「汝速至陝，促官家發來。」彥卿到了行在，狐假虎威，迫昭宗即日登程。昭宗拗他不過，只好動身。全忠至新安迎駕，陰嗾醫官許昭遠，告訐閻佑之王墀及晉國夫人，謀害元帥，一併收捕處死。自崔胤被戮，六軍散亡俱盡，所餘擊毬供奉內園小兒二百餘人，隨駕東來。全忠設食幄中，誘令赴飲，悉數縊死，另選二百餘人，大小相類，代充此役。昭宗初尚未覺，數日乃寤。已經死了半個。嗣是御駕左右，統是全忠私人，所有帝後一舉一動，無不預聞。

至昭宗已至東都，御殿受朝，改元天祐，更命陝州為興唐府，授蔣玄暉王殷為宣徽南北院使，張廷範為衛使，韋震為河南尹，兼六軍諸衛副使。召朱友恭氏叔琮為左右龍武統軍，並掌宿衛，擢張全義為天平節度使，進全忠為護國宣武宣義忠武四鎮節度使。昭宗毫無主權，專仰諸人鼻息，事事牽制，憂鬱無聊，乃封錢鏐為越王，羅紹威為鄴王，尚望他熱心王室，報恩勤王。那李茂貞李繼徽李克用劉仁恭王建楊行密等，卻移檄往來，聲討全忠，均以興復為辭。全忠方欲西攻茂貞，恐昭宗尚有英氣，不免生變，擬乘勢廢立，以便篡奪，乃遣判官李振至洛陽，與蔣玄暉朱友恭氏叔琮等，共同謀議。數人只知全忠，不知有昭宗，索性想出絕計，做出弒君大事來了。是年仲秋，昭宗夜宿椒殿，玄暉率牙官史太等百人，夜叩宮口，託言有緊急軍事，當面奏皇帝。由宮人裴貞一開門，史太等一擁而進，貞一慌張道：「如有急奏，何必帶兵？」道言未絕，玉頸上已著了一刃，暈倒門前。玄暉在後大呼道：「至尊何在？」昭儀李漸榮披衣先起，開軒一望，只見刀芒四閃，料知不懷好意，便淒聲道：「寧殺我曹，勿傷大家。」昭宗亦驚起，單衣跣足，跑出寢門，正值史太持刀進來，慌忙繞柱奔走。史太追趕不捨，李漸榮搶上數步，以身蔽帝，太竟用刀刺死漸榮，昭宗越覺驚慌，用手抱頭，欲竄無路，但聽得砉然一聲，已是不省人事，倒地歸天。年止三十八歲，在位一十六年，改元六次（龍紀、景福、乾寧、光化、天復、天祐。）

何後披發出來，巧巧碰著玄暉，連忙向他乞哀。玄暉倒也不忍下手，釋令還內，遂矯詔稱李漸榮裴貞一弒逆，宜立輝王祚為皇太子，改名為柷，監軍國事。越日，又矯稱皇后旨意，令太子柷在柩前即位。柷為何後所生，年僅十三，何知大政，就是昭宗死後，匆匆棺殮，何後以下，也不敢高聲舉哀，全是草率了事。唯全忠聞已弒昭宗，佯作驚惶，自投地上道：「奴輩負我，使我受萬代惡名。」還想美名麼？乃趨至東都，入謁梓宮，伏地慟哭。裝得還像，可惜欲蓋彌彰。尋即覲見嗣皇，奏稱友恭叔琮不戢士卒，應加貶戮，隨即貶友恭為崖州司戶，叔琮為白州司戶，概令自盡。友恭系全忠養子，原姓名為李彥威，臨死時，向人大呼道：「賣我塞天下謗，但能欺人，不能欺鬼神，似此行為，尚望有後麼？」你自己甘為所使，難道得免刑誅？嗣皇帝柷御殿受朝，是謂昭宣帝，尊何後為皇太后，奉居積善宮，號為積善太后。天平節度使張全義來朝，復任河南尹，兼忠武節度使，判六軍諸衛事，命全忠兼鎮天平。全忠乃辭歸大梁，故相徐彥若，曾出任清海軍節度使，彥若病故，遺表薦封州刺史劉隱，權為留後。隱重賂全忠，得他庇護，令掌節鉞。

條忽間又是一年，昭宣帝不敢改元，仍稱天祐二年。全忠已決意篡唐，特使蔣玄暉邀集昭宗諸子，共宴九曲池。那時聯翩赴宴，就是德王裕、棣王祤、虔王禊、沂王禋、遂王禕、景王祕、祁王祺、雅王禛、瓊王祥等九人。全忠殷勤款待，灌得諸王酩酊大醉，即命武士入內，一一扼死，投屍池中。行同蛇蠍。昭宣帝怎敢過問，但奉昭宗安葬和陵，算是人子送終的大典。同平章事柳璨舉進士及第，不過四年，驟得相位，專知求媚全忠，暨蔣玄暉張廷範等一班權奴，同列裴樞崔遠獨孤損三人，統負朝廷宿望，看輕柳璨，璨引為深憾。張廷範以優人得寵全忠，表薦為太常卿，樞支吾道：「廷範是國家功臣，方得重任，何需樂官？這事恐非元帥意旨，不便曲從。」全忠聞言，語賓佐道：「我嘗謂裴十四（想是裴樞小字）器識真純，不入浮黨，今有此議，是本態畢露了。」璨正欲推倒裴樞等人，樂得投石下井，向全忠處添些壞話，並將損遠兩相，一併牽入，謂系與樞同黨。全忠遂請罷三相，另薦禮部侍郎張文蔚，吏部侍郎楊涉，同平章事。

到了孟夏，彗星出西北方，光長亙天，占驗家謂變應君臣，恐有誅戮大禍，璨遂將平時嫉忌諸人物，列作一表，密貽全忠，且傳語道：「此等皆怨望腹誹，可悉加誅戮，上應星變。」全忠尚在遲疑，判官李振進言道：「大王欲圖大事，非盡除此等人物，不能得志。」璨振等比全忠尤凶。全忠乃奏貶獨孤損為棣州刺史，裴樞為登州刺史，崔遠為萊州刺史，吏部尚書陸扆為濮州司戶，工部尚書王溥為淄州司戶，太子太保致仕趙崇為曹州司戶，兵部侍郎王贊為濰州司戶。此外或繫世胄，或由科名，得入三省臺閣諸臣，稍有聲望，俱一律貶竄，朝右為之一空。李振尚不肯干休，更勸全忠斬草除根。原來振屢試進士，終不中第，所以深恨搢紳，欲把他一網打盡。全忠因派兵至白馬驛，截住裴樞等三十餘人，盡行殺死，投屍河中。振始得洩恨，笑語全忠道：「此輩清流，應投濁流。」全忠亦含笑點首，引為快事。柳璨既誅逐同僚，因恐人心未服，特召前禮部員外郎司空圖詣闕，欲加重任。圖本見朝事叢脞，棄官居王官谷，至是不得已入朝，佯為衰野，墜笏失儀。璨復傳詔，說他匪夷匪惠，難列朝廷，可仍放還，這數語正中圖意，便飄然出都，還我初服。後來全忠篡位，又徵圖為禮部尚書，仍然不起。昭宣帝遇弒，圖不食而死，完名全節，亙古流芳。特別表揚。這且不必細表。

且說朱全忠既攬大權，復受命為諸道兵馬元帥，別開幕府，因聞趙匡凝兄弟，也與楊行密等聯繫一氣，聲言匡復，乃令楊師厚帶兵取襄陽，進拔江陵。匡凝奔廣陵，匡明奔成都，全忠欲乘勝攻淮南，親督大軍至襄州。敬翔諫阻不從，復進次棗陽，道遇大雨，尚不肯回軍，再進至光州，路險泥濘，人馬疲乏，士卒多半逃亡，沒奈何斂兵退歸。光州刺史柴再用，引兵抄截全忠後隊，斬首三千級，獲輜重萬計。全忠悔不用敬翔言，很是躁忿，因欲急篡唐祚，乃返大梁。楊行密卻命數將終，生了一年餘的大病，他的長子名渥，曾出為宣州觀察使，喜擊毬，好飲酒，沒有什麼令名。行密因諸子皆幼，不得不將渥召還，囑咐後事。且令牙將徐溫張顥，共同夾輔。未幾，行密即死，渥襲職為節度使。朱全忠亦無暇過問，唯密囑蔣玄暉等，迫令昭宣帝禪位。玄暉與柳璨等計議道：「自魏晉以來，大臣代有帝祚，必先封大國，加九錫殊禮，然後受禪。事當循序，不宜欲速。」柳璨亦以為然。偏宣徽副使王殷等，嫉玄暉權寵，隱思加害，遂私白全忠，謂玄暉與璨，欲延唐祚，所以從中阻撓。全忠大怒，詬責玄暉。玄暉亟至大梁，進謁全忠，全忠忿然道：「汝等巧述閒事，阻我受禪，難道我不加九錫，便不能作天子麼？」玄暉道：「唐祚已盡，天命歸王，玄暉與柳璨等，受恩深重，怎敢異議？但思晉燕岐蜀，統是勁敵，王遽受禪，恐反滋人口實，計不若曲盡義理，然後受禪，較為名正言順呢。」無論遲速，總是篡位，從何處竊取義理？玄暉柳璨等惡貫已盈，因有此議，以自速其死耳。全忠呵叱道：「奴才奴才！汝果欲叛我了。」玄暉惶遽辭歸，亟與柳璨議定，封全忠為相國，總掌百揆，晉封魏王，兼加九錫。全忠憤不受命，玄暉與璨，越加惶急，即奏稱：「中外物望，盡歸梁王，陛下宜俯順人心，擇日禪位！」看官！你想昭宣帝童年無識，朝政統由汴黨主持，所有一切詔敕，名目上算是主命，其實昭宣帝何曾過目，統是一班狐群狗黨，矯制擅行，一面修表呈入，一面即由柳璨承旨，出使大梁，傳達禪位的意思。全忠又是拒絕，璨只好掃興回來。賣國也這般為難，莫謂天下無難事。何太后居積善宮，得知消息，鎮日裡以淚洗面，且恐母子生命不保，暗遣宮人阿秋阿虔，出告玄暉，哀乞傳禪以後，幸全母子兩命。為此一著，又被王殷等藉口，誣稱玄暉柳璨張廷範，在積善宮夜宴，與太后焚香為誓，興復唐祚。全忠不問真假，即令王殷等捕殺玄暉，揭屍都門外，焚骨揚灰。為附賊為逆者，作一榜樣。王殷又說玄暉私侍太后，由宮人阿虔阿秋，作為牽頭，通導往來。於是全忠密令殷等入積善宮，弒何太后，且請旨追廢太后為庶人。阿秋阿虔，並皆杖死，貶柳璨為登州刺史，張廷範為萊州司戶。才閱一日，復將柳璨張廷範拿下，置璨大辟，加廷範車裂刑。璨被推出上東門外，仰天呼道：「負國賊柳璨，該死該死！」要他自認，始知空中應有鬼神。這消息傳達各鎮，凡與全忠反對的鎮帥，當然多一話柄，傳檄討罪，特別激烈。全忠卻一時不敢篡奪，又延挨了一年。

魏博節度使羅紹威，曾娶全忠女為子婦，平時因軍士跋扈，力不能制，乃遣人密告全忠。全忠發兵屯深州，偽言將進擊幽滄，暗中欲援助紹威，可巧全忠女得病身亡，全忠即選精兵千人，充作擔夫，貯兵械滿橐中，挑入魏州，詐云會葬，全忠率大軍為後繼，會同紹威夜擊牙軍，屠滅軍將八千家，老稚無遺。紹威深感全忠，留館客舍，供張甚盛，聲樂美妓，無不採奉。全忠耽戀聲色，一住半年，紹威只好勉力供給，所殺牛羊豕等，不下七千萬頭，資糧亦耗費無算，蓄積一空。及全忠引兵渡河，往攻滄州，紹威始得息肩，且悔且嘆道：「合六州四十三縣鐵，鑄成大錯，雖悔無及了。」

全忠至滄州城下，督兵圍城。劉仁恭蒐括兵民，得十萬人，自幽州出駐瓦橋關，一面乞師河東。李克用恨他反覆，未肯許援，還是存勖進諫，請克用釋怨助兵，共禦朱溫。克用乃召幽州兵共攻潞州，牽制全忠。潞州節度使丁會，本由全忠舉薦，因聞全忠弒帝及後，也覺心懷不忍，嘗縞素舉哀，至是聞克用進攻，竟舉城請降。克用留李嗣昭為昭義節度使，令丁會詣河東，厚加待遇。全忠聞潞州失守，復返魏州，紹威情急，亟出迎全忠道：「今四方稱兵，與王構怨，無非以翼戴唐室為名，王不如趁早滅唐，以絕人望。」全忠乃匆匆還鎮。唐廷遣御史大夫薛貽矩，往勞全忠。貽矩到了大梁，請以臣禮相見，北面拜舞，且語全忠道：「大王功德在人，三靈改卜，皇帝將行舜禹故事，臣怎敢違慢？」全忠側身避座，心下很是喜歡，當下厚禮遣還。貽矩返白昭宣帝，勸令禪位，昭宣帝因即下詔，擬於天祐四年二月，禪位大梁，全忠佯上表乞辭。唐宰相張文蔚楊涉等，復共請昭宣帝遜位，且至大梁勸進，全忠尚不肯受。何必做作？文蔚等返至東都，再請昭宣帝降札禪位，老奸巨猾的朱全忠，方應允受禪。張文蔚為冊禮使，禮部尚書蘇循為副，楊涉為押傳國寶使，翰林學士張策為副，薛貽矩為押金寶使，尚書左丞趙光達為副，六個唐室大臣，帶領百官，把唐朝二百八十九年的國祚，贈送盜魁朱全忠。全忠受了冊寶，改名為晃，居然被服袞冕，做起大梁皇帝來了。唐朝自是滅亡，昭宣帝被廢為濟陰王，徙居曹州，由全忠派兵監守，越年將他鴆死，追諡為哀皇帝。及後唐明宗即位，始改諡為昭宣帝，昭宣帝在位止三年，年只一十七歲。

看官聽著！當全忠受禪時，淮南節度使楊渥，併吞洪州，擄得鎮南軍留後鍾匡時，盧龍節度使劉仁恭，為子守光所囚，守光自稱節度使，武貞節度使雷彥恭，屢寇荊南，留後賀瓌閉門自守。朱全忠慮他怯懦，別調潁州防禦使高季昌為留後，總計唐室故土，四分五裂，最大的為梁，次為晉（李克用）岐（李茂貞）吳（楊渥）蜀（王建）共成五國，尚有吳越（錢鏐）湖南（馬殷）荊南（高季昌）福建（王審知）嶺南（劉隱）歷史上稱為五大鎮。此外如魏博盧龍等，也是犬牙相錯，割據一隅。小子敘述唐事，至此已完，所有五國五鎮，及各處未了情形，不能瑣敘，只好續編《五代史演義》，再行詳述。看官少安毋躁，請續閱《五代史演義》便了。小子有七言詩二絕，作為《唐史演義》的終篇：

三百年間世亂多，幾經流血幾成波。
追原禍始由來久，開國詒謀已半訛。

婦寺乘權藩鎮繼，長安荊棘遍銅駝。
百回寫盡滄桑感，留與遺民話劫磨。

本回敘朱溫篡唐事，一氣呵成，為全書之結束，弒昭宗，弒何太后，弒昭宣帝，並濫殺大臣及諸王，凶暴殘虐，至溫已極，但皆由賊臣等賣國而成。前有崔胤，後有柳璨，引狼入室，後為狼噬，朱友恭氏叔琮蔣玄暉張廷範等，本為全忠爪牙，乃亦死諸全忠之手，黨惡為虐者，果有何幸乎？張文蔚楊涉等，迫主傳禪，手捧冊寶，贈獻大梁，益足令人愧死。或謂唐之得國也由受禪，其失國也亦由傳禪，冥冥之中，固自有天道存焉。然則祖宗創業，其果可不慎乎哉？

唐史演義——從諫迎佛骨到哀帝亡唐

作　　者：蔡東藩
發 行 人：黃振庭
出 版 者：複刻文化事業有限公司
發 行 者：複刻文化事業有限公司
E-mail：sonbookservice@gmail.com
粉 絲 頁：https://www.facebook.com/sonbookss/
網　　址：https://sonbook.net/
地　　址：台北市中正區重慶南路一段 61 號 8 樓
8F., No.61, Sec. 1, Chongqing S. Rd., Zhongzheng Dist., Taipei City 100, Taiwan
電　　話：(02)2370-3310
傳　　真：(02)2388-1990
印　　刷：京峯數位服務有限公司
律師顧問：廣華律師事務所 張珮琦律師
定　　價：350 元
發行日期：2024 年 07 月第一版
◎本書以 POD 印製

國家圖書館出版品預行編目資料

唐史演義——從諫迎佛骨到哀帝亡唐 / 蔡東藩 著 . -- 第一版 . -- 臺北市：複刻文化事業有限公司 , 2024.07
面；　公分
POD 版
ISBN 978-626-7514-14-6(平裝)
857.4541　　113010570

電子書購買

爽讀 APP

臉書